BBULMEDIA

http://www.bbulmedia.com

언죵뮤편죵젼

담적산 퓨전 판타지 장편 소설

운종룡변종편

5

〈완결〉

뿔미디어

목차

33.

비밀

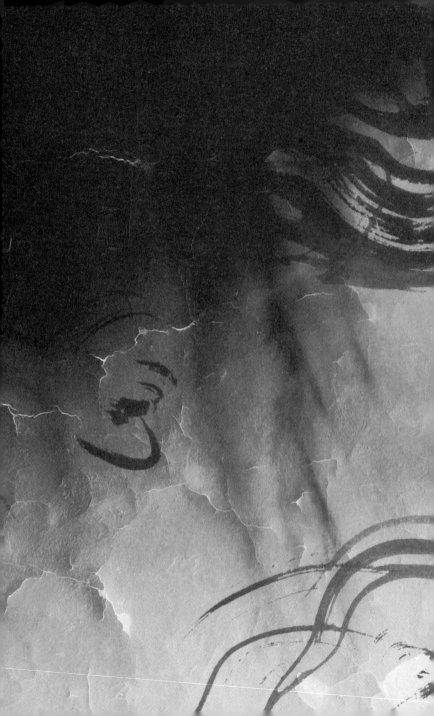

오늘 카알은 열다섯 척에서 수거한 위대한 존재의 눈물들을 두고 고민했다.

그걸 섣불리 다 써 버리려 하지 않고, 조심스레 하나씩 써 나갔다. 양쪽에 하나씩의 엔진을 더 달아 최종적으로 엔진이 일곱 개가 되었다.

그리고 그 엔진의 심장인 드롭에, 우연히 광겸이 다른 색깔의 드롭을 가져가면서 카알의 그 이상한 예감이 맞아떨어진 것이 입증되었다.

요오오오오옹―

"드롭이…… 공명하고 있다!"

두 개의 공명이 가까이 살수록 커졌다. 그런데 열이 발생하는 것이 아니었다. 카알은 저도 모르게 광겸의 몸에 손을 댔다. 끌려 들어가는 것처럼 보여서였다.

그 순간, 견자단 삼 형제가 일제히 소리쳤다.

"방해하면 안 돼! 이건 합쳐지는 것이 자연스러운 거요!"

그래서 카알은 맙소사, 라고 내뱉었다.

파장에 관해서, 왜 견자단이 자신 보다 더 예민할까?

그러나 넷의 눈앞에서, 위대한 존재의 눈물은 딱 붙기만 했을 뿐 정말로 합쳐지지는 않았다.

그러나 그들 넷은 느낌으로 알고 있었다.

카알이 가진 왕가의 피는 바로 이것을 다루는 것이 진짜 힘이었음을.

"드롭을 마음대로 다루는 권능이었다!"

카알이 숨을 먼저 고르고, 두 개의 다른 파장을 향해 손을 가져갔다. 그 두 개의 파장, 그 동심원에 각기 손을 넣고 끌어당겼다. 역시 옴쭉 달싹 하지 않았다.

견자단이 같이 힘을 불어넣었다. 그래도 아무 일이 없었다.

그 순간이었다.

누군가 뇌에 전해지는 공명을 주며 끼어들었다.

[우리도 같이 해 보자.]

뒤를 쫓아 왔던 종남일기와 녹진자였다. 그들이 같이 힘을 불어넣으며 파장을 같이 맞추기 시작했고, 그 힘과 파장이 카알과 모두 맞춰지는 순간, 그것은 굉렬한 폭발을 일으켰다.

콰콰콰콰쾅—

"우와악!"

한데 모두 다 아무렇지도 않았다. 견자단이나 두 신선급 인물들 모두가 다 고수다.

소리를 낸 것은 착각에 불과했다.

폭발도 착각이었다.

몸이 그렇게 느낀 것처럼 착각했다는 것은 있을 수가 없는 일이었는데도 그들도 정말 깜빡 속았다.

그들의 머릿속이 뭔가 거대한 것을 받아들였던 때문이다. 정말 큰 충격이 몰려 들어온 것이다.

정신을 차려 보니 그들은 또 다른 공간에 서 있었다.

각오였다.

공명 현상을 겪으며 견자단, 종남일기 녹진자들과 카알이 빠져 들어간 각오에 카알이 자주 꾸던 꿈이 보였다. 꿈속의 '그'가 물었다.

—당신이 왜 우리들에 대한 꿈을 꾸는지 아십니까?—

카알이 대답하지 못하자 '그'가 다시 어떤 장면을 보여 주기 시작했다.

마른 모래였다.

그것이 사납게 휘몰아치는 폭풍 속에서, 뭔가 거대한 것이 서 있었다. 카알이 보던 꿈.

"이건 왕자가 보던 꿈? 이걸 우리가 같이 보는 거요?"

"맞소."

카알이 머리를 끄덕였다.

모래들이 섞인 폭풍은 무시무시했다. 모래들은 지구인이 타고 내려온 우주선을 단숨에 깎아 버렸다. 단순한 모래가 아니었다.

모래 하나하나는 물질의 입자를 분해하는 어떤 기운이 깃들어 있었다. 그것이 십 분 정도 계속되자, 그 단단하던 선체도 버틸 수가 없었다.

놀라운 기술을 자랑하던 지구인들조차 견디지 못하고 우주선을 도로 띄워야 했다. 모래 폭풍은 무시무시하도록 높았다.

대기권을 빠져나가야 했다. 그 이전에는 어림도 없었다.

거대한 우주선들이 모래 폭풍에 갉아 먹히며 차츰차츰 선체를 날려 버리고 뼈대를 드러냈다.

그것들은 추락하며, 지표면에 닿기도 전에 벌써 모래 폭풍과 그 입자를 같이하는 먼지로 화해 모래 폭풍이 되어 버렸다.

수십 개의, 수백 개의 거대한 함선들이 그 모래 폭풍에 휘말리고, 수억 명의 지구인들이 스러져 갔다.

탈출해 나온 우주선들은 그나마 몇 개 되지도 못했다.

우주선이 그 대기권을 벗어나는 높이에 이르자, 견자단과 카알은 비로소 그 모래 폭풍 안의 존재를 들여다볼 수 있었다.

그리고 경악했다.

그 거대한 것은, 모래 폭풍 안에 서 있었던 것이 아니었다.

폭풍 그 자체였다.

모래 폭풍이 휘몰아치며 하나의 형상을 그렸다.

거대한 형상. 그것은 눈이다.

그 거대한 눈이 또 그것을 포함한 머리를 그려 내기 시작했다. 그 존재가 지구인들을 바라보고 있었다.

행성의 사분지 일이나 차지하는 머리. 거기서 입부분이 열렸다. 그나마 그것이 지구인들이 이해할 수 있는 형태를 갖춰서 그렇게 보였다는 것을, 그들 일행은 깨달았다.

그리고 그 순간, 그들은 각오에서 깨어났다.

순식간에 침묵이 그들을 감쌌다. 한참이나 본 것을 의심하던 그들 중 가장 먼저 카알이 정신을 차렸다.

카알이 물었다.

"대체 어떻게 된 것이지? 지구 조상들은 이 행성을 개척한 것이 아니었나?"

물론 대답은 그걸 우리가 어떻게 아냐라는 것이 아니었다.

"지구가 뭐요? 행성은 또 뭐고?"

그리고 그 의문보다 더 중요한 것이 있었다. 그들은 물질의 기본 파장에 더 가깝게 다가간 것이다.

카알이 견자단과 함께 다시 한 번 두 드롭의 파장에 손을 넣었다.

그리고 그것을 끌어딩겼나.

파장이 서로 끌려와 섞이며 두개의 동심원이 맞춰졌다.

그 순간 빛이 일었다.

약한 빛이었다.

하지만 그 두 개의 드롭이 하나로 합쳐지며 그 자체로 그냥 허공에 떠 있는 것이다. 그 빛의 정체였다.

"열 따위가 아니었군……."

카알이 떨며 얘기하자, 견자단의 고개도 끄덕여졌다.

"이건, 단순히 열을 내는 것이 아니었소."

드롭이 합쳐지자 그것은 다른 매개체 없이 스스로도 에너지를 발산하기 시작했다.

그들은 남은 열네 개의 드롭과 기존 엔진의 드롭중 합체가 가능한 드롭을 찾아냈다. 모두 세 개였다. 그렇게 합쳐진 드롭이 엔진에 넣어졌다.

함선은 세 개의 엔진만으로도 허공에 떠 있었다. 무려 만 톤이 넘는 함선이 단 한 개의 엔진만으로도 떠 있는 것이 가능했다.

나머지 두개는 주포에 연결해 보았다.

그들의 짐작이 맞았다.

드롭은 카알이 원할 때 에너지를 뿜었고, 그것은 빛이었다. 꽤 넓은 표면적이 빛으로 화해 사라졌다.

실제 질량을 가진 탄두의 관통력은 아니지만 그래도 상당한 무게를 줄이고, 조종 계통도 단번에 간단히 만들 수 있었다.

그래서 에런은 결국 조종석이 아니라 선체 외벽의 포탑에 앉을 수 있었다.

그가 더 좋아했다.

"소신은 공격형이옵니다. 레땡 경을 모시면서 항상 배후에 있었기 때문에, 앞에서 이런 역할을 맡는 것이 항상 꿈이었었지요! 하하핫!"

"레땡 경이 드롭을 다 가지고 있다고 했소?"

"그렇사옵니다 저하."

그래서 카알의 눈도 견자단의 눈가도 찌푸려 들었다.

"시간은 더 벌었지만, 빨리 가야 하겠군. 밍박 삼촌께선 군대를 일으켜서라도 레땡 경을 죽이고 그 드롭을 되찾으려 할 거요."

광겸이 외쳤다.

"속도를 더 내죠 그럼!"

종남일기와 녹진자는 말이 없었다. 그들은 이 한 번의 경험으로 굉장히 중요한 감각을 얻었다.

그들은 명상을 계속했다.

그리고 더 깊은 침묵으로 빠져들었다.

한데 한 왕국에서는 사실·카알 일행이 걱정한대로의 상황은 벌어지지 않았다.

*　　　*　　　*

그그그그그그긍―

창고의 문이 열렸다.

밍박은 용의주도한 사람이었다. 그는 제국의 거래를 받아들이면서 돈, 아니, 실상 남쪽해안의 부족연합체를 쓸어버려도 좋다는 제국의 묵인을 받아 내기 전에 창고를 먼저 확인하려 했다.

오웨느는 무시무시한 여자다.

그녀의 분노는 한 왕국 따위는 아무렇지도 않게 휩쓸 것이다. 그래서 그는 협정서에 최종 사인을 하기 전에 그냥 본능적으로, 그 사신에게 제안을 한 것이다. 창고를 일단 보시자고.

아주 가벼운 마음으로 나선 길이었다.

위대한 존재의 눈물, 드롭은 어차피 써먹지도 못한다. 그것을 제대로 쓸 수 있는 기술은 제국에서 독점하고 있었고, 다른 약소국들은 간신히 총 몇 자루나 탱크 따위를 어렵게 구할 수 있는 것이 전부였다.

게다가 한 왕국은 전통적인 농업국가인 것이다.

밍박은 오히려 좋아했다.

'쓸모없는 드롭보다는 항구 건설이 더 좋은 것이지. 후후후…….'

그는 그래서 살짝 기대감에 부푼 채 창고 문을 열려 했고, 제국의 사신을 같이 데려갔다.

오웨느, 제갈청청이 보낸 사신은 당연히 자밀라였다.

오웨느가 어쩐 일인지 한 왕국의 드롭을 다 가져오라고 시킨 것이다. 그래서 그녀는 시체를 치우다 말고 부랴부랴 한 왕국으로 왔다.

그녀는 무표정했다. 무슨 생각을 하는지 알 수 없는 여자였다. 하지만 밍박은 일단 그녀가 가진 마나파장은 알아보았다.

자밀라가 가진 힘을 느낀 밍박은 감히 그 어떤 수작도 부리지 못했다. 어여쁜 여인만 보면 자연히 엉덩이로 향하던 못된 손버릇조차 움츠러들었다.

자밀라가 원래 시녀였다는 것을 알고 있는데도, 자밀라가 가진 힘은 밍박을 꼼짝 못하게 얽어맸다.

오웨느의 두려움이 그래서 더해지는 것이다. 그래서 원래 생존 경험이 좋은 밍박에게 창고를 확인할 생각을 먼저 하게 만든 것이다.

밍박이 수하들에게 명령해 왕궁 창고를 열게 했다. 창고지기가 어느 선까지는 개방을 했지만, 왕가 직계만이 열 수 있는 창고 문은 절대 열려 하지 않았다.

그래서 자밀라가 냉정하게 말했다.

"귀공께선 왕가의 직계손이라 하지 않으셨습니까?"

"그걸 어째서 의심하시오, 자밀라 경."

자밀라의 무표정한 얼굴에 조소가 떠올랐다.

밍박의 자존심을 더 비참하게 만드는 웃음이었고, 그래서 밍박은 이를 갈았다.

정확히는 왕가직계 중에서도 왕가의 칼을 가진, 실질적으로는 왕이거나 왕위 계승이 확실한 혈육에게만 열리는 문이었다.

'엘르! 키알! 이 망할 것들! 감히 왕가의 칼을 궁에서 밖으로 빼돌려?'

정말 상상도 못한 수작을 부렸다.

이를 갈아 준 밍박이 외쳤다.

"어서 문을 열지 못하겠느냐!"

그러자 창고지기는 굳은 얼굴로 고개만 가로저었다.

"왕가의 검을 가져오십시오."

자밀라가 다시 웃었다.

"창고나 지키는 부하에게조차 왕으로 인정받지 못하시는 군요. 그런데 감히 왕국 전체의 이름을 걸고 황녀님과 국가 간의 협약을 맺으려 하셨습니까."

밍박의 얼굴이 씰룩였다. 순간 분노한 밍박의 칼이 칼집을 빠져나왔고, 그 칼끝이 창고지기의 목을 눌러 피 한 방울을 따냈다.

"내가 누구라고 생각하느냐! 어서 열지 못하겠느냐!"

그러나 창고지기의 눈은 감겨졌다.

"제가 여기서 죽으면, 공작전하께서는 왕실의 대역 죄인이 됩니다. 왕권을 향한 도덕적인 명분에서는 멀어지시는 겁니다."

툭, 이성의 끈이 끊어질 만큼 밍박이 흥분했다. 그래서 빠르게 외쳤다.

"그따위 도덕! 힘 앞에서 도덕을 찾는 것들이 제일 무능한 밥버러지들이다! 이 세금이나 축내는 한심한 버러지야!"

그리고 창고지기의 머리가 허공에 뜨면서 피를 뿜었다.

툭, 창고지기가 넘어졌다.

순간 실드를 쳐서 피가 묻는 것을 피한 밍박이 칼을 넣고,

자밀라에게 고개를 살짝 숙였다.

"추태를 보였습니다. 양해를……."

자밀라가 무표정한 얼굴로 그 인사를 맞받았다.

"공작전하의 과감한 결단에 귀국의 백성들은 오웨느 님의 분노를 피해 갈 것입니다."

밍박이 웃으며 그 말을 받았고, 돌아서는 순간 자밀라의 눈이 쓰러진 창고지기의 몸을 쫓았다.

피가 흥건하게 번지고 있었다.

자밀라의 눈이 뒤이어 저만치 굴러간 창고지기의 머리를 향해 굴렀다. 자밀라의 무표정이 깨진 것이 그때였다.

자밀라의 눈에 떠오른 것은 분노였다.

그 분노의 눈이 밍박의 등을 쫓았다. 그 순간 밍박이 뒤를 돌아보며 웃었다.

그래서 자밀라의 눈에 떠오른 분노는 순식간에 사라졌고, 다시 무표정을 가장한 입도 단단하게 굳어졌다.

창고 문이 열렸다.

그리고 밍박의 얼굴이 딱딱하게 굳었다. 자밀라의 무표정도 다시 한 번, 아주 잠깐 깨졌다.

창고는 텅 비어 있었다.

아니, 아예 텅 빈 것은 아니었다.

자밀라가 저만치에서 구르던 세 개의 드롭을 보고 말했다.

"저는 저 세 개의 느롭을 위해 이 대륙의 끝까지 달려온 셈이로군요."

밍박의 얼굴이 핏기를 잃었다.

그는 울부짖었다.

"아니, 아니오! 이, 이, 이, 이건 고의가 아니오! 보셨지 않소! 창고지기가 그토록 완강하게 저항하는 것을! 그자를 베기까지 하면서 연 것이 아니오이까! 자밀라 경! 믿어 주시오! 나도, 나도 왕가의 창고가 이 지경인 것은 정말 몰랐소이다! 믿어 주시오!"

자밀라는 드디어 무표정을 웃음으로 변화시켰다. 그리고 손가락으로 천장의 중앙을 가리켰다.

그것을 본 밍박의 얼굴이 확 변했다.

천장의 중앙은, 구멍이 뚫려 있었다. 자밀라가 더 볼 것도 없다는 듯이 돌아섰다.

"귀국의 왕실에 도둑이 들다니, 불행한 일이군요."

지말라는 그 자리에서 손에 마나파장을 일으켰다. 한 왕국 서남쪽 해변을 장악한 부족연합, 우린 왕국을 아예 말살하다시피 강제 합병해도 승인하겠다는 협정서, 그것이 들려 있는 손이다.

밍박이 백성들의 인기를 끌고, 왕실보다 더 강한 여론을 얻기 위해 계획한 노력이 그 협정서에 담겨 있었다. 무려 십 년간의 노력이다.

그 십 년, 자밀라의 마나파장 한 방에 불타서 재로 흩날렸다. 채 삼 초도 걸리지 않았다.

자밀라는 입꼬리에 웃음을 달고, 나서며 한마디를 덧붙였다.

"저야 어차피 오웨느 황녀마마의 종에 불과한 몸이니 먼 길을 오가는 헛수고쯤은 아무렇지도 않습니다만, 제 주인이신 마마께서 어찌 생각하실지 그것만은 저로서도 감히 짐작하기 힘들군요."

밍박의 얼굴이 노래졌다. 밍박의 다리가 후들후들 떨리는 것을 보면서, 오웨느는 인사를 하고, 창고를 나섰다.

"저는 바빠서. 그럼 이만."

그녀가 몸을 돌려 사라지자 밍박은 다리가 풀려 그 자리에 주저앉았다.

밍박은 악을 썼다.

"게 누구 없느냐! 왕실 창고를 드나든 사람이 적힌 명단을 가져오너라 어서!"

그러나 그것이 잡힐 턱이 없었다.

왕실 창고의 사방 벽은 한 층을 다 차지하는 두꺼운 섬록암이다. 화강암보다 더 단단한 돌이다. 철기로 찍어 내도 먼지나 휘날릴 정도의 흠집만 조금 나는 것이었다.

실제로 쇠 깎는 선반에 걸고 깎아도 깎던 공구가 얼마 버티지 못하고 문드러지는 돌이 섬록암이다.

그러니 아주 조금씩 오랜 세월을 두고 살살 깎아 내 구멍을 낸 것이 틀림없었다. 섬록암의 두께는 한 개 층의 높이만큼을 차지하는 두께다.

사 미터.

누군가 사십 년 이상을 아주 공들여 파낸 것이다. 보이는 흔적은 그렇게 생각할 수밖에 없었다.

마나를 다루는 사람이라면 더 단축할 수도 있지만, 그 경우는 기록이 확실하게 남는다. 그래도 일 년 이상이 걸리는 일이었기 때문이다.

사건은 미궁 속으로 빠졌지만, 사실 수사고 나발이고 누가 한 것인지는 아주 빤했다.

'레땡! 이 자식……!'

그러나 증거가 없었다. 밍박은 이를 갈고 또 갈았다.

*　　　*　　　*

위대한 존재의 눈물은 효용이 그것뿐만이 아니었다.

카알이 남은 아홉 개 중에 파란색 드롭 세 개를 골랐다.

카알은 자신이 어떤 일을 하고 있는지 알지도 못했다, 그냥 느낌이 행동을 이끈 것이다.

방금 경험한 각오로 인해 그들은 물질의 근원 파장에 좀 더 가까워졌다. 그래서 카알은 그 세 개의 드롭을…….

견자단의 가슴 중앙에 가져갔다.

순간 불이 나서 견자단이 입은 옷에 구멍이 생겼다. 순간적으로 옷을 녹이다시피 뚫은 드롭이, 견자단의 가슴 살 속으로 파고들었다.

엘르에게 길들여진 이블 고곤 미니의 이마에 살짝 드러난 보석처럼 그 형체가 또렷하게 그대로 박힌 것이 아니었다.

그 마수 이블 고곤과는 아주 다른 경우였다.

드롭 자체가 녹으면서 가슴과 융화되는 것이다.

뜨거움이 전해졌다. 뇌리에 그 폭발이 다시 일었다.

견자단 삼 형제의 몸이, 힘이 근본적으로 변화하기 시작했다.

이마에 박아 넣은 것만으로도 괴물 같은 마수가 탄생하는데, 이건 아예 융합이었다. 그리고 견자단은 원래부터 드롭이 박힌 상태의 마수 이블 고곤 보다 강했다.

쿠우우—

함교가 크게 진동했다. 그래서 카알도 자신이 무슨 짓을 했는지 혼란스러워했고, 견자단 삼 형제는 그 진동의 중심에서 괴로워했다.

"으아아아아아아아아—!!"

*　　　*　　　*

엘르가 손을 뻗어 만졌다.

"어머? 이게 뭐죠?"

미니의 이마에 아주 살짝 튀어나온 것이 보였다. 엘르의 눈에는 이제 위장색을 일으킨 미니의 모습도 보인다.

파장에 익숙해진다는 것이 바로 이런 것이었다. 방금 직전까지 보지 못했던 이블 고곤의 위장색을 구분해 볼 수 있게 되었다.

왕가의 검이 태운 미니의 이마 정중앙, 거기 아주 작지만 보석이 조금 튀어나와 있었다. 엘르가 놀라서 소리쳤다.

"설마…… 위대한 존재의 눈물?"

그러자 이번엔 오히려 댄이 놀랐다.

"일반 보석하고 드롭하고 감정 평가해서 구분하는 기구도 없이 그걸 알아보다니……! 공주님이 설마 왕가의 피? 그럼 그때 그 느낌이……!"

서로가 놀란 눈을 동그랗게 뜨고, 기가 막혀 하고 있었다.

"댄, 당신이 어떻게 왕가의 피를 알고 있죠?"

그러나 댄은 숲의 안쪽을 보고 있었다.

댄이 외쳤다.

"그래서 구해 주신 거예요? 공주님을? 내가 부탁해서 한 게 아니라?"

그러자 숲 속에서, 사람의 뇌를 직접 울리는 소리가 들려왔다. 엘르는 그 소리가 자신을 치료해 준 그 노인의 목소리라는 것을 깨달았다.

그 노인의 목소리가 이렇게 말했다.

[시끄러워, 조금 예쁠 뿐인 계집한테 미친놈아.]

댄이 웃었다.

그 웃음 때문에 엘르는, 누가 누구에게 빠져드는지 모르겠다고 생각하는 중이었다.

드롭.

세상 모든 마수의 이마에 그 드롭이 박혀 있는 것은 아닐까, 엘르는 그렇게 생각하게 되었다.

생각이 어쨌든 햇살에 빛나지는 않았다. 이블 고곤이 위장색을 일으킨 상태의 그 드롭은……

                    *   *   *

크ㅇㅇㅇㅇㅇㅇ—!

드롭의 융합 때문에 견자단이 허공에 뜬 채 신음을 흘렸
다. 함교는 여전히 진동 중이었고, 모두 어쩔 줄을 몰랐다.
심지어 엔진에 박혀 있던 드롭들까지 반응을 같이 하고 있
었다. 카알의 손이 드롭을 치우려는 찰라, 손 하나가 그걸
막았다.

종남일기였다.

그는 웃고 있었다. 카알더러 안심하라는 듯이, 고개를 저
으며 견자단을 손으로 가리키는 것이다.

*[산을 하나 넘고 있다네, 어린 왕자. 내버려 두시게. 저만한
고통쯤은 웃으며 버티는 놈들이니까.]*

카알이 바라보는데 견자단의 눈은 정말 웃고 있었다.

드롭이 녹아들면서 가슴의 생살이 소용돌이치듯 불룩거렸
다. 세 명은 더더구나 그 고통을 다 같이 공유할 것이다. 느
낌만큼은. 고통이 극대화되고 자명고가 극도로 예민해지면
그럴 수 있다.

*[고통이 그만큼 더 세지지. 세 배 정도 된다고 해야 하나. 하
지만 걱정 말게, 어린 왕자. 저놈들은 지옥에서 올라와 사람 된
놈들이니까.]*

카알이 아무것도 하지 못하고 견자단을 바라보기만 하는
사이, 견자단은 갑자기 평온을 되찾았다.

진동이 가라앉았다. 함교 내부의 요란함이 가라앉으며 갑

자기 침묵이 찾아왔다.

그 요란했던 진동이 마치 거짓말 같았다.

잠시 후 정상적인 엔진음으로 돌아가는 소리가 들렸다.

큐우웅—

롯데가 입을 열었다.

"엔진이…… 정상으로 돌아왔습니다. 저하……."

롯데가 보고하며 광검의 가슴을 슬쩍 바라보았다.

광검의 가슴에 새겨진 그 흉터 비슷한 소용돌이 문양이
빛을 내다가 가라앉고 있다.

견자단 삼 형제의 상의가 좀 크게 탔고. 가슴 근육 사이
골 가운데 정확하게 솟은 그 소용돌이 문양에 롯데가 약간
가슴을 두근거렸다. 그리고 그 두근거림 때문에 이를 악물
고 외면했다.

다른 여자, 그것도 광검 본인을 위해 돈을 그렇게 많이
뿌려 대며, 목숨을 나눌 사이였던 그런 여자가 있다고 했지
않는가? 강북련주 엄자령이라는 비범했던 여자가.

그럼에도 자신과 육체를 나눈…….

'그만.'

롯데는 더 비참해지는 자신을 돌아보며 생각을 그만두었
다.

'바람둥이.'

광검의 웃음을 보면서, 그의 가슴 근육을 보면서, 롯데의
마음이 더 완강하게 굳어졌다.

'나쁜 자식! 나를 나쁜 년으로 만든 나쁜……!'

그러다가 그 생각마저 그만두었다.

그러거나 말거나 새로 힘을 얻은 견자단이 눈을 감은 채 운기 조식에 들어가 몸을 추스르고, 카알은 힘 있게 외쳤다.

"전속 항진! 마수의 숲 북쪽 끝으로!"

함선은 힘차게 전진했다.

*   *   *

탈란제국 황도, 황궁.

돌아온 자밀라는 겁에 질렸다.

그럴 수밖에 없었다.

오웨느가 느닷없이 사람을 죽이라 시킨 것이다. 밍박 공작을 요리하는 일이야 쉬웠다. 그렇게 냉정한 척을 하는 것도 그랬다. 많은 사람을 살리려 소수를 죽이겠다고 약속했다. 밍박 공작의 건은 죽이지도 않는 일이었다.

그런데 거기서 돌아오자마자 바로 사람 하나를 죽이라는 것이다.

자밀라는 느꼈다.

'거부하면 정말 다 죽는다.'

그러나 떨면 안 된다는 것을 알고 있었다. 오웨느 황녀는 그 탐스런 입술로 그녀의 귓불을 물었다. 그리고 혀로 핥는 것이다. 그러면서 다시 속삭였다.

"저지를 죽여라."

연인에게 사랑한다 속삭이는 것 같은 소리에 자밀라의 눈이 커졌다.

오웨느가 지목한 사람은 바로 근위 대장이었다.

"마마, 그, 그것은······!"

오웨느가 자신의 몸을 자밀라의 뒷등에 더욱 밀착시키고, 뜨거운 숨을 불어 내 자밀라의 목덜미를 간지럽혔다.

"최선을 다해야 할 것이다. 저자를 죽이지 않는다면 근위 병들 모두를 죽일 테니까. 지금 당장."

자밀라의 몸이 부르르 떨었다.

그렇게 떨지 않으려고 했지만, 목소리가 결국 떨려 나왔다.

"마, 마마, 근위대장께서 어떤 죄를 지었사온지······!"

솔직히 죄가 있기나 할까?

의심은 당연했다.

하지만 거부할 수는 없었다.

그녀는 약속을 했으니까. 뽑은 지 한 달도 안 된 근위대가 다 죽어 나오면, 이제 정말로 백성들이 황궁이란 말은 쓰지도 않을 것이다.

그런 곳은 도살장이라 부르는 것이다.

자밀라는 근위대장의 눈을 쳐다보았다. 근위대장의 눈은 뜻밖에 슬픈 눈을 하고 있었다. 절망이 아니다.

근위대장은 느닷없이 질문을 던졌다.

"만약 제가 살아남는다면, 오웨느 마마께선 어떻게 하시겠사옵니까?"

자밀라의 뒷덜미를 입술로 애무하던 오웨느의 고개가 들

렸다.

그녀가 웃었다.

"호호호호호호호. 그렇다면 너를 나의 새 칼로 삼아 주지."

그러자 근위대장의 눈이 빛나기 시작했다.

자밀라는 침을 꼴깍, 삼켜야 했다.

오웨느가 다시 입술 애무를 시작했기 때문이다. 그녀의 입술이 목을 지나 어깨로 내려가고 있었다.

그러다가 이빨로 자밀라의 어깨살을 물었다.

"윽!"

자밀라가 신음하자 오웨느가 다시 숨결을 귓불에 불어 대며 웃었다.

"네가 정말 최선을 다하지 않는다면, 근위대가 싹 죽는 것은 물론이고 덤으로 오늘부터 당장 시체 정리하는 작업을 그치게 하는 것을 볼 것이다."

그래서 자밀라는 더더욱 공포에 질렸다. 정말 죽여야 하는 것이다.

오웨느가 자밀라에게서 떨어지지 않은 채 나긋나긋 하게 말했다.

"걱정하지 말아라. 저자만 죽으면 그만이니."

근위대장의 얼굴 근육이 씰룩였다.

오웨느의 힘이 아무리 강하다 해도, 자밀라는 겨우 자신의 몸을 칼받이로 던지는 훈련이나 받은 수준이다.

물론 오웨느가 퍼부어 준 마나파장이 자신보다 강한 것은 사실이었다. 하지만 실전 경험이라는 것은 차원이 다른 문제인 것이다.

갑자기 큰 옷을 입은 것처럼 여기저기 미끄덩거리고 삐그덕 거릴 수밖에 없다고, 근위대장은 그렇게 확신했다.

근위대장은 칼을 손에 그러쥐었다.

확 뛰었다.

자밀라가 아직 자세를 취하기도, 숨을 들이마시기도 전이었다. 근위대장의 눈이 빠르게 확대되는 자밀라를 보고, 반사적으로 칼을 휘두른 것은 정말 적절한 타이밍이었다.

하지만 찰라의 순간, 그는 자밀라의 동그랗게 떠진 눈에서 초점이 사라진 것을 보았다.

이제 제국은 물질 문명에 많이 기대 살아간다.

그래서 찰라의 깨달음이라는 경우는 겪기 힘들다. 근위대장조차도 잘 몰랐지만, 어쨌든 그녀가 잠시 뭔가 다른 것을 경험하고 있다는 것만은 깨달았다.

그리고 다음 순간……

자밀라의 손은 부들부들 떨던 경련이 없어져 있었다.

틱—

하더니 어느새 눈앞에 나타난 손이 근위대장의 칼끝을 툭 쳤다.

아주 툭 친 것이다, 하지만 근위대장의 칼은 그것만으로도 궤도가 획 꺾였다.

손목까지 왕창 꺾이면서 칼이 거의 구십 도나 구부러졌다.

자밀라가 칼끝을 친 힘이 큰 것도 아니었다. 그저 자밀라는, 근위대장이 펼친 힘을 역이용한 것에 지나지 않는 것이다. 근위대장은 그 순간에 깨달았다.

자밀라의 그 순식간에 부풀려진 마나는, 자밀라의 몸에 완전히 맞춰진 것이었다.

자밀라는 수십 년 세월을 그냥 뛰어넘은 것이다.

자신의 검이 돌려졌으니 당연히 자밀라의 다른 손이 파고들어 자신의 목을 후려쳤다.

자신이 일으킨 마나파장을 깨뜨릴 만한 충격밖에는 들어오지 않았다. 하지만 그것만으로도 충분했다.

근위대장 스스로의 속도가, 자밀라의 손에 의해 목뼈가 부러져 나가는 충격을 일으켰기 때문이다.

근위대장은 그렇게 자밀라와, 그녀에게 바짝 붙어 아직도 입으로 애무를 해 대는 오웨느를 지나쳐 바닥으로 굴러 벽에 처박혔다. 이것이 모두 한순간에 일어난 일이었다.

"크허흐!"

근위대장의 바람 빠지는 신음이 황제의 집무실 안쪽을 울렸다.

그 신음의 꼬리를 이어 스스로 흥분한 오웨느의 한숨이 황제의 집무실을 다른 울림으로 채웠다.

"하아— 다들 보았느냐?"

근위대는 말이 없었다.

목뼈가 부러져 아무 움직임도 할 수 없었던 근위대장도 들었다. 오웨느가 웃었다.

"힘은 크게 쓸수록 약점이 되는 것이다. 그 자신보다 약한 상대에게도 그럴 때가 종종 있는데 하물며 자신보다 모든 것이 더 강하고, 더 숙련되고, 더 노련한 상대에게는, 그것이 자기 자신을 공격하는 일로 변하게 되는 이치니라."

근위대장의 눈이 꿈뻑였다.

그의 눈에서 눈물이 흘러내렸다. 자밀라는 그런 근위대장을 향해 눈물을 흘리지 않았다.

그의 살의가 자신이 아니고 오웨느를 향했던 것을 분명히 보았기 때문이다.

오웨느가 목표였다. 간신히 흘려 낼 만큼은 예상을 한 공격이었다. 그럼 그 흘려진 공격이 뒤의 오웨느에게로 가서 맞기를 바란 일격이었다.

그러나 그것은 애초에 가능한 것도 아니고, 그래서도 안 되는 일이었다. 오웨느를 자극하기만 하는 것이다.

그렇게 되면 무슨 일이 일어날지 아무도 모르게 된다.

오웨느 황녀를 공격하는 일은, 그래서 일어나면 안 되는 일이었다.

자밀라는 속으로 안도의 한숨을 내쉬었다. 차마 즉사시키지는 못했다. 어쨌거나 근위대장은 곧 죽을 것이다. 자밀라가 말했다.

"황녀님을 분노케 하는 일이 곧 제국의 백성들 수십 수백만을, 아니, 수천만을 죽이는 일을 가져옵니다. 잊지 마십시오."

그 순간, 오웨느가 웃었다. 손길이 이제 본격적으로 자밀라의 몸을 더듬기 시작했다.

"들었더냐? 그럼 어서들 물러가거라. 누가 제국에 더 충성하는 것 같으냐? 쓸데없는 명예욕으로 나를 건드려 수백만을 학살당하게 만들 네놈들이냐? 아니면 단 하나의 백성이 죄 없이 죽을까 매일 근심하는 이 자밀라더냐?"

이 말을 듣고서야 자밀라는 근위대가 역심을 품었다는 것을 깨달았다.

새로 모집된 근위대의 목표 자체가 애초부터 오웨느의 암살이었다는 것을 자밀라만 모르고 있었던 것이다.

자밀라의 얼굴이 굳어졌다.

오웨느는 자신을 이용해 근위대의 마음을 후벼 팠다. 근위대의 얼굴색이 굳어지고, 어떤 기사는 눈물까지 뚝뚝 흘리고 있었다.

오웨느는 그런 근위대에게 깔깔 거리며 웃었다.

"너희가 너희 제국의 신민들을 사랑하는지, 네놈들의 그 귀족이라는 알량한 자존심을 사랑하는지 먼저 돌아보아야 할 것이다. 깔깔깔깔깔깔!"

그러더니 오웨느가 자밀라의 어깨를 다시 입술로 물었다. 그리고 그녀의 손을 끌고 자신의 황제의 침실로 향했다. 오웨느의 뜨거운 신음 소리는 들렸지만, 자밀라의 소리는 나오지 않았다.

근위병들이 모두 고개를 숙이고 눈물을 흘리는 순간에, 같은 여자의 육체를 탐하는 오웨느의 마왕 같은 강함에 절망을 느끼는 순간에, 점점 자밀라의 신음 소리도 들려오기 시작했다.

자밀라는 그렇게 오웨느에게 끌려 들어가고 있었다.

*   *   *

구름 기둥 너머, 중원, 섬서성 서안.

햇살이 좋은 날은 어디론가 놀러가고 싶다.

미모의 중년 부인이 미소를 지으며 손을 앞치마에 닦으며
마당으로 나왔다.

"오늘 백마사 탑돌이나 해 볼까……."

그 말에 찬성하는 목소리가 불쑥 들려왔다.

"저도 같이 가고 가요."

중년부인이 고개를 돌리자, 무인들과 함께 문턱을 넘으며
들어오는 것은 바로 강북련주 엄자령이었다.

"오, 어서 오너라. 그래, 우리 강아지들 잘 있더냐?"

그 말을 듣는 순간, 엄자령이 볼을 부풀렸다.

"어머니, 그 사람이 다른 여자랑 잤대요."

그 말을 하는 순간 엄자령이 눈물을 한 방울 올렸다. 그
러더니 중년부인에게로 뛰어들었다.

중년 부인은 눈살을 찌푸렸다.

"가만있어도 찬바람이 풀풀 일어나던 둘째 그 녀석이?
허, 부처님이 살생을 했다는 소리보다 더 황당한 얘기로구
나."

중년부인, 모용석화가 오히려 미안하다는 듯이 엄자령을

안아 주고 다독거렸다.

엄자령의 고자질에 놀란 여자들이 우르르 쏟아져 나왔다.

"정말이야? 삼촌이 그런 파렴치한 짓을 했다고?"

홍춘이었다. 요리를 하다가 나왔는지 손에 식칼이 들려 있었다. 그 식칼을 휘두르며 외쳤다.

"우리 집 그 양반은? 그걸 보고 가만히 있었대?"

그러자 엄자령이 고개를 끄덕였다.

홍춘의 얼굴이 확 일그러지더니, 그 식칼을 들고 홱홱 휘 두르고는 외쳐 주는 것이다.

"들어오기만 해 봐라! 정식 제수씨가 누구인지 내 똑똑히 교육시켜 주겠어!"

연미가 방문을 열었다.

그녀도 놀란 얼굴을 했다. 그녀의 배가 조금 부풀어 올랐 다. 이제 육 개월 째라, 한참 바쁘던 광겸은 듣지도 못하고 간 것이다.

연미가 일부러 부탁하기도 했던 때문이었다. 광겸의 정신 이 분산될까 두려워서, 숨겨 달라고.

홍춘이 급하게 외쳤다.

"아현아, 문 닫아라! 네 막내 숙모 뱃속의 아이가 이 기 막힌 일을 들을까 무섭다!"

그러나 아현은 문을 닫기는커녕, 혀를 쏙 내밀었다.

"에이, 겁이 삼촌이 그동안 많이 참고 살았는데 한 번 실 수할 수도 있지 뭐. 근데 그 여자 어떤 여자래요?"

라며 엉뚱한 곳으로 주의를 돌리자 홍춘이 어이가 없어

외치는 것이다.

"저것이 뚫린 주둥이라고! 장차 니 남자가 그래도 그렇게 남의 말 하듯 말할 테야? 냉큼 문 닫지 못해 이 지지배야!"

그러나 아현은 그런 홍춘을 향해 혀를 내밀더니, 엄자령에게 손을 흔들며 힘내요 둘째 숙모! 라더니 안채로 쪼르르 뛰어 들어가 버리는 것이다.

홍춘이 씩씩거렸다.

"저년이 지 곧 시집갈 것도 생각 안 하고 아주 막 지껄이기는……!"

그러자 이번엔 엄자령이 놀랐다.

"예? 아직 어린 아현이한테 무슨……!"

모용석화가 웃었다.

"아, 저리 어린 것을 굳이 먼저 데려가겠다고 서로 줄을 서는구나 글쎄."

그래서 엄자령은 탁명옥을 쳐다보았다.

간신히 좀 절뚝거리며 걸을 만해진 탁명옥이 어깨를 으쓱거렸다.

난들 어떻게 합니까, 라는 표정이었다.

그래 놓고 말문을 열었다.

"뭐, 좀 많기는 합니다. 강호무림의 집안을 떠나서 무슨 높은 관리 집안이니 무슨무슨 학자 집안까지 다 있고요."

엄자령의 눈살이 찌푸려 들자, 탁명옥은 안 되겠는지 엄자령의 약점을 물고 늘어지는 것이다.

"이게 그냥 남자가 다른 여자랑 바람피운 얘기인데, 그게 천하의 광삼형제 대협 분들의 집안에서 생긴 일이라면 상황이 많이 다르죠. 그 소식 하나만으로도 섬서 성쯤은 간단히 들썩거릴 것 같은데요. 어쩌다 그런 일이 발생한 겁니까?"

그러자 탁명옥의 반격에 이맛살을 살짝 구겼지만, 엄자령이 그간 보고 들은 이야기를 들려주기 시작했다.

사실 그걸 들려주기 위해 온 것이니까.

아틸라 백작의 이야기부터, 그와 얽힌 서대륙 사람들, 왕자와의 이야기, 그리고 남쪽 해안이 포격을 받아 폐허가 된 것, 그리고 날으는 함선까지.

들으면서 여자들은 연신 입을 벌리고 놀라워했고, 그중 모용석화의 얼굴은 심각하게 굳었다.

"난민이 많이 발생했을 듯싶은데, 교단에서 그런 소식을 전하지 않다니."

"아니, 신경을 많이 쓸수록, 조정에서 이 일의 심각성을 알아차릴 확률이 너무 큽니다, 어머니. 저들의 놀라운 무기들을 향해 관심을 쏟기 시작하면 여기저기서 몰래 구름기둥 안으로 들어가 그 무기들을 들고 나올 것이고, 그럼 세상은 정말 큰일 납니다."

모용석화가 그래서 물었다.

"그래, 무섭지. 그런데도 굳이 그곳에 왜 갔다는 말이냐? 밖에서 지키면 그만이 아니냐?"

모용석화가 묻자, 엄자령이 머뭇거렸다.

"그, 그것이……."

도저히, 제갈청청이 저 세계에서 부활했다는 이야기를 들려줄 수가 없었다.

그러다가 엄자령은 주의를 돌리기 위해 폭탄선언을 했다.

"저, 저도 그이랑 살을 섞었어요, 어머니."

"뭐?"

모용석화의 눈이 동그래졌다.

"응? 뭐야? 그럼 도련님 그 여잔? 그 여자랑은 그냥 하룻밤 즐긴 거야? 아니, 그냥 술집에서 벌어진 일 갖고 난리 치고 그런 건 아니지, 동생?"

이것은 홍춘의 반응이었다.

"에? 에, 아, 련주, 이 많은 사람들이 듣는데, 어……."

탁명옥의 반응이었다.

"거봐요, 둘째 삼촌은 의리가 있다니까. 결국 돌아올 거였다니까요. 이제 식만 빨리 올리면 되겠네."

안채에서 어느새 사랑방으로 들어가 툇마루 문을 연 아현의 반응이었다. 홍춘이 어이가 없는지 잔소리를 작렬시켰다.

"여자가 남자한테 육체를 허락하는 게 무슨 심심할 때 육포 씹는 거랑 같은 일인 줄 알아, 이 지지배야! 냉큼 방문 못 닫아?"

마지막으로 연미가 참다못해 직설적으로 물었다.

"아니, 듣기로는 폐허가 된 곳에, 남자들이 세워 놓은 천막만 그렇게 많은 허허벌판에서 어떻게 같이 밤을 보냈다는 거예요?"

그러자 엄자령의 얼굴이 홍당무가 되었다.

광검을 끌어들여 일을 치른 때는, 대낮이었다. 시간이 그

때뿐이었으니까! 그러나 차마 어찌 그런 말까지 입에 담을
수 있겠는가.

그래서 그녀는 최대한 표현을 자제했다. 하지만 사실이
튀어나오는 것은 어쩔 수 없었다.

"아, 저, 산모퉁이……."

연미의 입이 딱 벌어졌다.

"수, 수풀 속에서……?"

홍춘은 하늘을 쳐다보았다가, 벌어진 입을 곧 다물고는
어깨를 으쓱, 했다.

"사업을 크게 하는 여자답게 대범하군. 첫 경험이 그냥
들판이라니."

팔을 그냥 딱, 벌린다. 다 보라는 듯!

그리고 앞치마를 두르더니 부엌으로 도망치듯 들어가 버
렸다.

결국 입으로 한 소릴 하는 것이다.

'부뚜막과 얌전한 고양이'가 어쩌구 하면서.

모용석화 역시 벌어진 입을 가급적 빨리 수습하더니 결국
묻는 것이다.

"검이가 뭐라고 하더냐?"

엄자령은 고개를 들 수가 없었다. 뜨끔, 하더니 다시 코
가 톡 쏘듯 찡해졌다.

"최대한 빨리 돌아온다고……."

차마 말 할 수 없는 사실 때문에, 엄자령의 눈에서 다시
눈물이 떨어졌다.

그런 엄자령을 모용석화가 말없이 안아 주었다.

"그럼 곧 돌아오겠지. 약속은 잘 지켰던 아이잖니."

제갈청청이 다시 살아나 그 무시무시한 철의 함선을 대량 생산하는 제국 황제의 딸이 되었다는 사실을, 그녀는 도저히 이야기할 수가 없었다. 그래서 못 돌아올 수도 있다는 말도. 그녀는 모용석화의 품에서 많이 울었다.

*   *   *

함선은 식수와 먹을 것을 더 확보한 다음 다시 남쪽을 향했다. 곧 구름기둥과 다시 마주쳤다.

견자단의 운기조식이 끝난 후, 함선의 모든 드롭이 같이 공명하는 현상을 카알과 같이 생각하고 또 생각했다.

광수가 말했다.

"그쪽 세계는 비밀이 많군."

그리고 함교 바깥을 내다보던 롯데가 소스라치게 놀라며 말했다.

"전하! 구름기둥이 줄었사옵니다!"

일행이 모두 뒤쪽을 바라보았다. 거기 보이는 구름기둥이 정말 크기가 줄어 있었다.

"저게 무슨 현상이지?"

롯데가 설명했다.

"저건 사실 일시적인 현상입니다. 저 두 세계의 접점은 곧 떨어지게 될 거예요. 그래서 아무도 제국의 명을 어기고 큰 영향을 끼치지 않은 거예요. 영원히 붙어 있다면 아마 난리가 났을 것이고, 탈란제국을 은근히 적대시하던 다른 연합국들도 중원을 먼저 차지하기 위해 전쟁을 했을 거예 요."

광겸이 물었다.

"떨어지다니?"

롯데가 말했다.

"저건 곧 사라지게 될 겁니다. 두 세계를 연결하던 관문 이 없어지는 거죠."

"그럼 그땐 아무도 두 세계를 들락거릴 수 없게 된다는 말인가?"

그러자 카알이 말했다.

"그전에 돌아가야 하겠지."

그러더니 그는 이제 막 다른 옷을 입어 가슴을 가리려던 견자단의 가슴에 난 소용돌이를 가리켰다.

"당신들도 느꼈겠지만, 드롭의 힘이 엄청나오. 제국이 드 롭을 이제 와서 다시 더 모으려는 이유가 아마 그것 때문일 거요. 그 정보를 다는 아니겠지만 오웨느도 알고 있을 것이 고, 그럼 그녀도 이 드롭의 비밀을 언젠가는 알게 될 거요."

견자단 삼 형제는 새삼 자신들의 가슴을 내려다보았다.

전혀 다른 힘이 들어왔다.

그것을 융합하는 일이 가장 큰일이 될 것이다. 그리고 그 드롭의 비밀을, 오웨느가 주목하게 되면 일은 걷잡을 수도 없었다.

"그녀가 두 세계를 마음대로 초월하는 힘을 가지게 될 수도 있을 것 같소."

"드롭이 왜 그 정도의 힘을 가지고 있소? 도대체 위대한 존재라는 것은 뭐요?"

카알이 고개를 저었다.

"나도 모르겠소. 아니, 아무도 그것은 모르오."

광검이 투덜거렸다.

"비밀이 정말 많군. 이제 시간 없어서 똥줄이 타게 쫓기는 상황이 되었는데."

이것은 모두가 공감했다. 시간이 없다.

그리고 그 순간, 저 멀리 떨어진 제국 황도.

*   *   *

오웨느의 눈이 반짝 뜨여졌다.

지쳐서 잠을 자는 자밀라의 나신이 보였다. 오웨느가 다시 자밀라의 나신을 혀로 핥으며 중얼거렸다.

"누구냐…… 누가 그렇게 큰 힘을 가지고 이 세계로 들어온 것이냐……."

오웨느, 제갈청청은 드롭의 존재를 모르고도 그 공명을 느끼고 반응한 것이다.

자밀라가 문득 깨어났다. 그녀의 몸이 일어나려 꿈틀거리자 오웨느가 그녀의 귀에 대고 속삭였다.

"그냥 더 자려무나. 이제 곧 큰 싸움이 있을 터이니."

말을 하며 오웨느의 눈이 빛났다.

제갈청청이 생각했다.

은은한 진동, 그녀로서도 번잡하게 될 것 같은 진동이다. 제갈청청의 마음이 오웨느의 뇌리를 뒤적이기 시작했다. 그녀가 알고 있는 정보를 찾아보려는 것이었다.

'더 알아봐야 할 것들이 많군, 이 세계는……'

정말 많았다.

오웨느의 눈이 사악하게 번뜩였다.

한편, 한번 깨서 눈을 뜬 자밀라는 눈을 도로 붙이지 못했다. 생각이 더 많아졌다.

오웨느를 등진 자세로 그녀는 어둠만 바라보고 있었다.

오웨느의 손길은 능숙하게 자밀라를 만졌다. 그것이 자밀라를 더 공포스럽게 만들었다.

여자끼리의 정사를 정상적이라고 생각해 본 적이 없다. 하지만 오웨느는 그런 본능마저도 무너뜨렸다.

두려웠다.

그녀에게 정말로 빠지게 될까 봐 두려웠다.

오늘 근위대장의 목을 부러뜨리고 전신마비로 그치게 한 것만 해도 정말 최선을 다한 것이었다.

그걸 오웨느가 그냥 넘어갔으니 망정이지, 만약 거기서 더 손을 써서 완벽히 죽이라고 했으면 그녀는 견디지 못했을 것이다.

하지만 오웨느는 자신의 그런 벽을 허물고 있었다.

이성의 벽을.

자밀라의 허파에 따라 갈비뼈도 천천히 부풀고, 숨소리도 그만큼 답답하게 내뱉어졌다. 그러나 그걸 놓칠 오웨느가 아니다.

"그냥 자래도 그러는구나."

자밀라는 금방 눈을 감았다. 눈물이 흐를 것 같아서였다.

제갈청청, 오웨느는 그런 그녀의 귀에 대고 다시 숨결을 불어넣었다.

"눈물을 보이면 그땐 네가 사람을 한 명만 죽인 보람이 없어질 것이니라."

자밀라는 입술을 깨물었다. 다행히 눈물은 넘치지 않았다. 그러다가 자밀라는 정신이 더 지치는 바람에 깜빡 잠이 들었다.

꿈을 꾸었다.

그녀가 오웨느의 완벽한 칼이 되어 수많은 사람들을 학살하고 다니는 꿈이었다.

그녀가 신음을 흘리며 뒤척였다.

"싫어……! 싫어……!"

오웨느는 그런 자밀라의 귀밑머리를 살살 쓸어 넘기며 웃었다.

"싫어도 어쩔 수 없지 않느냐."

어둠 속에서 자밀라의 잠결에 흐르는 눈물과 그 눈물을 핥으며 웃는 오웨느의 눈이 반짝거렸다. 장난꾸러기 소녀 같은 표정이었다.

달이 창문을 통해 두 여자의 꿈틀거림을 조용히 비추고

있었다.

새 한 마리가 음울한 달빛 안을 스쳐 지나가며 기분 나쁜
소리를 내뱉었다.

까라라라라라라라—아악—

34.

음혈루(飮血淚), 피 마신 눈물.

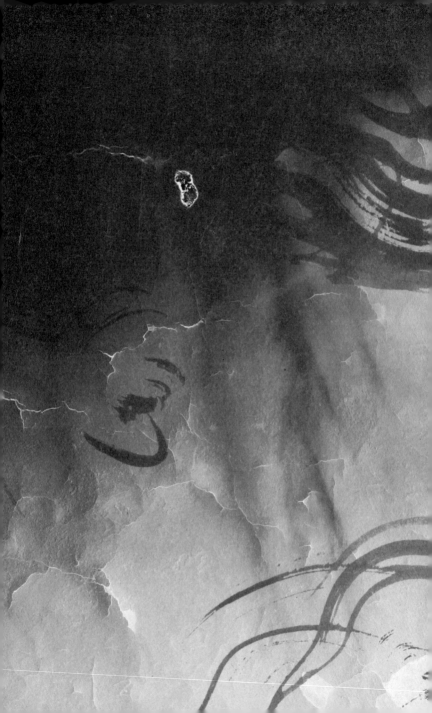

적도 부근의 하루해는 길다. 그 긴해가 뉘엿뉘엿 넘어가던 저녁, 레땡은 부스스 눈을 떴다.

"다 모였나?"

레땡은 하품을 하고 일어났다.

언제나처럼 피곤한 얼굴, 그래서 모인 시골 동네 활잡이들은 잔뜩 긴장했다.

밍박 공작이 레땡을 죽이기 위해 파 놓은 함정이라는 소문이 벌써 마수의 숲 근처 마을, 레땡의 영지 전체인 마을 일곱 개를 강타했기 때문이다.

오늘 하루 만에 마을 촌장들이 다 알고 술렁일 정도였다.

그러나 정작 레땡 본인은 저 모양이었다.

긴장을 안 힐래야 안 할 수가 없었다. 그래서 그 표정들이 바깥에 표시 났고, 그 표정들을 찬찬히 들여다보던 레땡은 뜻밖의 얼굴을 보았다.

"어? 자네 어디서 봤는데?"

그는 바로 떡갈나무 촌에서 운 좋게 도망쳐 나온 중년인이었다. 그가 레땡을 향해 고개를 숙였다.

"이제 영주님으로 다시 모시겠군요."

레땡은 고개를 흔들었다.

"아…… 참 미안한데, 누군지는 기억이 안 나. 나도 나이 꽤 먹었나 본데."

그러자 그 중년인이 말했다.

"십오 년 전 칼날 산맥 괴물들 토벌 끝내고 돌아오다가 재수 없이 국경 부근의 외국 첩자단과 부딪혔었죠. 거기서 죽을 뻔한 병사들 중 하나가 접니다."

그제야 레땡의 눈이 살짝 커졌다.

"오? 혹시 별명이 곰탱?"

중년에게 이런 별명을 불러 대는 것은 참 별 풍경이다. 하지만 레땡이 원래 그랬다. 그걸 아는 중년인, 곰탱은 고개를 끄덕이며 웃었다.

"그래도 절 기억하시는군요. 뭐…… 공로가 없지는 않은데 줄 게 없다고, 영주님이 제게 그때 그 첩자 놈들의 총 네 자루를 주셨죠. 그걸 팔아서 고향에 펍을 차렸습니다. 그걸로 먹고 살았죠."

그래서 레땡의 눈이 왕창 커졌다.

"어? 이 촌 동네에 술집이 있다고? 그것도 전우가 하는 술집이란 말이지?"

자신의 영지를 과감히 촌동네라 말하는 레땡도 그렇지만, 이 상황에 술이라니.

그러자 중년인 곰탱은 고개를 흔들었다.

"뭐…… 어찌 될지 모르겠습니다. 지금 영주님을 노리는 놈들이 제 펍을 차지하고 있어서요."

"어? 그놈들이? 그럼 자넨 어떻게 도망쳐 나왔나?"

그랬다가 레땡은 눈을 꿈뻑이더니 덧붙였다.

"아니, 난 오랜 전우였던 자네를 의심한다는 말은 아니고."

그러자 곰탱은 씨익 웃었다.

"처음엔 저를 협박했습니다. 그러더니 지들끼리 속닥거리다가 촌장님을 시켜 우리 마을 사람들을 인질로 잡지 뭡니까."

그 말에 레땡이 인상을 썼다.

"에이, 그럼 인질 있으니 함부로 들이닥치지 말라고 나한테 알리는 거구먼? 자네가 도망치는 거 일부러 놔줬겠네."

곰탱은 머리를 긁적였다.

"예. 그런 셈입니다. 사실 이 사태를 처음 보고 영주님께 알린 것도 제 아들놈인데, 그놈이 멀리서도 무서워서 무조건 도망치기만 하게 만든 인간이 그놈들 중에 있습니다. 저도 당연히 반항은 꿈도 못 꾸었구요. 정말 무시무시하더군요."

레땡이 피식, 웃었다.

"그 기세를 느꼈다고? 그럼 자네 아들에게 그냥 마나파장을 건강 챙기는 정도로만 가르친 게 아니란 소리네?"

"사람 사는데 뭣이 어찌 될지 어떻게 압니까요. 그래서 전장에서 쓰일 정도를 가르쳤는데 아들놈이 다행히 저보다 재질이 더 낫더군요."

레땡이 그래서 물었다.

"그래? 그럼 자네의 그 자랑스런 아들은 왜 숨기고 자네가 대신 왔나?"

그래서 곰탱이 대답했다.

"아들놈이 나이답지 않게 뜻밖에 침착합니다. 전에 주신 총 네 자루 중에 세 자루만 팔고 한 자루는 남았습죠. 그걸로 짐승도 잡고, 손질을 꾸준히 했으니 말썽은 없을 겁니다. 아들놈이 그걸 들고 마을 밖에서 대기하고 있고요."

레땡이 웃으며 곰탱을 감싸 안았다.

"하핫! 의외의 저격수 하나가 생겼잖아! 그때 그 총이 아마…… AK 볼링어였던가?"

공탱이 고개를 끄덕였다.

"맞습니다. 아직도 현역에서 쓰이고 있고, 꽤 많은 군대에서 기사를 보조하는 폰들을 먼 거리에서 위협할 때 쓰이는 총입죠."

레땡이 고개를 끄덕이더니 아무렇지도 않게 말했다.

이번엔 모여든 활잡이들을 향해서였다.

"에…… 영지 백성 여러분. 사실 그놈들이 노리는 건 나일지도 모르겠는데, 이 몸은 2차 목표물이다. 그놈들이 노리는 분은 따로 있지."

그래서 모여든 활잡이들이 술렁거렸다.

그 술렁임을 끊으며 레땡이 단호하게 말했다.

"시집가야 하는데 그걸 버리고, 궁궐의 여인으로서 남자들과 같이 땀 흘리고 뒹굴며 점잖지 못하다는 비난도 기꺼이 받으면서 칼 밑으로 몸을 날려 불쌍한 백성을 구한 그분 기억할 것이다. 눈앞에서 가장을 잃은 모녀였지."

"헉! 그렇다면 고, 고, 공주마마!"

활잡이들이 비명을 질렀다.

"에, 에, 엘르 마마께서 여기 계신단 말입니까!"

활잡이들의 놀라움은 당연했다. 국왕이 쓰러져 일어나지 못하고 있는 지금, 사라진 카알 왕세자와 엘르 공주는 백성들의 마음에 구세주나 다름없는 사람들이었다.

레땡이 고개를 끄덕였다.

"그러니까 여러분은 무리하지 말고, 자 연습 딱 한 번만 해 보자."

레땡은 활잡이들에게 둥근 포진을 명령했다. 그리고 후카시들과 기사들이 궁수들의 자리를 잡아 주었다.

그리고 나서 레땡은 화살을 멀리 보낼 때 쓰는 각도로 들게 했다. 그 각도 기사들이 일일이 다 맞춰 주었다.

그리고 레땡이 명령했다.

"발사!"

쐐쐐쐐쐐쐐—쐐액—!

화살이 날아갔다. 그리고 멀리서 꽂힌 화살들은 정말 빽

빽한 지점을 형성했다.

달랑 오십여 발의 화살이다. 작은 영지라 활 쏘는 남자가 고작 이들뿐이었다. 하지만 화살들은 교차로 떨어지도록 계산된 각도다.

사냥꾼들의 눈이 빛나기 시작했다. 그들은 한 번도 모여서 훈련하거나 그런 적이 없었다. 이번이 처음이다. 하지만 레땅은 아예 공식 자체를 가지고 있는 것이다.

굉장한 실력자를 견제하는 것에 대한 공식을.

그리고 이런 얼굴조차 처음 본 사람들을 모아서 꽤 빨리 조직화하는 공식을, 머리가 아니라 아예 몸에 익힌 사람이었다.

레땅의 밑에서는 오합지졸이 있을 수 없다는 말이 이래서 생긴 것이다.

레땅은 먼저 앞장섰다. 가면서 말했다.

"중갑주니 뭐 이런 무거운 거 다 버리고, 만약 우리 기사대가 실패하면 뒤도 돌아보지 말고 도망갈 수 있도록 하도록. 여러분들 책임은 어디까지나 그 무서운 놈이라는 칼잡이 옆의 폰들을 견제하는 일이니까. 알겠나들?"

그러나 반발이 터져 나왔다.

"장군님! 아니, 영주님! 엘르 공주님을 두고 그냥 갈 수는 없습니다!"

그러자 레땅이 멈추지 않고 걸으며 말했다.

"그럼 공주님이 더 억울하게 죽을 테지. 그게 현실이다. 멀리서도 사람을 공포에 질리게 하는 작자라면 이 견제용

화살 따위는 마나공진 한 번으로 다 흐트러뜨려 튕겨 낼 수도 있는 인간이야. 그게 초기사야."

그러더니 레땡이 단단히 주의를 주었다.

"딴생각 말고, 우리가 실패하면 그땐 무조건 도망쳐야 한다. 여러분들까지 다 죽는 거 보고 공주님 눈에서 피눈물 흐르기 전에. 알겠나?"

모두가 숙연해졌다.

레땡은 무슨 적을 몰아내자 따위 겉치레 가득한 허풍으로 사람의 가슴을 들끓게 한다거나 뭐 그런 것이 없다.

그냥 사실만 전달할 뿐이었다.

그리고 정확하게 배분하는 것이다. 각자 할 일을. 이건 사기를 올리고 말고 하는 차원이 아니었다.

레땡이 다소 실망한 듯 다시 말했다.

"어허, 대답들이 왜 이리 성의가 없어. 영혼이 빠져나간 것 같구만. 나와 기사단이 실패하면 무조건 빠져나간다. 알겠나?"

레땡은 곰탱을 바라보고 당부했다.

"그나마 자네가 이 사람들 책임지고 다 철수시켜 알았나?"

곰탱이 씨익 웃었다.

"여전하시군요. 흐흐. 이래서 장군님 밑에서 일하면 마약 중독되는 것 같다니까. 빠져나올 수가 없어요."

곰탱은 큰 소리로 외치며 경례를 붙였다.

"명을 받듭니다!"

활잡이들도 고개를 끄덕였다.

"예! 알겠습니다!"

흉험한 전장에서, 나보다 더 강한 적을 상대하면서도 살아남고 더 나아가 이기는 법을 냉정하게 알려 주는 것이다. 그래서 이 활잡이들은 새삼 백전노장이라는 존재를 다시 각인할 수 있었다.

그들은 그렇게 떡갈나무 촌으로 향했다.

*　　　*　　　*

이층이 여관, 일층은 펍.

펍은 그래도 사람들이 꽤 들락거려야 유지가 되는 형태의 선술집이다.

선술집, 그러니까 길에 서서 술 마시는 그런 좌판보다 약간 더 큰 주점으로 구분하기도 뭐하다. 정식으로 앉아 마시는 탁자도 꽤 있으니까.

이런 형태의 선술집이 바처럼 긴 테이블 놓고, 펍처럼 작은 탁자 여럿을 놓을 수 있다는 것.

떡갈나무 촌 자체의 사람은 없지만, 마수의 숲에 드나드는 외지인은 꽤 된다는 증거였다.

일 년 전, 정신없이 도망쳐 올 때는 보지 못했던 마을 형태였다.

마을 입구에 들어서면서 엘르는 흠칫했다. 그게 뭔지 정확히 알지는 못했다.

"댄, 혹시 살의를 느끼지 않았어요?"

댄은 웃었다.

"에이, 뭐 외지인들끼리 시비 붙었나 보죠."

"에?"

댄이 그냥 가볍게 넘어가자 의혹은 더 강해졌다. 마을 사람들이 보이지 않는다. 심지어 펍에 도착하자 아예 살의를 잠깐 읽었다.

"댄……!"

댄은 그래도 웃었다. 그는 걱정 말아요, 소리를 반복하고 있었다. 하지만 펍 안에 들어서니 손님은 아무도 없었다.

제발 도망가 주세요라는 표정의 종업원이 혼자 오도카니 서 있는 것이다.

이래서는 도저히 술을 마실 수가 없다. 그러나 댄은 정말 아무것도 느끼지 못하는 것처럼, 주문을 했다.

"여기 치킨, 일단 맥주 두 잔."

엘르는 정말 숨을 진중하게 들이마시고 있었다. 위험했다.

맥주가 나왔지만 엘르는 손대지 않았고, 댄이 혼자 브라보를 외치며 좍 들이켰다.

그러더니 스르륵, 쓰러졌다.

쿵—

엘르는 황당했다.

"댄!"

술에 뭘 탔을까? 뭔데 마시자마자 댄 같이 강한 사람이 그냥 쓰러진단 말인가?

"댄? 정신 차려요 댄!"

그리고 엘르는 정신없이 굴러야 했다.

날카로운 것이 빠르게 날아드는 것을 느꼈기 때문이다.

터터텅—

엘르의 머리가 있던 자리를 지나친 침 세 개가 펍의 바 테이블에 박혔다. 일부러 아주 슬쩍만 피했다. 과연, 그렇게 빠르게 스쳐 가는 침의 날카로움에서 감각이 느껴졌다. 몸에 해로운 초록색이 머리에 떠오른다.

감각이 말해 주는 것은 그거였다.

'독침……!'

발딱, 일어서며 엘르가 칼을 뽑아 들었다.

"블루샤크?"

대답은 없었다. 하지만 사내 하나가 음흉하게 웃으며 다가들고 있었다.

"크크큭— 어떻게 그 큰 상처를 고쳤는지는 모르지만, 어쨌든 거기까지. 죽어라 계집!"

독침이 날아들었다.

눈앞의 독침이 끝이 아니었다. 바 테이블 뒤의 종업원을 재끼며 한 사내가 칼을 내려친 것이다.

소닉 블레이드가 쏟아져 내렸다. 그냥 정직한 내려치기, 뒷등을 갈라놓을 듯한 기세를 피할 수도 없다.

피하면 쓰러진 댄이 맞으니까. 독침이나 소닉 블레이드 둘 중 하나는 무조건 맞아야 하는 상황.

엘르는 칼을 휘잉— 크게 휘둘렀다. 그냥 크게 한 바퀴 그린 원이다. 그런데 그게 그냥 원이 아니었다.

옆에서 보면 엘르의 휘두름은 활짝 펴진 고른 평면의 원이 아니었다. 궤도가 울퉁불퉁 하다는 것은 그만큼 미숙하다는 증거다.

그런데 그것은 시간차로 날아들건 독침 두 개를 쳐 내기 위한 오목점과 볼록점이었다.

티팅—

일부러 오르내린 궤적에 독침 두 개가 튕겨져 나가고, 동시에 엘르의 허리도 홱 돌며 뒤의 사내가 내려친 소닉 블레이드를 막아 냈다.

카캉—

소닉 블레이드가 그 회전에 쓸려서 궤도를 꺾었다.

파박—

바닥의 목재를 부순 소닉 블레이드가 흩어지고 파편을 날렸다. 그리고 엘르의 그 동작 한 번에 사내들이 크게 놀랐다.

"어떻게? 겨, 겨우 이틀 만에? 그땐 이 실력이 아니었는데?"

엘르가 말에 대꾸를 하지도 못했다. 살의가 벽 너머에서 덮쳐 오고 있었기 때문이다. 강한 살의는 꼭 단단한 형체를 지닌 것처럼 엘르를 압박했다. 벽을 사이에 두고 있다는 것이 믿어지지 않을 정도였다.

아크레 왕국의 왕궁 기사단장이었던 노이레, 그였다.

콰쾅—

벽이 부서지며 벽돌들이 후두둑 튀었다.

그 사이로 보이는 것은 노이레뿐만이 아니었다. 엘르가 술집에 들어가자마자 집 안에서 끌려 나온 마을 사람들이 있었다.

그 사람들을 향해 노이레의 검끝이 살살 돌려지고 있었다.

"나와서 얘기하죠, 공주님. 이 사람들 순식간에 산산조각 나서 피가 폭발하듯 흩어지는 거 보고 싶지 않으시겠죠?"

엘르의 눈가가 찌푸려졌다.

노이레.

굳이 인질을 잡지 않아도 될 사람이다. 엘르에게 마나수련을 가르친 레땡이 그랬다. 자신은 오르지 못한 초기사의 경지를 밟은 자라고.

그럼에도 저렇게 인질을 잡은 것이다. 정말 확실한 것을 좋아하는 사내였다. 역시 감당하기 힘든 상대다.

"좋아요. 나가죠."

엘르가 부서진 벽을 통해 밖으로 걸어 나왔다.

"네, 좋아요. 역시 우리 공주님이 백성을 끔찍이 아끼신다니까."

노이레의 웃음이 짙어졌다.

* * *

황궁.

냄새는 역했다.

시체를 치우고 또 치워도 끝이 없었다.

오웨느가 시신 치우기를 허락한 그 순간부터 벌레들이 꼬이기 시작했다.

오웨느의 마나파장이 어떤 범위에 걸쳐 영향을 발휘하는지 단적으로 보여 주는 일이었다.

자밀라는 스스로도 구역질을 올렸다.

그러나 오웨느가 불어넣어 변화시킨 마나파장은 그녀의 살아가는 본능에 따라 무의식적으로 운용되는 것이다. 그것이 마음을 안정시키고 있었다.

시체들 사이의 썩은 냄새도 마스크 없이 그냥 버틸 수 있게 되자 자밀라는 자신이 비현실적인 사람으로 느껴졌다.

이 많은 시체들을 보면, 그리고 그 시체가 썩은 내를 풍기면, 게다가 그 시체를 움직이면 벌레들이 확 퍼져 나가는 모습.

그건 사람이 버틸 수 있는 것이 아니었다.

하지만 오웨느가 끌어올려 준 경지의 마나파장은 그런 참혹한 광경에서도 평온한 상태를 만들어 주는 것이다.

차라리 오히려 더 비인간적이 되는 것 같은 그런 느낌. 그 생각 때문에 시체를 치우는 일도 그냥 기계적으로 했다.

아무 생각이 없었다.

여기저기서 흑흑 대는 울음소리가 들렸다.

도시하나가 몰살을 당했지만, 그래도 다른 곳에 살던 친

척이 달려와 시체라도 수습하려고 하는 경우는 있게 마련이
다. 그래서 사람들의 울음소리는 끊이지 않았고, 시체를 뒤
적이다 기절한 사람의 아이 하나가 기절한 엄마를 부르며
역시 울고 있었다.

그때였다.

자밀라의 뇌리에 그 소리가 들려온 것은.

[듣기 싫구나, 저 소리.]

뇌를 울리는 마나파장, 그 사람의 목소리 색깔이 생생하
게 잡히는 의사 전달, 혜광심어 와는 다른, 마교에서 쓰이
는 용어로는 마령통음(魔靈通音)이라고 불리는 그것이 자밀
라의 뇌를 두들긴 것이다.

"마, 마마……!"

자밀라가 비틀, 우는 아이를 바라보았다.

오웨느가 그녀의 마음을 느낀 것이 믿기지 않아 자밀라의
경악이 더해졌다.

그러나 그것과 오웨느의 짜증은 별개였다. 오웨느의 마령
통음은 이어졌다.

[울음소리가 들리지 않게 하라.]

자밀라는 아찔했다.

사람들은 시신 정리 작업을 하는 자밀라의 눈치를 보고
있는 중이었다.

자밀라는 황급하게 소리쳤다. 마나파장을 운용한 외침이
었다.

"눈물을 그치랍시는 명이시다! 모두 울음소리를 내지 말라!"

그리고 그 소리 때문에 기절에서 깨어난 엄마가 아이를 감쌌다.

광장에 모여 있던 사람들이 소리를 그쳤다. 하지만 아이는 그때까지도 울고 있었고, 아이 엄마보다 자밀라가 더 당황했다.

아이 엄마에게 외쳤다.

"울음소리를 그치게 하라! 어서!"

엄마가 겁을 먹었다. 아이를 달래는데 이미 울음을 그치긴 힘들어 보였다. 자밀라의 마음이 다급해지는 그 순간, 오웨느의 마령통음이 다시 뇌리를 두들겼다.

[죽여라.]

자밀라의 목에서 침이 꼴깍, 삼켜졌다.

"마, 마마……!"

오웨느의 짜증이 이어졌다.

[내 직접 나서 광장의 그것들을 전부 다 죽여야 네가 편해지려느냐?]

자밀라의 손이 덜덜덜 떨렸다.

주위를 둘러보았다. 아니, 둘러볼 필요도 없었다.

거센 마나파장에 의해 바뀐 감각이, 산 생명체가 얼마나 많은지 알려 주고 있었으니까. 이들만 해도 일만이 넘는다. 그저 습관적인 두려움이었다. 그냥 눈의 확인일 뿐이다.

살인이라니. 그것도 어린아이와, 그 아이를 필사적으로 끌어안은 엄마를.

그러나 그녀는 칼을 빼 들어야만 했다. 누가 보기에도 떨리는 칼끝, 그것이 아이의 목을 향해 겨누어졌다.

아이 엄마가 소스라치며 손끝을 발발발 떨면서도 아이를 감쌌다. 그녀가 울부짖었다.

"살려 주십시오, 나리!"

더 큰 울음소리, 그리고 오웨느의 빈정 상한 꾸지람이 다시 뇌를 두들기자, 자밀라는 더 버틸 여력이 없었다.

그녀는 칼을 휘두르고 말았다.

사각—

사람의 뼈를 가르는 소리가 이토록 가느다란 것은 슬픔 축에도 끼지 못했다. 자밀라는 솟구치는 피를 그대로 뒤집어썼다.

어이 엄마와 아이는 한꺼번에 잘려져 나갔다.

그 솟구치는 피를 얼굴에 뒤집어쓴 채, 자밀라는 정신없이 외쳤다.

"울음소리를 내지 말라! 그 누구든"

울컥, 말문이 막혔다.

그러나 자밀라는 이를 악물고 울컥한 가슴속의 불덩이를 삼켰다.

"죽을……! 것, 것이다!"

마지막 말은 울음소리가 역력했다.

이를 악물고 울음을 참는 그녀의 얼굴에 피가 조금 지워졌다.

자밀라는 눈물을 흘리고 있었다. 그 바람에 얼굴에 묻은 피가 흘러내리며 자국을 만든 것이다.

그녀는 다시 시신 정리하는 것을 지휘하기 시작했다.

마나 운용이 다시 그녀의 부동심을 끌어 올리고 눈물을 그치게 했지만, 눈물이 피를 씻으며 흐른 자국이 남아 있었다.

그리고 오웨느의 미소가 그 순간 참지 못할 기쁨을 잠깐 보였다. 아무도 몰랐지만 제갈청청은 자밀라를 초희와 동일시하고 있었다. 쾌감이 일었다.

오웨느, 제갈청청은 자밀라의 눈물을 좀 더 깊이 음미하고 있었다.

이것을 모르는 사람들은 그날부터 그런 자밀라를 오웨느의 칼 중에서 피 마신 눈물, 음혈루라고 부르기 시작했다.

자밀라는 그렇게 반은 스스로가 원해서, 반은 제갈청청이 원해서 피를 마시기 시작했던 것이다.

자밀라의 이성이 가진 벽은 그렇게 제강청청에 의해 조금씩 허물어지고 있었다.

*   *   *

멈칫.

엘르는 인상을 썼다.

노이레가 아이에게 칼을 갖다 댔기 때문이다.

"독하군요. 대륙에 넷뿐인 초기사라면서 이렇게 비겁하다니."

노이레가 웃었다.

"언어유희야 뭐든 됐구요. 일단 반지부터, 공주님."

그러면서 그의 손가락이 까딱였고, 동시에 아이의 눈알 주위를 칼끝이 뱅뱅 돌았다.

엘르는 입술을 씰룩이며 손을 쳐들었다.

새끼손가락이 하나 없는 그 손, 그 가운데 손가락에 끼워진 반지를 보고 노이레가 고개를 끄덕였다.

"맞아요, 약속의 드롭이 끼워진 그 반지. 예, 진품이네요. 빨리요, 어서 그걸 넘겨주세요. 그럼 공주님 백성들은 안 죽이고, 공주님은 고통 없이 단번에 죽여 드릴게요."

어이없는 약속이다. 하지만 어쩔 수도 없었다.

엘르가 한숨을 쉬었다.

"결국 일이 이렇게 되는군요."

그러더니 엘르는 그 손을 든 채 외쳤다.

"미니! 모습을 드러내고 무고한 백성을 구하라!"

그 순간이었다.

노이레의 두 다리가 단단히 무게 잡은 몸통이 순간적으로 퉁, 밀렸다.

"으헛?"

몸이 붕 뜨면서도 그는 악독하게 칼을 휘둘렀고, 아이의 얼굴에 소닉 블레이드가 뿜어졌다.

그 순간 까각— 하는 소리가 일어나며 날이 서로 부딪히며 빗겨져 나가는 소리가 들렸다. 소닉 블레이드의 공기 일렁임이 아이의 머리카락 위를 스쳐 지나가고, 그게 아이의 얼굴을 막은 뭔가의 형체를 보여 주었다.

그리고 그 형체가 색을 갖추기 시작했다.

짐승의 길다란 발톱이었다. 그리고 털이 북실한 팔, 이어서 삼 미터가 넘는 몸체……

모습을 드러낸 이블 고곤, 미니가 울부짖었다.

"크르롸롸롸!"

노이레가 허공에서 자세를 바꾸며 땅바닥으로 떨어져 내렸다. 마을 사람들에게서 얼마 떨어지지 않자 미니가 으르렁거렸다.

마을 사람들도 겁에 질렸지만, 노이레는 노이레 대로 황당해했다.

"미친 괴물 이블 고곤을 길들였다고? 저 여린 울보 공주님이?"

엘르가 다시 외쳤다.

"미니! 마을 사람들을 지켜!"

그러자 미니가 대답하듯 낮게 울음을 내는 것이다.

"구어어엉—"

그래서 마을 입구에서 사람들이 도망가지 못하도록 지키던 노이레의 부하가 이쪽으로 달려오려 했다.

엘르와 이블 고곤이 서 있는 반대쪽이고, 노이레가 있는 이상은 이블 고곤이 그쪽으로 올 수가 없기 때문이었다.

그런데 그 순간 소리가 들렸다.

쌔—쇠쇠쇠쇠쇠—

"큭!"

그는 폰이다.

허공에서 쏟아지는 화살 소리를 듣고 빠르게 반응했다. 급격하게 몸을 세워 뒤로 도약한 것이다. 화살이 쏟아지는 구역이 너무 넓었다. 한 번에 도약해 넘을 수가 없어서 어쩔 수 없었던 것이다.

화살들은 인질이 된 마을 사람들과 그 폰과의 사이를 메꾸며 박혀 들었다.

"웬 놈이냐!"

노이레가 소리치는 순간 저만치 마을 입구에서 좀 떨어진 둔덕에 사람이 하나 올라왔다.

그를 본 순간, 노이레의 눈썹이 확 치솟았다.

"레땡! 너 이 자식!"

그러자 나타난 사람, 레땡이 손까지 흔들며 웃었다.

"어이구, 우리 공주마마를 누가 이렇게 쫓아다니며 스토킹을 하나 했더니, 노이레 너였냐? 야, 너 손자하고 놀러다닐 나이잖아? 어떻게 꽃 같은 우리 공주님을 건드릴 수가 있냐? 치매냐, 아님 변태냐?"

"이 망할 자식이, 입만 살아가지고!"

노이레가 신경질적으로 검을 확 뿌렸다.

푸바바박—

마을 공터의 흙바닥을 빠르게 파헤치며 달려드는 그것. 어두운 밤공기임에도 일렁이는 형체를 보였다.

단순한 소닉 블레이드가 아니다.

정식 마나파장을 뿜은, 프라나 블레이드였다. 이블 고곤 미니가 팔을 벌리며 등을 확 돌렸다.

푸바박—

미니의 커다란 덩치가 움찔 거릴 만큼 거센 일격이었다. 그리고 그 미니가 인질들을 감싸려 돌아선 그 순간에, 때를 맞춰 엘르를 처음 공격했던 두 폰들이 동시에 몸을 날렸다.

"어."

레땡의 눈이 커졌다.

천하의 그라도 이건 어쩔 수 있는 상황이 아니었다. 그런데 이변이 일어났다.

엘리의 몸이 홱 쓰러지듯 앞으로 도약한 것이다. 그 상태로 몸이 회전까지 했다!

다리를 노린 칼의 면이 엘르의 손바닥에 맞아 옆으로 흘려지고, 엘르의 어깨를 노린 일격은 급하게 걸린 회전의 힘을 더해 휘둘러진 칼이 막아 냈다.

캉, 탱—!

엘르의 다리가 안정적인 무게를 잡으며 착지했다. 그렇게 급작스러운 회전을 일으킨 직후의 착지라고 믿을 수가 없었다.

순간 이 동작의 의미를 아는 수준의 사람들은 모두 멍청해졌다. 엘르는 지금 상급 폰 둘이 딱 맞춰 합격 한 것을 딱딱 맞춰 막아 낸 것이다. 힘을 과도하게 쓴 것도 아니고, 그냥 적당하게만 써서.

사람들의 경악을 아는지 모르는지 엘르는 외쳤다.

"물러서세요! 무고한 사람들의 목숨을 해치는 일은 용납할 수 없습니다!"

레땡이 마주 받아 같이 온 일행에게 외쳤다.

"야 저거 봤지? 공주님이 이 몸한테 배운 거란 말이야! 누가 나더러 사람 가르치는 거 못한다고 했어 엉?"

그 순간 레땡의 일행들이 외쳤다.

"공주마마 만세!"

그러자 노이레가 외쳤다.

"저 안의 그놈을 데려와!"

그러자 그 둘은 정말 돌아서서 뛰기 시작했다.

엘르가 발을 굴렀다. 그러나 그때는 저만치 입구에 있던 노이레의 수하가 총을 꺼내 든 다음이었다.

"움직이시면 백성들이 죽습니다, 공주님!"

엘르가 발을 쾅, 굴렀다.

"이런 비겁한! 댄! 위험해요!"

노이레가 음충맞게 웃었다. 그리고 다음 순간, 펍에서 쾅, 하는 소리가 나더니 폰 둘이 날려져 바닥에 굴렀다.

그리고 펍 안에서 대꾸가 들렸다.

"위험은 뭐…… 누가 위험하다고요?"

뒤이어 나온 것은 댄이었다.

그는 웃고 있었다.

"잘했어요 공주님, 그게 바로 실전 훈련이에요."

박수를 짝짝짝 쳐 대는 댄을 보며 엘르가 어깨를 축 늘어뜨렸다.

"댄! 얼마나 놀랐는지 알아요?"

노이레가 인상을 얼굴 근육이 일그러지는 대로 잔뜩 썼

다. 총을 꺼내 든 수하에게 다 죽여! 라고 외치고는 훌쩍 물러났다.

폰이 사격을 하려는 찰나, 마을을 둘러싼 언덕 너머 숲에서 탕— 하는 소리가 들렸다.

마을 사람들을 향해 막 총격을 가하려던 폰의 머리에서 피가 터졌다.

그는 즉사했다. 그리고 언덕 위에서 한 사람이 또 일어섰다. 애초에 레땡에게 이 사태를 알렸던 청년, 곰탱의 아들이었다.

레땡이 웃으며 그 청년에게 손을 흔들었다.

"맞아! 폰이 칼을 들고 있으면 맞추기 힘들지! 폰을 잡을 때는 바로 폰이 칼을 버리고 총을 잡았을 때 그때지! 잘 배웠군. 좋아!"

그러더니 레땡이 곰탱을 돌아보며 물었다.

"아들을 잘 가르친 거야, 아님, 아들이 자네보다 똑똑한 거야?"

"허, 영주님 거 꼭 얘기를 해야 됩니까?"

이쪽은 농담을 주고받을 정도로 여유가 생겼다. 하지만 노이레의 눈이 붉어졌다.

노이레의 계산 착오였다.

시골 무지렁이들이라고 해서 겁을 잔뜩 집어먹을 것이라고 생각했지만, 사실 레땡이라는 이름이 주는 믿음은 그 무지렁이 같은 사람들에게 목숨을 걸어 볼 용기를 준다는 것을 깜빡 한 것이었다.

레땅은 언제나 자기 부대병사보다 피난민을 더 많이 몰고 다녔다. 그리고 그 많은 피난민이 갑자기 레땅의 군사로 돌변하곤 했다.

그걸 잊었다. 승부는 거기서 갈렸다.

그의 이름값이었다. 그는 언제나 풀뿌리 백성들과 같이 호흡하고 살아가는 덕장, 레땅이다.

"이제 대충, 전세 역전인 것 같은데? 항복 같은 건 작전에 안 넣었냐?"

노이레가 다 포기하는 심정으로 외쳤다.

"너! 나랑 일대일로 붙지 못하겠냐! 레땅!"

그러자 레땅이 느물거리며 대꾸하는 것이다.

"싫어. 뭐 종이 한 장 차이일지는 몰라도 네놈이 나보다 위인데 뭐하러?"

혈압 확 치밀게 하는 대답에 노이레가 발을 굴렀다.

"이 망할 자식!"

콰앙—

마을 공터가 울렸다. 그러자 미니가 털을 곤두세우며 마주 으르렁거렸다.

"크르락!"

노이레의 이마에도 드디어 땀이 흘러내렸다.

"쳇, 그럼 이 몸이 포기하고 빠져나가 주지."

노이레가 손을 들고 뒷걸음질을 칠 때였다.

댄이 가로막았다.

"당신은 나랑 얘기 할 것이 좀 있는데."

노이레의 얼굴이 험악해졌다.

"나를 막을 수 있을 것 같으냐!"

그러자 댄이 발을 쿵, 하고 굴렀다.

순간.

노이레는 저절로 숨을 헉 하고 들이마시면서 대항을 해야만 했다. 그리고도 발이 살짝 떠서 밀린 것이다.

지축을 울리다, 라는 말이 정말 과장이 아니었다.

떡갈나무 촌 공터가 흔들렸다.

지금 것은 초기사인 노이레조차 할 말을 잊어버리게 만드는 힘이었다. 마나를 잔뜩 운용하 한참 뛰어 디딘 것도 아니고, 그냥 제자리에서 구른 발 하나에 생긴 마나공진이 이 정도라니! 노이레는 다시 물었다.

"넌 대체 누구냐?"

댄이 씨익 웃었다.

                    *   *   *

"너…… 대체 누구냐?"

노이레가 물었지만 댄은 대답 없이 주머니에서 약병 하나를 꺼냈다.

"이거 어디서 났나?"

"그건 나도 몰라."

그러자 댄이 고개를 우둑, 하더니 양쪽으로 꺾었다.

그리고 말했다.

"이 독약, 좀 남았던데. 마시게 해 줄까?"

그러더니 말과는 달리 독약을 바닥에 쏟았다. 양은 얼마되지 않는다. 그렇다면 애초에 댄이 마신 잔에 엄청난 독약이 들어갔다는 것을 의미했다. 부하들이 실수한 것이 아니고, 댄은 정말 그 독약을 다 마신 것이다.

그래서 노이레의 눈이 왕창 커졌다.

"마, 마, 말도 안 돼! 그 독이 듣지 않는 경지라니! 인간이 어떻게?"

그리고 다시 물었다.

"도대체 넌 누구냐?"

그래서 모두들 들었다.

"나? 댄."

"이 자식!"

노이레가 급작스럽게 칼을 휘둘렀다.

너무 빨랐다. 게다가 그토록 빠른 칼에 프라나 블레이드가 제대로 담겨져서 뻗어 나갔다.

그런데 그 프라나 블레이드가 댄의 가슴팍을 때린 순간, 그의 옷 가슴 부위가 찢어져 흩날리며 보인 것은 약간 불룩대기만 하는 그의 가슴 근육이었다. 그의 가슴 근육 사이로 소용돌이 문양이 보였다.

여기 있는 그 누구도 몰랐지만, 바로 카알이 견자단을 그렇게 만든 것과 같은 문양이었다.

철썩—

그냥 손바닥으로 살을 때린 소리만 일어나고 허망하게 프라나 블레이드가 흩어졌다. 아무도 예상치 못한 일에 다들 입을 떡 벌렸고, 그 순간이 바로 노이레가 반격을 당한 순간이었다.

콰작—

"커헉!"

노이레의 몸이 구부러지며 붕 떴다. 그리고 얼굴부터 땅에 떨어졌다.

그가 필사적으로 몸을 뒤집었지만 몸을 일으키지는 못했다. 노이레의 입에서 피가 터졌다.

"쿨럭쿨럭쿨럭!"

기침을 따라 나온 피가 사래를 들리게 했고, 기침이 계속 일었다. 사실 호흡으로 마나를 처음 느끼고 호흡 명상이 극에 달한 기사가 기침을 이토록 몰리는 정도까지 해 대는 사실은 그만큼 치명타를 맞았다는 뜻이었다.

모두들 멍청해졌다.

초기사.

이 세상에 달랑 넷뿐인 초기사는 탄타늄 총알로도 단번에 뚫지 못하는 실드를 구사한다.

많은 수에 맞으면 어쩔 수 없지만, 그래도 그들은 총알과 폭발이 빗발치는 전쟁터를 거의 자유롭게 누비는 사람들이었다.

그들을 집중사격 할 만큼의 반사 신경 빠른 특수부대를 보유한 나라도 없나.

폰 한 명도 길러 내기가 힘들다. 그런 폰들도 제대로 움직임을 잡아 낼 수 없는 것이 바로 초기사였다.

노이레는 그 초기사였다.

그런 그가 이 시골 구석의 이름도 없는 청년에게 딱 한 방 맞고 내장이 찢어져 피를 울컥거리며 누워 있는 것이다.

사람들은 모두 이 어이없는 현실에 얼어붙었다.

블루샤크의 조직원인 폰급 칼잡이 하나가 비틀대며 그에게로 다가가 가슴속에서 뭔가 꺼내 들었다. 거울 같이 반사되어 비추는데도 속은 투명한 유리판이다.

그리고 그 유리판이 손가락의 움직임에 따라 빛을 뿜었다. 순간, 한 청년의 얼굴이 그 뿜어진 빛 안에 형성되었다. 그리고 그 청년의 눈이 쓰러진 노이레를 발견하고서 눈이 크게 뜨여졌다.

"사, 삼촌!"

레땡이 마을 사람으로 이뤄진 궁수대를 데리고 접근하던 중이었다.

그가 이 소리를 듣고 눈을 동그랗게 떴다.

"응? 노이레 더러 삼촌이라니?"

엘르가 손가락으로 그 화면 속의 청년을 지목했다.

"당신! 일 년 전 그날…… 왕궁 앞에서 감히 아바마마의 백성을 죽이고, 왕궁에 정치적 소란을 유발한 그 사람!"

그러자 댄이 고개를 끄덕였다.

"흠, 그래, 당신이 이 사람 조카인가? 대신 대답해 주지? 이 독약이 어디서 났는지."

그리고 독약이 들었던 병을 흔들어 보였다.

청년의 눈가가 악독해졌다.

"넌 누구냐!"

그러자 댄이 웃었다. 아주 순진한 웃음이었다.

그러더니…….

"크아악! 쿨럭쿨럭!"

노이레가 비명과 함께 온몸을 들썩이더니 피 기침을 내뱉었다.

댄의 손가락이 노이레의 왼쪽 어깨살을 뚫고 들어가 있었다.

유리판을 꺼내 든 칼잡이가 소리쳤다.

"이런! 쓰러진 상대에게! 그러고도 네놈이 기사냐!"

댄은 또 웃었다.

"어어, 어떻게 알았지? 나 기사 아냐. 그리고 그렇게 날 자극하면 이 사람 몸은 두 번 다시 회복하지 못해."

댄은 그 순순한 웃음을 보여 주는 채로 노이레의 어깨에 박힌 손가락을 이리저리 비트는 것이다.

"크커허허헉! 쿨럭쿨럭쿨럭!"

사람 생살을 뚫은 댄의 손가락이 핏물을 머금었다. 뭔가 찔꺽거리는 소리가 더 끔찍하게 들렸다. 그런데 댄은 웃는 것이다.

아주, 너무 순진하게.

"협상할 기회를 한 번 더 주지. 내 질문은 이거야. 이 독약 어디서 났나?"

청년이 화난 얼굴을 했다.

"블루샤크에게 그런 짓을 하고도 네놈이 무사할 것 같으냐!"

댄은 또 웃었다.

"뭐, 블루샤크가 얼마나 무서운지는 모르겠는데, 인질 협상은 참 더럽게 못하네."

그러더니 댄의 손이 노이레의 어깨살 한 움큼을 떼어 내 버렸다.

"크아아아악!"

오히려 같은 편인 엘르가 댄을 말렸다.

"댄! 그만해요! 당신답지 않아요. 도대체 왜 이래요!"

댄이 이런 상황에서 웃었다.

그 웃음이 이젠 사랑스럽지 않았다. 그러나 댄은 여전히 꿋꿋하게 웃었다.

"독에도 일정한 성질이 있어요. 그런데 제가 직접 마셔 본 결과, 이 독은 여기 이 세상 자연에 존재하는 물질로 만들어진 것이 아니에요. 그건 블루샤크 따위가 가지고 있을 것이 아니거든요. 제국의 황실이 가지고 있다고 해도 위대한 존재의 분노를 살, 그런 물건이라구요."

엘르의 말문이 일단 막혔다.

위대한 존재의 분노라니!

"도대체 무슨 소릴 하는 거예요? 위대한 존재가 사람 사이의 일에 끼어들다니?"

그러자 독이 들었던 병을 들어 보이며 댄이 말했다.

"이 독은 위대한 존재가 만든 겁니다."

그 한마디가 가져온 영향은 컸다.

상처를 입고 피 기침을 뱉느라 말을 못하던 노이레도, 유리판이 뱉은 빛 속의 청년도 눈을 부릅떴다.

"넌, 넌 대체 누구냐?"

"댄이라니까, 벌써 몇 번째 얘기하는 거야?"

그리고 댄은 칼을 꺼냈다.

"난 너희가 생각할 시간을 줄여 주고 싶어."

그러더니 칼을 노이레에게 박으려 들었다.

"그만! 그만해 이 미친놈아! 말하겠다!"

화면 속의 청년이 이를 갈듯이 외쳤다.

그러자 다가오던 레땡이 혀를 차며 대꾸했다.

"일 년 전 우리 공주님에게 죄를 뒤집어씌우는 데 맨 앞에서 진두지휘 했던 놈이, 인정이 남아 있는 것처럼 굴다니."

엘르가 일단 노이레의 혈관이나마 안정되게 이미 마나치료를 하기 시작한 다음이었다.

정식 마나치료사가 아닌데도 저 경지에 오르려면 폰의 경지로도 어림없다.

엘르는 스스로가 기사 급임을 이미 증명한 것이다.

노이레가 중얼거렸다.

"모욕은 그만둬 레땡……. 내 조카라면, 그게 누구인지 모르진 않을 텐데……."

레땡이 웃었다.

"하하! 망해 버린 아트에 왕국의 마지막 왕세자?"

그래서 모든 사람들의 입이 딱 벌어졌다.

"아트에? 정말 그 왕실의 혈육이 살아 있다는 건가요? 저런 지저분한 청부업자로?"

레땅의 입이 경쾌하게 열렸다.

"대략의 소문이 돌긴 했었습니다. 실력자하고 부딪혀야 할 일들을 많이 했기 때문에, 블루샤크 조직원 중에 팔 검법을 쓰는 칼잡이들이 유난히 많다고 알아보는 사람들이 나왔었죠."

노이레의 고개가 끄덕여졌다.

"레땅…… 오웨느 황녀의 반역 사건을 말해 주지. 그럼 우리랑 대화할 수 있을 거야……."

"오호."

레땅이 침을 꼴깍 삼키며 손을 귀에 갖다 댔다.

"솔깃한 소재네?"

노이레가 고통 중에도 쓰게 웃었다.

"구미가 당기나?"

레땅이 엘르를 쳐다보았다.

"이제 여기서 제일 상급자이신 공주님의 결정에 달린 일인데요. 뭐, 입맛에 맞는 정보가 들어올 듯합니다."

그러나 엘르는 하늘을 쳐다보고 손을 올렸다. 그 손을 저었다.

"그러세요. 난 사람이 죽고 다치는 일을 더 이상 보고 싶지 않아요. 대화로 푸는 일은 얼마든지 환영이니까."

그리고 댄의 피투성이가 된 손을 잡았다.

"그만해요 댄. 이야기한다잖아요."

그래서 노이레의 어깨에서 댄의 손이 떼졌다.

"그러죠. 근데 하나만 더요."

그러더니 그의 몸이 동시에 두 방향을 점거한 것처럼 늘어났다.

퍼퍼퍼퍼퍽—

엘르의 눈으로도 댄의 움직임이 잔상을 보이듯 늘어난 것처럼 밖에는 잡아 내지 못한 것이다.

쓰러진 것은 남아 있던 두 명의 폰이었다.

"댄!"

엘르가 책망하자 댄이 웃었다.

"아, 죽인 거 아녜요."

노이레의 눈이 커졌다.

"마나의 흐름을 막았군…… 저걸 막 명상으로 연구하던 중이었는데……."

레땡이 쓰러진 폰을 뒤집었다. 그들은 눈을 까뒤집고 부들부들 떠는 중이었다.

레땡도 중얼거렸다.

"정말 그러네? 완벽히 막았어. 우와. 이게 정말 가능할 줄이야."

그러더니 눈을 꿈뻑였다. 엘르를 보더니 손가락을 들었다.

"초기사를 가볍게 능가하는 실력의 남자가 공주님을 돕는 일에다가……."

댄을 보며 하는 말이었다. 그다음은 미니를 가리키며.

"마수 이블 고곤을 애완동물로 삼은 일에다가……."

그리고 마수의 숲 방향을 슬쩍 가리키더니 말을 이었다.

"공주님의 미모에 저 마수의 숲이 홀라당 넘어갈 줄은 몰랐는데요?"

그러더니 다시 누워 있는 노이레를 보며 한마디 했다.

"온 세상이 다 공주님의 미모에 빠졌는데 얘만 안 넘어왔네요. 늙어서 그런가?"

그러더니 블루샤크 조직원이 떨어뜨렸던 유리판을 다시 들었다. 그러자 청년의 얼굴이 일그러지며 소리가 들려왔다.

"치료는 안 해 주는 건가?"

그러자 댄이 그 유리판 안의 청년을 바라보며 말했다.

"말한 그 자료가 마음에 들면, 그때 보고 결정하지."

그러자 청년이 얼굴을 굳어지며 손가락을 들어 뭔가를 눌렀다. 청년의 손가락이 확대되었다.

오웨느의 황궁 앞에서 벌인 학살이 다시 보여졌다.

당연히 침묵이 흘렀다.

유리판이 영상으로 보여 준 오웨느의 능력은 뭐가 뭔지 판단을 못할 지경으로 강했다. 레땡이 댄을 쳐다보며 물었다.

"우리 중에 자네가 가장 강한 건데…… 솔직히 오웨느 황녀를 이길 수 있겠나?"

그러자 댄의 고개가 옆으로 흔들렸다.

"이기는 건 고사하고, 정면으로 붙으면 몇 십 초도 제대로 못 버틸 거예요."

레땅이 영상을 다시 한 번 돌려 달라고 부탁했다.

보다가 래땅이 스톱, 하고 찍어 주자 거기서 청년이 멈췄다. 오웨느의 얼굴에 탱크포탄이 맞는 장면이었다.

레땅의 얼굴 표정이 심각해졌다.

"이건…… 실드도 없이 그냥 맨살로 버티는 건데? 그것도 얼굴이야."

댄이 고개를 저었다.

"위대한 존재가 아니면 불가능한 일이예요."

"어떻게 된 거지?"

아무도 대답하지 못했다.

엘르는 엘르 대로 인상이 심각하게 굳었다. 그녀가 주목한 것은 오웨느 주변의 시신들이었다.

"황도에 도대체 사람이 몇 명이나 죽은 거지요?"

그러자 청년이 화면에 글씨를 띄웠다. 그걸 레땅이 읽었다.

"일차로 황궁에서 황제폐하 시해할 때 삼백 명. 그 직후 근위대가 다 몰려와서 천오백 명 몰살. 그다음 황궁 이차 외벽의 근위대와 마법사들까지 다 동원되었을 때 사천 명 몰살. 그다음은……."

엘르의 입이 벌어졌다. 이건 그냥 반역이 아니다. 전쟁 수준이었다.

"오웨느를 따르는 세력이 얼마나 되기에 이게 가능하다는 거죠?"

그러자 화면 속의 청년이 웃었다.

"흐흐흐흐, 그건 아주 순진한 사람들의 생각이오, 공주마마. 오웨느에게는 세력이니 뭐 그런 것 없소. 그냥 그녀 혼자뿐이오."

"뭐라구요?"

청년이 피식 웃었다.

"오웨느 황녀 혼자서 귀족들의 연합부대 오만을 몰살시켰소. 포로고 나발이고 없었지. 모두 다 죽었소. 그리고 황궁 근처의 민간 백성들도 귀족들의 편을 들었다는 이유로 사십만 명이 죽었소. 그게 오웨느 혼자 한 짓이오."

듣던 사람들이 순간적으로 멍청해졌다.

정신줄 놓을 만한 인구수가 사라진 것이다.

"뭐, 뭐라는 거예요? 사람이, 같은 사람을 그렇게 많이 죽이는 것이 가능하다는 거예요?"

엘르의 말이 떨려서 나왔다.

그랬다. 그녀의 지적이 옳다. 사람이라면, 그럴 수 없다.

그래서 레땡이 침울하게 말했다.

"스스로를 사람이 아니라고 생각하는군……."

그러자 댄이 고개를 흔들었다.

"아니면 정말 사람이 아니거나."

청년이 더 심각한 얼굴로 사람 얼굴 하나를 올려 보여 주었다.

여자다.

"누구죠?"

엘르가 묻자 청년이 대답했다.

"이 여자가 요즘 오웨느의 칼로 떠오른 음혈루라는 여자요."

"음혈루?"

그러자 청년이 빠르게 덧붙였다.

"자밀라. 오웨느 전담 궁녀였소. 지금 마나파동이 초기사급이고, 실전 경력이 없는데도 새로 임명된 근위대장을 간단한 동작만으로 꺾었지."

"궁녀가 어떻게……?"

그러자 청년이 말했다.

"이게 진짜 정보요. 자밀라는 엘르 공주마마처럼 숨겨서 수련을 해 온 경우가 아니오, 그녀는 정말 황족 보호를 위해 대신 몸을 날려 칼받이가 되는 수준의 훈련밖에는 받지 못했었소."

"맙소사……."

엘르도 그제야 무슨 소리인지 알아들었다.

댄이 자신을 기사급으로 끌어올려 주지 않았던가?

"평범한 여자를 초기사급으로 끌어올리다니……."

청년의 꼬리표가 붙었다.

"그것도 단 한 번에 그랬다고 하오."

댄이 고개를 흔들었다.

"여러모로 저는 안 되겠군요. 원래 수련을 상당히 했었던 공주님을 이 수준으로 끌어올리려고 저도 두 번을 나눠서 했는데, 그것도 몇 달을 두고."

"허?"

레땅의 눈이 커졌다. 아무래도 마나를 다른 사람의 몸에 퍼부어 주는 것은 직접 손을 대야 한다.

한데 숲속에서?

손쯤이야 뭘 어쩌겠는가 마는, 최소한 등까지는 벗고 맨손이 그 맨살에 직접 접촉되어야 한다는 엄연한 사실이 있기 때문이다.

게다가 엘르는 출궁당하긴 했어도 아직 공주가 아닌가.

오해의 소지가 좀 나오자 엘르가 도리질을 쳤다.

"아니, 단지 내가 욕심 부리다가 마나흐름이 역류가 일어나서 큰일 날 뻔했을 때 댄이 도와준 거예요. 이번엔 배가 터져서 내장까지 흘러나왔었고. 두 번이나 도와준 거죠……."

"내장……?"

레땅의 놀란 눈이 노이레를 훑어보았다.

"야, 협상이고 나발이고 다 때려치워야 할 것 같은데? 감히 공주님의 내장…… 하, 기가 차서 말이 안 나오네. 남은 그렇게 만들고 너는 못 죽겠다는 거냐?"

노이레는 대답하지 못했다. 유리판 속의 그 청년이 대신 항변했다.

"어쨌든 공주는 지금 살아 있잖소! 게다가 기사 급의 실력을 가지고!"

"그래 아주 잘나셨다, 니네 이기주의 하나만큼은."

말은 그렇게 했지만, 아주 극한의 낙천주의자였던 레땅도 이번만큼은 심각한 분위기를 오래도록 벗지 못했다.

오웨느가 보여 준 능력은 너무도 충격적이었다.

"그래. 내가 보기에도 공주님이 기사인 건 맞아 보여. 그러니…… 댄이라는 이 친구도 그런데, 하물며 평범한 여자를 단번에 초기사로 끌어올리다니……."

"오웨느 황녀의 능력이 도대체 어디까지일까요?"

노이레도, 레땡도 화면 속의 그 청년도 대답을 하지 못했다.

댄이 말했다.

"나와 공주님을 치료한 그 영감님이 느낀 악마가 바로 오웨느 황녀였어요."

엘르가 문득, 몸을 부르르 떨었다.

"악마? 그럼 이제 제국은, 우리 세계는 정말 끝인가요?"

레땡이 고개를 저었다.

"글쎄요. 제국 문물에 대한 것 보다는 세계질서 자체가 제국 의존도가 워낙 높아서 그렇게까지 할 것 같지는 않지만…… 악마라기보다 이건 아예 미친 거라서 확실히 판단하기 힘들겠습니다. 공주님. 그런 학살이 또 일어날지도……."

엘르의 눈이 우울하게 그 유리판의 광경을 바라보았다.

오웨느, 그녀의 새로운 칼이라는 자밀라의 얼굴에, 피를 지운 두 줄기 눈물 자국이 선명했다.

오웨느에 대한 공포감을 현실적으로 느끼게 해 주는 존재였다.

음혈루, 자밀라.

일행은 다 같이 말을 잇지 못했다.

화면 속 그녀의 핏속 두 줄기 눈물.

그것이 그녀의 진심을 말해 주고 있었고, 그녀의 이성을 마비시킨다거나 세뇌시키지 않고도 복종 시켰다는 증거였기 때문이다.

"사람의 이성을 살려 놓은 채 복종하게 하는 건 도대체……."

엘르가 끔찍하다는 듯이 말하자 누워 있던 노이레가 말했다.

"오웨느의 칼로 사람을 죽이다가…… 조금씩 아주 조금씩 그녀에게 진심으로 복종하게 되겠지……."

일행이 순간 흠칫 했다.

자밀라의 그 눈물마저 없어지는 날은 상상하기도 싫었다.

화면 속의 청년이 말했다.

"삼촌, 나 입만 나불거려야 하는 환경에서도 최선을 다하고 있는데…… 협상에 유리한 말만 해요, 좀."

그러자 노이레가 피식 웃었다.

"원래 진실을 까보여야 될 때도 있는 거다. 다 같이 느끼는 공포란 게 필요한 시점이거든."

레땡이 우울하게 말했다.

"그런 의도라면 성공했는데. 일단 미친 듯이 여길 내려올 밍박을 상대하려면, 우리도 누군가 동지를 얻어야 하니 말이야."

엘르가 물었다.

"숙부께서? 여길 왜……?"

레땅이 웃었다.

"아, 뭐, 제국에서 드롭을 팔라고 하길래. 제가 다 가지고 내려왔죠."

"네?"

엘르가 입을 딱 벌렸다.

"왕실 창고를! 바, 반역이잖아요! 레땅 경! 아니, 스승님! 나한테 도둑질하지 말라 가르치신 건 언제고!"

레땅이 웃었다.

"거 뭐, 공주님의 숙부께서 남서해변의 저기 저 우린 왕국 부족 연합을 전쟁으로 쓸어버리고 그걸로 백성들의 눈을 가리려고 할 게 빤히 보여서 말이죠."

엘르가 입을 다물지 못했다.

"숙부께서…… 지금 이 상황에 전쟁을 일으키신다구요? 그것도 아바마마께서 지극히 혐오하시던 남의 나라 침략 전쟁을? 그건 그냥 강도짓이잖아요!"

레땅이 고개를 한쪽으로 틀었다가 동시에 눈썹도 한쪽만 확 올리며 말했다.

"아마 제국이 그 무력 침략에 의한 강제합병을 승인하는 것도 조건에 들어가겠죠."

"말도 안 돼! 자긍심 강한 사람들이에요! 그런 사람들 굴복시킬 수는 없어요! 지배는 너더욱 안 돼요! 그 화근덩어리가 백 년 넘게 지속될 거예요! 그 정도 혼란을 후대에까지

물려줄 수는 없어요!"

레땡이 어깨를 으쓱, 했다.

"아니, 공주님께서도 이리 간단히 뚫어 보시고 예측하는
걸, 공주님의 숙부께서 된다고 고집을 부리는데 전들 어쩌
겠습니까."

"숙부께서 도대체 무슨 방법으로 그 사람들을 꺾겠다는
거지요? 아예 자기 사유재산이라는 것 자체도 인정하지 않
는, 자연이 좋아서 그냥 원시시대의 공동생산 공동분배의
삶을 아직도 살고 있는 그 자존심 강한 사람들을, 우리 쪽
의 일방적인 생각만 가지고 도대체 어떻게요!"

레땡이 팔을 벌려 손을 활짝 펴고 허공에 터는 시늉을 했
다.

"방법이 아주 없는 건 아니죠. 도덕 운운이 아니고, 학살
이요. 뭐…… 공주님의 숙부께서 오웨느 황녀만큼은 아니라
도 잔인하시긴 하시니까……. 지금 본 거 버금가는 학살이
눈에 보이는 것 같은데요."

그러자 엘르가 북쪽을 향해 정말 화난 표정으로 주먹을
쳐들더니 그중에 가운데 손가락을 폈다.

"이거나 드세요, 숙부!"

레땡과 휘하 기사들이 손으로 이마를 쥐었다.

"오, 저런……."

"공주님. 품위, 품위!"

엘르가 고개를 다시 돌리더니 말했다.

"왕실 창고를 털어 오신 건 정말 잘하셨어요."

"소신의 마음을 헤아려 주시니 황공하옵나이다. 마마."

"허세 그만부리고, 대책이나 논의하시죠. 이제 곧 밍박 공작의 성난 군대를 상대해야 하니까."

댄의 말에 광장에 모인 백성들이 술렁거리기 시작했다.

끔찍한 얘기였다.

이곳은 레땡에게 모아 준 활잡이 사십 명이 전부였던 것이다.

근심하는 떡갈나무 촌사람들을 보며 엘르가 한숨을 쉬었다.

"일단, 여기 죄 없는 백성들을 피난시킬 방법부터 찾아야 겠네요."

"그렇죠."

그 말과 함께 일행은 암담한 현실로 돌아왔다.

35.

왕자의 귀환

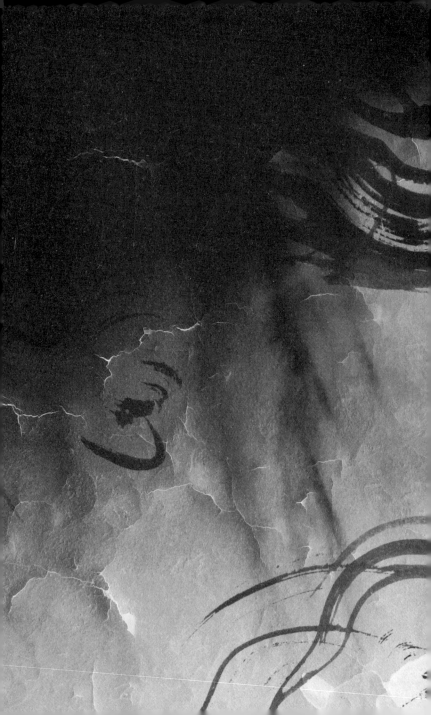

밍박은 군대를 점검하고 있었다. 그도 머리는 있는지 왕
실의 병력은 손대지 않았다. 하지만 자신의 사병이 사천이
다. 게다가 폰이 백 명이나 되었다. 기사가 열다섯이다. 삼
사만, 아니 오만이 넘는 군대도 기사와 폰을 그토록 많이
보유할 수는 없다. 한왕실의 자체병력이 삼 만이었다.

군이 왕실을 두려워하지 않은 이유가 거기 있는 것이다.

많은 영주들을 구워삶았으니까!

"레땡을 정리하고, 이 기회에 아예 남서해안의 그 야만족
들을 칠 것이다! 침략이라 안 된다는 말은 하지 말라! 땅을
빼앗으면 된다!"

그리고 밍박이 웃으며 선보이는 것이 있었다.

"이것을 보라!"

그가 가리키는 순간.

콰콰쾅—

준비된 벽을 부수며 돌진해 들어오는 것이 있었다.

밍박의 사병들이 고함을 질렀다.

"우와아아아아아아! 탱크다!"

벽을 간단히 부순 탱크가 뚜껑을 열고 기관총을 쏘기 시작했다.

타타타타타타타타타—

밍박의 집안일을 보는 하인과 병사 백여 명이 낑낑대며 끌고 왔던 바위가 불똥을 튀겼다.

쩌쩌쩌쩌쩡—

얼마나 맞았을까? 탱크의 기관포에서 쏟아진 탄피가 수북하게 쌓였다.

순간. 바위가 쩌억, 하고 갈라졌다.

투두둑—

그러자 밍박의 사병들이 와아아— 고함을 쳤다.

밍박이 외쳤다.

"비록 바위의 흠집과 결을 이용한 쇼에 불과한 것이지만! 그래도 이 작은 기관포만으로도 이것이 가능하다! 우리가 제국으로부터 사들일 수 있도록 허가받은 기관총이 무려 오십 정! 이번 정복을 위해 그걸 다 사들였도다!"

"우와아아아아아아!"

병사들의 소리가 높아졌다.

그리고 밍박이 자랑스럽게 손뼉을 짝짝, 치자 소리가 마나파장을 타고 넓게 울려 퍼졌고, 그 소리에 맞춰 엔진소리가 더 들리기 시작했다.

크르르르르르—

탱크 아홉 대가 더 등장한 것이다!

밍박의 얼굴에 자만심이 가득 찼다.

"이것만으로도 남쪽의 야만인들은 우리에게 무릎 꿇을 것이다! 자존심 센 사내놈들은 모조리 죽여 버려라! 비록 우리가 악마의 군대는 아니지만, 땅을 우리 아들딸들에게 더 많이 물려줘야 하지 않겠느냐! 우리 후손을 위해서라면 내 기꺼이 지옥으로 들어가리라!"

"우와아아아아아—!"

병사들의 사기가 실로 어마어마했다.

백 명의 폰이 일으키는 마나파동은 서로 맞물려 은은한 공진이 일어날 정도였다.

그 속에 숨은 레땅의 첩자, 카놀이 속으로 중얼거렸다.

'이제 이 짓도 그만해야겠군……'

그가 밍박의 명에 따라 행군을 시작한 군대의 열 맨 뒤에서 빠져나오며 마법 편지를 반지에 새겨 넣었다.

그 순간 반지가 반짝, 하더니 사라졌다.

그의 몸도 곧 사라졌다.

탱크의 굉음과 처음 기관총을 구경해 보는 병사들로 인해 아무도 눈치채지 못했다.

밍박의 군대는 본격적으로 남쪽을 향해 진군하기 시작했다.

밍박은 악마의 군대가 아니라고 했지만, 이미 남의 것을 빼앗으려는 마음속 탐욕은 죄악의 권역 안에 있는 것이다.

그걸 후손을 위해서라고 포장까지 그럴듯하게 했다. 밍박의 군대는 그렇게 자신만만하게 행군했다.

레땅 일행이 막기에는…… 오웨느는커녕 밍박의 군대조차 역부족인 것처럼 보였다.

훗날 역사가들이 한 왕국의 '작은 내전'이라 부르는 사건은 그렇게 시작되었다.

*   *   *

"뭐라? 마수의 숲에?"

너무나 어이가 없어진 레땅이 멍청하게 댄을 바라보았다.

엘르가 되물었다.

"여기 사람들을 마수의 숲에 피신시키자고요?"

댄이 고개를 끄덕였다.

"숲의 나무를 너무 많이 베어 낸다거나 하지만 않으면, 영감님이 봐줄 거예요. 게다가 이블 고곤은, 항상 이블 비비들을 부려 먹어요. 원할 때 몰고 다닐 수 있죠."

"이블 비비? 으윽."

노이레가 진저리를 쳤다.

그가 마수의 숲에서 빠져나올 때 다른 폰들을 잃은 것도 이블 비비들 때문이었다.

"이야기책에나 나오는 '오크', '트롤' 이런 것들과 맞먹는 것 같더군…… 정말 빨라. 그리고 손톱에선 거리가 짧긴 해도 분명히 소닉 블레이드가 일어나. 사람 크기하고 똑같다고 방심하는 순간, 폰도 잡아먹히지. 폰이 발출한 것이라도 초급이라면, 소닉 블레이드를 그냥 몸으로 버티는 것들이야. 회복도 거의 이블 고곤 수준인 것 같아."

"대처 방법은요?"

노이레가 움칫거렸다.

"방법은…… 그냥 회복 속도가 따라가지 못하게 출혈을 많이 시키는 거, 그거 하나야."

댄이 고개를 갸웃 거렸다.

"불쌍하긴 하지만, 밍박 공작의 군대가 만약 제국의 병기를 들고 온다면, 이블 비비들을 총알받이로 세울 수밖에 없어요."

"으음."

엘르 공주가 눈살을 찌푸렸다.

"꼭 그런 방법을……."

그때였다.

일행 모두의 머리를 강타하는 웅혼한 소리가 울려 퍼졌다.

[경고하는데, 얼굴 조금 예쁜 어린 계집애야. 너의 혈육이 남서쪽 해변에서 학살을 일으키는 순간 그 앞바다에 잠자던 위대한 존재 하나를 깨울 것이다. 그건 분노일 거고. 한 왕국 하나의 재잉으로 끝나지는 않을 것이다. 명심해라.]

레땡은 놀라서 소리쳤다.

"공주님이, 아니 댄이 말한 그 영감님이란 분?"

댄이 고개를 끄덕였다.

노이레의 얼굴에도 식은땀이 흘렀다.

"설마, 저 숲 속 안쪽에서 우리 말을 다 들었단 말인가?"

그러더니 댄에게 물었다.

"저 노인은 대체 누구인가?"

그래서 댄은 댄 다운 얘기를 했다.

"숲에 사는 영감님이요."

"위대한 존재라뇨? 그걸 느낄 수 있는 사람이 세상에 어디 있단 말입니까!"

그러자 엘르가 침묵했다. 그러다가 침묵을 깨고 내놓은 말은 놀라웠다.

"위대한 존재를 느끼는 사람은 있습니다. 바로 우리 왕가의 피를 이은 사람들 중 하나죠……."

노이레가 붕대를 칭칭 감고 누워 있다가 눈을 반짝였다.

"한 왕실 왕가의 피…… 그 전설은 천 년 전에 이미 끊어진 것 아니었나?"

엘르가 고개를 저었다.

"아니오, 사실은 이백 년 전에 끊어졌답니다. 그때까지 그 능력을 쓸 수 없었던 것은, 우리 인류의 문명이 아직 조상님들 수준이 되지 못했기 때문이에요."

"그게 무슨 황당한 소리입니까?"

"아니, 백성들이 굶어 죽을 때가 한두 번이 아니었는데……."

"복잡해요. 역사적으로든 사회 쪽으로든, 뭐 미래를 보는 도덕이랄까 그런 것이든 간에 하여간 복잡해요. 그건 나중에 얘기해요."

그때 천막 밖, 떡갈나무 공터에 빛이 잠깐 번쩍였다.

어느새 텔레포트로 이곳에 온 노이레의 조카이자 블루샤크의 두목, 그리고 엘르를 쫓아내는 데 결정적인 영향을 끼친 그 사내가 나타났다.

엘르가 고개를 휙 돌렸다.

청년이 뻔뻔하게 입을 놀렸다.

"어이, 착하다면서. 오랜만인데 인사도 없나."

그러자 댄이 웃었다.

그리고 누워 있는 노이레의 복부에 칼을 들이댔다.

"어린 세자저하의 눈에 눈물이 나게 했고, 그래서 공주님을 아프게 했던 자에게 할 수 있는 인사는 이런 거죠."

그 칼끝이 조금 노이레의 뱃속으로 들어갔다.

"크윽!"

노이레의 인상이 찌푸려 들었다. 칼면의 혈조를 타고 벌써 피가 조금, 솟구쳤다가 떨어지면서 노이레의 옷을 적시기 시작했다.

그리고 조카에게 말했다.

"협상에 도움이 될 말만 하라면서?"

청년이 어이가 없다는 얼굴을 하더니 그대로 무릎을 꿇었다.

"공주마마, 정말 잘못했습니다. 다시는 안 그러겠습니다.

그리고 저 때문에 떨어진 한 왕실의 위엄을 다시 세우는 걸 도와드리겠습니다. 그래서 간청드리는데 공주님."

한숨에 말한 청년이 숨을 돌리고 다시 이었다.

"공주님, 제발 저 사람 좀 말려 주십시오. 이 상황에 초 기사 하나가 얼마나 중요한 힘인지 모르는 것 같습니다."

엘르가 싸늘하게 말했다.

"아직 감정이 다 풀린 건 아니에요. 당신들과 협상을 해야 하는 제 처지가 비참할 정도니까요."

그러나 엘르는 결국 댄에게 말했다.

자기 것이고 남의 것이고 간에 사람 창자가 흘러나오는 것은 두 번 다시 보고 싶지 않아서였다.

"댄, 그만해요."

댄이 웃었다.

"뭐…… 저 친구가 진심으로 사과하는 것 같지 않아서 그냥 푸─욱 쑤시고 마구 헤집고 싶은데요. 뭐가 들었나 꺼내 보고 싶은 것도 있고. 왜 소문이 한때 그랬잖아요. 초기사의 몸에는 마수들처럼 프라나 마블─내단─이 형성되어 있을 것이라고요. 진짜 있나 구경이나 한번 해 보죠."

내용이 이 모양인데 여전히 순진하게 웃는 채였다. 청년에게는 그 웃음이 정말 무시무시했다.

엘르가 눈을 감으며 말에 힘을 뺐다.

"댄, 제발."

댄이 웃었다.

그리고 칼을 뺐다. 피부만 긁어 깊지는 않아서 일단 출혈을 막을 수는 있었다. 청년이 불만을 토로했다.

"치료해 줄 거면 애초 찌르지 말든가!"

그 말에 노이레가 신음했다.

"삼촌 또 찔리는 거 보고 싶지 않으면 닥쳐."

애초 회의 분위기가 이따위였다.

정말 불안한 동맹이기도 했고, 그리고 정말 숲의 정체 모를 노인의 말대로 위대한 존재가 있다면, 그렇다면 정말 큰일이었다.

"보라색의 드롭이 위대한 존재가 불꽃 같이 지켜보며 보호해 주겠다는 약속이었을 텐데…… 아마 그 부족연합도 그걸 가지고 있었다는 얘길 들은 것 같아."

청년이 말하자, 댄이 웃으며 칼끝을 빙글빙글 돌렸다.

"우리 공주님한테 말이 짧네요."

그 칼끝이 이번엔 노이레의 눈알 위에서 원을 그리고 있었다.

그러자 청년이 발끈 했다.

"나도 왕위 계승을 했던 사람이야!"

그 말에 모두들 그를 쳐다보았다.

노이레가 그 말을 받았다.

"지금, 현존하는 왕국의 공주와 없어진 나라의 왕족은 다르다."

댄이 웃었다. 엘르가 그의 손을 잡아 왔기 때문이다

"댄, 나 섭고, 나중에 얘기해요."

댄이 어깨를 으쓱 했다.

"좋아요. 하지만 저 사람이 공주님을 또 이용하려 한다든지, 특히 또 몹쓸 짓을 한다든지 뭐, 그런 사태가 또 나면 난 참지 못할 것 같아요."

엘르가 입을 열려고 하는데 댄이 빠르게 덧붙였다.

"공주님이 말려도요."

그러자 청년이 고개를 끄덕였다.

"알았어, 알았다고! 위대한 존재가 만든 독도 통하지 않는 몸에게 뭘 어쩔 수 있을 만한 힘을 가진 것도 아니야 우린! 그런 건 꿈도 꾸지 않으니까, 제발 우리 삼촌 눈 위의 그 물건이나 치워 달라고!"

그러자 댄이 웃으며 덧붙였다.

"그러니까 우리 공주님한테 공손하게."

청년이 이를 갈았다. 그러더니 엘르에게 고개를 숙였다.

"공주마마, 간청하옵니다."

엘르가 고개를 끄덕였다.

"댄, 자존심을 많이 상하게 하지 말아요. 어차피 서로 등을 맡겨야 할 처지잖아요."

댄이 비로소 칼끝을 치웠다.

그러나 그 칼은 얌전히 칼집 안으로 들어가지 않았다.

칼이 빛줄기가 된 것처럼 늘어났다. 마치 칼집에서 광선이 한줄기 튀어 나온 것 같았다.

그 광선이 휘어졌다. 이미 칼은 칼집에 들어가 있었지만, 광선의 잔상은 남은 것이다. 번쩍이는 칼이 천막 안을 한 바퀴 휘저어 놓은 결과였다.

엘르의 입이 얼어붙었다. 눈도 커진 채, 눈동자가 오그라들어 얼어붙었다.

엘르뿐만이 아니었다.

레땅과 노이레 같은 초기사의 눈에도 그것은 정말 한줄기 빛이 둥근 궤도를 남긴 것처럼밖에 보이지 않았다.

일행 모두의 눈을 의심케 한 그것.

레땅의 오랜 후카시가 침을 삼키며 말했다.

"리, 리모트 마인드! 소드 리모트 마인드[利己御劍:이기어검]의 경지를 정말 볼 줄은……!"

모두가 다 입을 다물었다. 그 단 한 번으로 그 천막 안의 사람들은 정말 모두 죽음이었다.

물론 봤으니 무대책으로 한 번에 죽지는 않겠지만, 이거 뭐 뭘 어떻게 대항할 엄두가 나지도 않는다.

댄이 웃었다.

"어…… 실력 행사를 하는 건 별로 좋은 일은 아니지만, 어…… 공주님 모시고 마수의 숲에 들어갔다 올 테니까. 그동안 사고 치면 동맹이고 나발이고 다 죽여 드린다고 약속하죠."

그러자 청년이 눈을 빛내며 물었다.

"그럼, 우리가 반란을 일으키고 밍박의 군대와 손을 잡는다면?"

무시무시한 얘기였다.

그러나 레땅은 웃었다. 그건 감수하고 들어갔다 온다는 말이다. 아니나 다를까, 댄은 웃었다.

"별 소용없을걸요. 내가 아니라도, 공주님이 이번에 데리고 나오실 것은 이블 고곤 세 마리니까. 미니 합쳐서 네 마리가 이블 비비 백 마리를 지휘하면, 아마 밍박과 합친 블루샤크라고 해도 별 수 없을 걸요. 한 왕국 모든 귀족들이 움직여도 소용이 없을 테니까."

청년, 공식적으로는 아크레 왕국의 마지막 국왕이었던 제이드 노우라 아크레의 아들인 다니엘 노우라 아크레.

어릴 때 아명이 대니인 그가 그제야 얼굴을 굳혔다.

진짜로 뭘 빠져나갈 방법을 구상할 여지가 없었다.

댄이 엘르 공주의 손을 향해 손바닥을 올렸고, 엘르가 그 손을 살포시 맞잡았다.

레땡이 웃으며 둘이 마수의 숲으로 걸어 들어가는 모습을 보았다. 그러더니 느물느물 말했다.

"야, 우리 공주님이 협상도 굉장히 잘하는 남자를 물었는데? 나 은퇴해도 되겠다, 이거. 이 기회에 한몫 좀 챙겨 달라 그럴까?"

그러자 아크레 왕국의 왕자, 대니가 이를 갈았다.

"손해 전혀 안 보고 윽박지르는 것이 협상이오?"

"어쨌든 무력 충돌까지는 안 갔잖습니까, 전하. 일단 이번 위기만 넘기시면, 아크레 왕국과도 좋은 협상이 될 여지가 있지 않겠습니까."

전하라는 말을 레땡의 부관 후카시가 직접 붙여 주자 그제야 마음이 좀 풀린 대니가 입을 닫았다.

둘이 완전히 마수의 숲으로 사라지자 후카시가 한숨을 쉬었다.

"그나저나 우리 첩자의 보고로는 이미 진군이 시작되었다는데요. 때맞춰 돌아오셔야 할 텐데 말입니다."

"아, 마수들 빠져나오는 현황을 보고, 사람들 대피시킬 준비 먼저. 영주가 그 땅 그냥 받는 거 아냐. 백성들 보살피라고 관리자로 내려오는 거지. 준비해들, 얼렁얼렁."

레땡이 말하자 대니가 코웃음을 쳤다.

"도대체…… 귀족의 권위 의식조차 버릴 정도로 나라와 백성 밖에 모르는…… 당신 같은 충신이 있는 나라가 왜 이 모양인지 알 수가 없군. 불가사의해."

그래서 모두들 밍박이라는 단어를 자연스럽게 떠올렸다.

으드득.

뭐…… 그 이름만 떠오르면 자연히 이빨을 갈았다. 다들.

*   *   *

황도(皇都).

언제부턴가 자밀라는 어둠을 좋아하게 되었다.

빛이 아예 한 점도 없는 완벽한 어두움은 그녀도 두려워했다.

자밀라 스스로가 그 어두움으로 끌려 들어가는 것을 너무도 두려워했기 때문에, 그래서 창에 커튼을 쳐 놓는 것 정도였지만, 어쨌든 자밀라는 어두움을 선호하게 되었다.

방문이 열렸다.

빛이 확 들어왔다.

자밀라는 침대에서 일어나 고개를 숙였다.

그러자 방문을 연 사람, 오웨느가 말했다.

"이 빛 안으로 들어오거라."

자밀라는 말없이 명에 따랐다.

오웨느가 몸을 돌렸다.

그녀의 뒤를 따라 자밀라가 걸었다.

"어떻더냐?"

햇살이 자밀라의 마음을 괴롭히고 있었다. 그녀는 흡사 흡혈귀가 된 기분이었다. 햇살을 받으면 불타 죽는 그 흡혈귀. 자밀라가 입을 늦게 열자 오웨느가 엄하게 타일렀다.

"햇살은 몸과 마음에 좋은 것이다. 충분히 쬐여라. 힘이 강할수록 자연과 가까워야 하느니라."

자밀라는 움찔했다.

'당신이 왜 자연을 이야기하십니까?'

라는 말이 불쑥 치고 올라왔다.

정말, 오웨느의 하는 짓은 자연과 가장 안 어울린다.

학살과 공포가 다였다.

하지만 감히 뱉을 수가 없다. 자신의 목숨이 문제가 아니다. 황궁 주변에는 벌써 십만의 사람들이 다시 몰려와 있었던 것이다.

군대가 이주시킨 것도 있지만, 갑작스런 학살에 주인을 잃은 집이 속출했고, 그 부동산에 대한 권리를 주장하는 수십의 친인척들이 몰려와 아수라장이었다.

그런 집이 수만 채나 된다.

갑자기 몰려든 십만의 규모가 이상하지 않은 이유였다. 오웨느의 기분에 따라 언제고 그런 규모의 학살이 일어날 수 있다는 것을 알아도 한 채의 집을 얻기 위해 목숨을 내건 사람들이니만큼 다 가난한 사람들이었다.

그런 사람들의 운명이 자밀라의 입술 하나에 달린 것이다.

자밀라는 그것이 싫었다.

하지만 버릴 수도 없었다. 그것이 그녀를 괴롭히고, 지치게 했다.

그래도 그녀는 될 수 있는 대로 공손히 대답했다.

"밍박 공작은 필시 군대를 출발시켰을 것으로 보입니다. 이제 마마께옵서 어찌하실 것인지……."

"아, 그 소식은 들어왔느니."

오웨느의 웃음이 진해졌다.

"네가 보기에는 밍박인지 하는 그 멍청이가 레땡을 감당할 것 같으냐?"

자밀라의 표정이 굳어졌다.

"대부분은……. 그 반대로 예상하고 있사온데…… 실제로도 우리의 신형X—115탱크도 10대가 지원되었사옵니다."

X—115는 주포의 구경이 115밀리미터 급이다.

낡은 주력 전차들의 세대교체를 이루는 과정에서 드롭의 더 효율적인 운용 방법이 제시되면서 설계가 들어간 X—

115탱크는, 방호를 위한 장갑판의 두께가 더 두꺼워졌다.

원래 기계물리학을 전공한 마법사들이 예상한 탱크의 총 중량은 60톤을 넘으면 운행자체가 불가능하다고 했지만, X—115는 달랐다.

총 중량 75톤의 무게를 달고도 시속 50킬로미터로 달리는 괴물이었다. 스팀엔진의 형태가 달라진 것이다.

무한궤도가 깎아 먹는 운동에너지를 커버할 만큼 큰 힘을 냈다.

'X'라는 무한궤도 전용 스팀터빈 엔진의 새로운 등장이 가능케 했던 결과였다.

그런 탱크가 지원되었는데도 오웨느는 레땅의 승리를 예상하는 것이다.

오웨느의 웃음이 짙어졌다.

"왜 그리 생각하는 줄 아느냐?"

자밀라의 고개가 숙여졌다.

"모르겠사옵니다."

"마수의 숲에 뭔가 다른 존재가 있다. 그게 밍박의 편을 들 것 같지가 않구나."

자밀라의 눈이 굳어졌다.

"뭔가 다른 존재라 하옵시면……."

오웨느의 웃음이 짙어졌다.

"나도 모르겠구나. 우리가 대대로 위대한 존재라고 불렀던 그것일지도 모르지."

자밀라의 온몸이 흠칫 떨었다.

"어, 어찌 그 감각을…… 이곳에서 느끼시옵나이까, 마마……!"

오웨느의 몸이 가로로 긴 의자에 눕혀졌다.

"이리 오거라."

오웨느의 손길이 부르자 자밀라가 다가들었다.

오웨느가 말없이 그 의자를 두들겼다. 자밀라가 그 부분에 걸터앉자 오웨느의 손길이 시작되었다.

"네가 함대를 끌고 가서 좀 도와야 할듯 싶구나."

자밀라의 몸은 그래서 굳어졌다.

"밍박 공작을 말씀이옵니까?"

오웨느가 웃었다.

한 손을 자밀라의 허벅지에 얹고서, 붉은 입술을 같은 곳으로 가져가는 것이다.

"그곳, 동쪽을 관할하는 6함대를 끌고 가거라. 잠들었던 위대한 존재를 깨워도 된다. 무조건 쏘고 무조건 살육하거라."

자밀라의 고개가 번쩍 들려졌다.

"마, 마마…… 그, 그 말씀은……!"

오웨느의 눈이 반짝였다.

"위대한 존재라고 해도, 둘이 합치지 않는 이상은 나를 상대하지 못할 터. 만약 깨어나면 내 직접 그리 갈 터이니 신경 쓰지 말거라."

오웨느가 직접 온다!

자밀라는 어찌해야 할지 판단이 서지 않았다.

오웨느가 강한 것은 사실이지만, 위대한 존재를 둘이나 상대할 수 있을까? 아니, 위대한 존재의 분노를 받을 수 있기는 할까?

자밀라는 침을 꿀꺽 삼켰다.

'혹시 우리가 사는 이 별 전체에 재앙을 일으키는 것은 아닐까?'

여전히 판단이 서지 않았다.

그러나 오웨느는 그냥 웃을 뿐이었다. 자밀라의 가슴 골 안쪽으로.

"내 직접 보여 주리니."

그리고 오웨느의 손길이 자밀라를 달구기 시작했다.

결국 자밀라는 무너지고 말았다.

"명을…… 받드옵니…… 하악!"

곧 두 여인의 신음이 황제의 집무실을 채웠다.

*   *   *

밍박은 밍박대로 안달이 났다.

삼천의 군대가 행진하는 데는 한계가 있다. 탱크의 속도는 빠르지만 뒤의 보병과 마법사들의 지원 없이는 금방 마법의 덫에 걸려 무용지물이 된다.

남서쪽 해변의 부족연합국 주술사들은 땅을 잘 부렸다.

그들이 이 요란한 땅의 진동을 미리 느끼고 아마 대비를 시작했을 것이다.

그들의 대처 방법은 캐터필러의 무식한 전진력을 무능하게 만드는 것이다. 각기 떨어져서 멀리 다니지 않으면 한 번에 모래 늪에 빠져 헤어 나오지 못할 수도 있었다.

더더구나 X—115는 현재 운용되는 탱크 중에서 가장 무거운 기종. 법사의 지원 없이 무작정 다가드는 것은 위험하다.

그런다고 한 대씩 너무 멀리 산개하는 것도 위험했다. 남서쪽 야만인들의 주술은 순간적으로 몸 자체를 마수처럼 단단하게 할 수 있다.

그때 그 순간의 돌파력이면, 기관총알이 친 탄막쯤은 튕겨 내며 돌진해 들어와 탱크에 달라붙어 무력화 시킬 수도 있는 것이다. 물론 밍박에게는 100명의 폰이 있다.

하지만 레땡을 염두에 둬야 했다.

레땡이 남서 부족연합의 힘과 연합하리라고 예상할 수 있다. 그가 거느린 폰들도 이십 명이었다. 모두가 레땡의 지도를 직접 받은 제자들이나 마찬가지. 그리고 실제 전쟁 경험이 많다.

그들이 뒤를 친다면 비싼 돈 들이고도 망하는 수가 생긴다. 워낙 차이가 나니 설마 지지는 않겠지만, 탱크를 잃거나 하면 북쪽의 친 왕국이 가만있지 않을 것이다.

친 왕국은 칼날 산맥의 소유권을 두고 한 왕국과 천 년 전부터 으르렁거리던 나라고, 사실상 몇 개 나라를 강제 병합한 규모의 작은 제국이다.

한나라보다 더 힘이 세다.

게다가 밍박은 칼날 산맥의 요새 방어군에서 병력을 빼온 것이다.

이러든 저러든 보병부대와 법사, 탱크는 같이 진군하는 수밖에 없다. 지금 휴식으로만 하루가 지났다.

이미 급할 대로 급해진 밍박은 초조했다. 연락이 없어서 며칠 더 기다리면, 레땡의 성격상 기습으로 먼저 치고 올 수도 있었다.

"블루샤크 노이레에게서는 아직 연락이 없느냐!"

외침에 얍센 백작이 허리를 굽혔다.

"블루샤크의 마나파장 전보문이 도착한 모양이옵니다. 지금 해독하고 있사옵니다."

"음…… 드디어 도착했군."

곧이어 발소리가 들리고 사람이 나타났다. 마나파장 전보 해독병이다. 종이하나가 밍박의 손에 쥐어졌다.

밍박이 웃었다.

"레땡의 부대 말고 이 해변을 점령하고 내놓지 않는 야만인들을 먼저 치라는 전언이군…… 후후후."

믿을 수밖에 없었다.

엘르가 끼고 있던 반지의 탁본이 같이 들어온 것이다.

"왕가의 검은?"

밍박이 흥분해 외쳤다.

"마수의 숲에서 찾은 모양입니다. 이블 고곤 때문에 엘르 공주의 팔 하나만 간신히 회수했다고 합니다."

"이블 고곤?"

밍박의 눈이 동그래졌다.

"이블 비비가 아니고 이블 고곤?"

밍박의 눈이 가늘어졌다.

"오호, 가는 길에 이블 고곤을 한 마리 사로잡아야겠구나."

그러자 얍센 백작이 물었다.

"마수의 숲을 어찌 건드린단 말입니까?"

"마수의 숲이야말로 우리의 진짜 적이다! 내 손에 탱크가 있으니 어찌 짐승들 따위를 두려워할 것이냐! 마수의 숲 따위가 인간을 거부하는 것이 늘 가슴속에 걸렸었느니, 이제야 말로 인간의 힘을 마수들에게 보여 줄 차례인 것이지. 후후후후."

얍센 백작의 고개가 숙여졌다.

"마수의 숲을 개발하시는 것이 진짜 목적이란 말이옵니까?"

진짜 목적은 물론 마수의 숲이다.

거기에 왕가의 검이 있다. 그것은 블루샤크가 가질 수 없고 처리할 수도 없는 확실한 이유가 있기 때문에, 밍박은 웃었다.

"후후후후— 왕가의 검을 찾고, 마수의 숲을 밀어 버리는 일은 남쪽 해변의 그 야만인들 때문에 불가능하지! 그들만 먼저 밀어 버릴 수 있다면, 마수의 숲을 개발하는 것이 꿈이 아니다. 마수의 숲에 사는 그 짐승들이 설마 그 야만인들을 돕기라도 하겠느냐? 후후후후."

밍박은 그렇게 남서쪽 해변의 부족연합을 먼저 치기로 했다.

남북을 길게 횡단하는 큰길, 동서를 나누는 길이라 해서 하프라인 로드라 불리는 그 길의 끝은 똑같이 두 갈래로 갈라지는 삼거리 길목이다.

그곳이 바로 남서 해변과 마수의 숲을 가르는 바람 구릉의 꼭대기였다. 고도는 약 150미터로 높은 편이 아니다. 전형적인 구릉 능선이 이어진 것이다. 바람 구릉은 그 꼭지점에서 두 갈래로 갈라져 마수의 숲을 끌어안듯이 점점 얇아지며 해안 근처에서 끝난다.

그 갈라지는 곳.

하프라인 로드의 끝, 운명의 삼거리에서 하루 휴식을 취했던 밍박의 군대는 그런 식으로 남서쪽을 향해 방향을 잡았다.

다음 날 아침.

"전군 앞으로!"

크르르르르르릉—

탱크가 먼저 치고 나가기 시작했다. 거기에 보병부대가 그 꽁무니로 따라붙으며 뒤이어 기사들, 그 기사들을 보좌하는 폰들이 움직이기 시작했다.

척척척척척척—

그리고 마법사들의 마차 행렬이 그 뒤를 따랐다.

그리고 맨 뒤, 마법사들을 후방 습격으로부터 보호하기 위한 2차 수비진의 폰들이 따랐다.

요란한 소리가 구릉의 꼭대기에서 울려 퍼지자 멀리 보이는 마수의 숲이 흔들리는 것처럼 보였다.

밍박은 웃었다.

"흐흐흐, 레땡, 네놈이 아무리 애를 써도 이걸 뒤집기는 불가능할 것이다!"

그의 웃음이 커지면 커질수록 부대의 전진 속도는 점점 더 빨라졌다. 이제부터는 내리막길이었기 때문이다.

그들의 행렬이 결국 남서쪽 길로 다 꼬리를 물며 내려섰다.

추적하며 전 부대가 남서쪽 부족연합으로 간 것을 확인한 카놀이 반대편 길로 달렸다.

한 왕국 왕실의 운명이 갈리는 전투가 곧 시작될 것이다.

*   *   *

달이 어슴푸레 했다.

바다는 출렁이며 배를 흔들었고, 자밀라는 바깥을 바라보던 중이었다. 그러다가 함교에서 나왔다.

쏴아아아ㅡ

함대는 순항 중이었다.

자밀라는 함교 천장으로 올라왔다.

6함대의 사령 제독은 혀가 부드러운 사람이었다

오웨느에게 있어서 자밀라의 역할이 어떤 것인지, 그리고 그녀가 오웨느의 학살을 막기 위해 어떤 노력을 기울이고 있는지 아는 사람이다.

6함대 사령제독 오카츠는 함교 위에 서 있는 자밀라를 잠시 바라보았다.

자밀라는 온몸을 실드로 감쌌다.

은은한 빛의 실드였다.

6함대 사령제독 오카츠의 눈이 찢어지게 커졌다.

"빛의 실드!"

마법사가 아닌 격투를 하는 사람이 실드를 이렇게 빛으로 둘러칠 수 있다는 것은 자밀라의 능력이 초기사를 넘어섰다는 얘기였다.

오카츠의 손이 약간 떨렸다.

"저 능력을 황녀마마께서 만드셨단 말인가……!"

그리고 다음 순간, 함교 위를 주목하던 사람들은 당연히 예상한 일이지만, 그 빛의 구체는 돌연 허공으로 떠올랐다.

아주 높이 뜬 상태이면서도 함선의 전진 속도와 맞추고 있었기 때문에, 빛의 구체가 빛 가루를 뒤로 흘려 대며 날고 있는 것처럼 보였다. 실드 호버링.

오츠카의 고개가 흔들렸다.

"정말 대단하군……."

얼마나 지났을까, 빛의 구체가 함교로 다시 내려왔다.

그리고 자밀라가 다시 함교로 들어오며 말을 했다.

"밍박 공작이 결국 이쪽 해변으로 먼저 진격한 모양이로군요."

오카츠의 얼굴에 흐린 비웃음이 떠올랐다. 어떤 수를 썼는지는 몰라도 밍박은 아마도 속았을 것이다. 레땡 같은 명장이 쉽게 당할 리가 없으니까.

자밀라는 고요한 음색으로 말을 이었다.

"이곳에서 잠시 대기합니다. 어차피 레땡의 부대가 밍박 공작의 뒤를 칠 때까지 기다리는 것이 유리하니까요."

오츠카가 자밀라에게 고개를 숙였다.

"알겠습니다."

자밀라도 마주 고개를 숙여 예를 취했다.

그리고 6함대는 아예 엔진마저 끄고 대기했다.

곧 밍박과 레땡의 격전이 벌어질 것이다.

제국 6함대는 긴장한 채 자밀라의 말만 기다리는 상태였다. 달은 그렇게 기울었다.

*　　　*　　　*

날이 밝았다.

구릉을 거의 다 내려와서 하루 밤 쉬고 내려가려던 밍박의 군대는 출발하기 직전, 탱크의 시동을 걸기 직전에 적의 습격을 받았다.

가장 맨 뒤 열이 아닌, 믿을 수 없게도 마법사들의 텐트가 있는 자리였다. 대열의 중간이다.

기사가 몰려 있으니 가장 강한 곳이었다 마법알람이 울리고 덫이 펼쳐졌다.

거기 걸려든 것을 보고 다들 놀라야 했다.

있을 수 없는 일이었다, 폰들의 감시를 뚫고 들어올 수 있는 존재가 설마 이블 고곤인 줄은 아무도 몰랐었다.

이블 고곤이 울부짖었다.

"크롸롸롸롸—!"

마법사들의 덫이라 당연히 마나 운용을 할 수가 없었다. 하지만 그들이 미처 예상치 못한 것은 그게 사람이 아닐 거라는 생각이었다.

쇠로 만든 사슬을 뒤집어쓰고, 이블 고곤은 그걸 이리저리 끌고 다녔다. 그 바람에 연달아 펼쳐 놓은 옆의 덫도 같이 확 펴지고 말았다.

사람은 마나를 운용하지 못할 경우 저 쇠사슬 무게를 감당할 수가 없었다. 그러나 이블 고곤은 근육과 골격 자체가 차원이 다르다. 이블 고곤이 마구 날뛰면서 사 톤이 넘는 쇠사슬을 질질 끌어 대자 금방 먼지가 뿌옇게 일어났다.

그새 병사들이 달려와 그 쇠사슬 그물에 수십 명이 매달렸고, 그럼에도 이블 고곤은 그걸 질질 끌며 도로 바깥으로 나가기 위해 안간힘을 썼다.

"놓치지 마라! 이블 고곤을 사로잡으라 하시는 공작 전하의 명이시다!"

"크르롸롸롸라라락!"

이블 고곤은 심지어 그런 상황에 점프를 시도했다.

쿵—

별로 높이 뛰지는 못했지만, 팽팽하던 차에 힘의 균형이 깨지면서 결국 병사들이 삼분지일이나 떨어져 나갔다.

열 몇 명만 해도 벌써 일 톤 이상이 줄어든 것이다.

그 틈에 도망치려는 이블 고곤의 몸부림이 시작되었다.

그리고 그 광경을 본 마법사들이 혀를 내두르며 정신을 집중해 주문을 외우기 시작했다.

"그라비티—"

쿵—

이블 고곤의 발걸음이 주춤거렸다. 마나를 쓸 수 없게 되자 마법사들의 마법 주문이 먹혀들기 시작한 것이다.

"크르롸롸!"

마법사 한 명이 더 주문을 외웠다.

"그라비티!"

쿵—

이블 고곤의 한쪽 무릎이 그제야 땅에 대졌다.

"크르르롸롸롸!"

이블 고곤이 하늘을 향해 높이 울부짖었다.

그때였다.

멀리서 고함 소리가 들려왔다.

"미니! 나라의 선조들께서 세우신 유지를 어기고, 남의 피와 땀으로 자신의 배를 채우려는 흡혈 강도들을 주살하라!"

병사들이 어리둥절할 때였다.

주문을 같이 걸려던 마법사의 허리가 확 꺾였다. 그리고 그의 상체가 땅을 굴렀다.

한 번에 두 동강 난 것이다.

동시에 허공에서 끔찍하도록 길다란 손톱이 보였다. 그 손톱을 따라 계속해서 짐승의 털이 나타나고, 거대한 몸체와 가슴까지 벌어진 입으로 포효하는 또 한 마리의 이블 고곤이 나타난 것은 순식간이었다.

그리고 마법사들은 한순간에 세 명씩 죽었다.

허공에서 나타난 이블 고곤은 모두 세 마리였다.

"맙소사! 트랩을 일부러 건드린 거였다!"

그제야 밍박의 부대는 이블 고곤 한마리가 일부러 덫을 뒤집어쓰고 구멍을 낸 다음, 그 구멍으로 다른 세 마리가 따라 들어왔다는 것을 깨달았다.

지휘관들의 고함이 이어졌다.

"안 돼! 각 부대 폰들은 마법사들을 우선으로 보호하라!"

그래서 폰들이 마법트랩이 뚫린 그곳을 통해 이블 고곤의 손톱으로부터 마법사들을 구해 내기 위해 몰려들던 순간이었다.

뒤편 수풀에서 사람 크기만 한 짐승들이 뛰쳐나왔다.

"컄컄컄컄컄!"

병사들의 얼굴이 사색이 되었다.

"이블 비비 떼다!"

달려드는 이블 비비들의 눈에 핏발이 서 있었다. 그들의 발은 날렵했다.

그리고 그들의 손에서 날카롭게 밀집된 정식 블레이드는 아니지만, 서너 걸음 바깥의 폰들 가슴에 빵빵, 폭음을 일으키는 소닉 붐이 일었다.

돌아서 그들을 맞이하는 폰들이 또 반으로 갈렸다. 그사이 이블 고곤들은 벌써 반을 넘게 마법사들을 주살했다.

간신히 마법사들을 껴안고 폰들이 앞의 폰들과 합류하자 살펴볼 수 있었다. 살아남은 마법사는 겨우 스물이 간신히 넘는 숫자였다.

그제야 부대의 앞머리에서 탱크 시동이 걸리고, 포탑을 거꾸로 돌려 이블 고곤들을 노렸다.

먼저 포탑 위의 기관포들이 불을 뿜었다.

타타타타타타타타타타—

따다다다다당!

이블 고곤의 몸체에서 불똥이 튀겼다. 이블 비비들은 후방의 폰들과 격전을 벌이는 중이었다. 그러다 폰들은 시간을 맞춰 순간적으로 허리를 굽혔고, 이블 비비들은 기관포 세례에 피를 흩뿌리며 나뒹굴었다.

이 소란 속에서 밍박은 멍청해졌다. 그 요란한 소리의 와중에도 똑똑히 들렸다.

"이, 이, 이 목소리는……!"

그는 그곳을 노려보았다. 저 멀리, 구릉 위.

밍박이 어제 지나친 바위. 그 위에 목소리의 주인이 서 있다.

엘르였다.

그녀의 침착한 얼굴, 결연한 그 표정에 밍박의 가슴속도 왁, 하고 올라왔다. 자신은 한낱 범죄 조직 뒷골목 깡패들에게도 속은 것이다.

"저, 저 재수 없는 몹쓸 계집!"

밍박이 화가 치밀어 답답해지려는 가슴을 틱, 틱, 쳐 댔다.

숨을 쉬려 들이마셨다. 오래도록 수련한 호흡이 잘되지 않을 정도로 그는 화가 났다.

"탱크 포수! 저년을 죽여라! 발포! 발포해!"

동시에 포탑을 거꾸로 돌린 X—115탱크의 주포가 첫 화염을 내뿜었다.

쾅—

이미 엘르는 바위에서 내려간 후였다.

바위가 연기만 남기고 쪼개지며 산산이 흩어지는 것이 보였다.

다음 순간 나머지 아홉 대의 탱크들이 일제히 포문을 열었다.

콰콰콰콰콰쾅—

이블 비비 부대의 일부가 피를 뿌리며 날아갔다. 살아남은 마법사들이 정신을 차리고 이블 고곤과 이블 비비들을 제압할 주문을 외우려 하는 순간, 그들은 강제로 그 주문을 멈춰야만 했다.

옆의 폰들이 마법사들을 안고 다시 몸을 날린 것이다.

그 직후.

쐐쐐쐐쐐쐐— 파파파파파팍—

화살들이 그 자리에 꽂혔다. 그리고 마법사만 밀치고 채 피하지 못한 폰 하나가 서너 발의 화살이 몸에 박힌 채 비명을 질렀다.

"크아아아악!"

그 폰을 다시 육중한 이블 고곤의 발이 짓밟아 터뜨렸다.

"크르롸롸롸!"

화살이 쏟아진 자리는 밍박 부대의 바로 옆이었다. 거의 비슷한 높이라 활 공격을 신경 쓰지 않은 곳이기도 했다.

그제야 밍박이 이를 갈았다.

"레땡! 네 이노오오옴!"

앞의 폰들이 전부 다 후미에 도착해 일렬로 기관총을 쳐든 것이 그때였다. 그 순간 누군가 먼저 총을 쏘았다. 물론 밍박의 부대는 아니었다.

총알이 밍박 부대의 총을 든 폰의 관자놀이를 뚫고, 옆의 폰 하나까지 같이 물고 쓰러뜨렸다.

레땡보다도 훨씬 더 먼 뒷쪽, 나무 뒤에서 저격수가 쏜 것이다.

구식 소총 AK볼링어에 다시 총알을 채워 넣는 곰탱이 서 있었다. 그리고 무너진 기관총 진열에서 드디어 따다다다 소리가 들리기 시작했다. 이블 비비들에게 쏘아 대는 것이다.

레땡이 손을 쳐들었다.

"다 후퇴! 탱크 시동 걸렸다! 전원 다 후퇴!"

그러자 밍박의 입가에 미소가 그려졌다.

"바보 같은 놈, 탱크에 달라붙어야지, 오히려 거리를 주다니! 크하하하하하! 레땡! 내가 이겼다!"

밍박이 소리치며 탱크부대에게 추격을 지시했다.

탱크의 무한궤도 양쪽이 서로 반대로 돌며 탱크 본체들이 뒤로 회전했다. 포탑이 그 속도에 맞춰 회전했기 때문에, 사실은 포탑은 가만히 있고 몸체만 돌아간 것 같은 기동을 보였다.

주포가 표적은 그대로 조준한 채 몸체만 돌리는 기동, 여태껏 다른 탱크들에서는 볼 수 없었던 움직임이다.

구릉의 풀과 흙들이 X—115의 75톤 무게에 갈려 나가듯 회전해 날리며 비명을 질렀다.

쿠르르르르르르—

물론 X—115기종의 캐터필러 접지압도 좀 높게 맞춰져 있어 이 같은 기동력이 나오는 것이다.

탱크의 캐터필러는 접지압을 대부분 센티미터 당 1킬로그램이 안 되게 맞춘다. 그러나 X—115는 접지압을 센티미터 당 1.2킬로그램으로 높여서 운용해도 캐터필러의 표면이 쉽게 닳지 않는 전차다. 접지압이 높으면 탱크가 잘 미끄러지지 않는다.

그래서 이런 고기동이 짧은 훈련에도 가능한 것이다.

굉장히 짧은 훈련이었음에도 이 정도 움직임을 보이자 밍박이 더 여유만만하게 외쳤다.

"보았느냐! 내 전차부대의 실력을! 크하하하하하하! 돌격해라! 보병부대 전원은 저들을 추격하라!"

그래서 보병들도 진형을 거꾸로 돌리고 전차와 맞춰 후방으로 달리기 시작했다.

"우와아아아아아!"

탱크들도 꾸준히 포격을 가했다. 그사이 마법사들의 큰 연합 주문이 완성되었다.

이블 비비들을 향해 단단한 얼음 창이 수천 개나 쏟아질 터였다.

밍박의 웃음이 더 높아졌다.

"크하하하하하하! 레땡! 고작 그따위 화살 몇 발과 짐승 몇 마리로 탱크를 상대하러 왔더냐! 크하하하하하! 레땡!"

그리고 탱크가 구릉 위로 막 속도를 내려던 순간이었다.

울렁—

"......?"

심상치 않은 땅의 일렁임!

"으어억?"

그리고 다시 큰 울렁임이 일었다.

진군 직전, 정비를 위해 모여 있다가 급작스런 습격으로 마법사의 호위를 받으며 흩어질 시간을 놓친 탱크들이 서서히 기울기 시작했다.

탱크 운전병들이 그제야 빠르게 벗어나려 악셀레이터를 급작스럽게 밟았지만, 그 높은 접지압도 소용이 없었다. 땅은 계속 파헤쳐지기만 했고, 결국 커다란 직각의 구덩이가 탱크 열 대를 순간적으로 물고 폭삭 주저앉혔다.

탱크 각각의 넓이에 딱 맞춰 순간적으로 생긴 구덩이였다. 탱크의 자체 무게 때문에, 걸린 포신은 관절 부위가 부러져 나가며 꺾였다.

푸—

콰콰쾅—

끼가가가가—

굉렬한 먼지가 가라앉으며 참사 현장이 드러나자 밍박의 입이 벌어졌다.

구릉 맨 아래.

한 왕국 남서 해안의 부족연합 영토가 시작되는 곳을 알리는 표지판에, 그 부족연합의 대지 주술사들이 보였다.

밍박은 그제야 깨달았다.

자신들의 이목을 흐트러뜨리고, 일차로 마법사들을 노리고, 그 살아남은 마법사들의 이목마저 돌린 그 찰나에, 남쪽 대지주술사들이 탱크를 빠뜨린 것이다.

정교하게 짜 맞춘 함정이었다. 일차, 이차도 모자라 삼차로 속인 것이다.

밍박은 손을 부들부들 떨었다.

"이, 이, 이, 이, 이, 레————때————앵!"

탱크들이 함정에 빠지자마자 이블 비비들이 다시 몰려들었다. 그리고 밑에서는 부족 연합국 전사들이 강철에 버금가는 몸집을 부풀리며 달려오는 중이었다.

자신의 보병부대 두 배를 넘는 숫자였다. 밍박의 얼굴에 핏기가 사라졌다.

레땡의 느즈막한 대답이 그때서야 들렸다.

"저 부르셨습니까, 공작전하?"

어느새 남서 해변 부족연합 전사들이 포위를 했다.

그리고 그 앞으로 이블 고곤 네 마리가 이끄는 이블 비비들이 흉험하게 으르렁대며 나왔다.

그리고 그들 바로 뒤로 레땅의 기사들이 섰다.

진형의 의도는 간단했다. 부족연합의 피해를 최소화 하는 싸움을 하겠다는 것.

밍박이 손가락질을 했다.

"왜냐?"

밍박은 고함을 쳤다.

"왜, 왜 이 야만인들을 보호하겠다는 말이냐! 왜!"

그러자 어느새 다가온 엘르의 반문이 이어졌다.

"왜 남의 것 탐내지 않고 살던 사람들을 학살하고 그들 것을 빼앗아야 한다는 겁니까?"

밍박이 인상을 확, 구겼다.

"너! 네년은 왕실을 더럽히고 이 더러운 야만족들을 받아들인 죄인이다! 닥치지 못하겠느냐!"

그러자 한 사람이 소리 쳤다.

"죄인? 누가 누구더러?"

소리친 사람은 청년이었다. 밍박이 고개를 돌리자 그는 뛰어올라 이블 고곤의 어깨를 훌쩍 밟더니 더 높게 도약했다. 아직 항복 상황이 아니었기 때문에 기사들이 소리쳤다.

"공작전하를 지켜라!"

그리고 기관총이 집중적으로 쏘아졌다.

타타타타타타타타타타—

그러나 허공에서 보이는 광경은, 일반 사람들의 상식을

뛰어넘는 것이었다. 총알이 점점 그 실드를 허물어뜨리기는 커녕, 오히려 단단히 막히며 총알의 구체가 생겨나고 있었다.

그 구체가 확 흩어졌고, 기관총을 쏘던 폰들을 쓰러뜨렸다.

"으아아아악!"

그러고 나서 그 청년이 허공에서 떨어져 내렸다. 그 순간 일어난 마나공진!

쿠─우─웅─

확 번져 나간 공기의 일렁임은 총알을 맞지 않은 폰들도 쓰러뜨릴 정도였다.

기사도 흔들렸다. 밍박도 같이 넘어져야 했다.

"공작전하!"

쓰러진 밍박을 일으켜 세우자, 모두의 눈에 공포가 떠올랐다. 밍박은 입으로 피를 토하고 있었다.

멀리까지 충격을 줄때 보통 수평궤도로 퍼지는 마나공진, 그 평범한 마나공진이 스무 걸음 넘게 떨어진 기사급의 속을 진탕시켜 피를 토하게 한 것이다.

밍박이 손가락을 부들부들 떨며 물었다.

"너, 너, 넌 대체 누구냐?"

그 굉렬한 마나공진의 주인공, 댄이 고개를 들며 웃었다.

"댄인데요."

밍박의 손이 힘없이 떨어졌다. 댄이라는 이 청년의 등장이 마지막 일격이었다.

밍박의 부대는 완전히 사기를 잃고 후퇴하기 시작했다.

그리고…….

해변에 폭발음이 일어난 것이 그때였다. 그 누구도 예상치 못했던 일이 일어난 것이다. 자밀라가 이끄는 제국 6함대가 해변을 향해 함포사격을 하기 시작한 것이었다.

"안 돼!"

엘르가 처절하게 외쳤다.

하지만 제국군의 개입은 그 누구도 예상치 못한 일이었고, 수평선에서 피어나는 불꽃들을 넋 놓고 바라볼 수밖에는 없었다.

해변에 모래사장부터, 그 너머 나즈막한 언덕을 지나, 마을이 포격당하기 시작했다.

콰콰쾅—

부족연합의 움직임이 술렁였다. 레땡마저도 침을 꼴깍 삼킨 그때였다.

"저, 저게 뭐야?"

누군가 손가락으로 가리켰다. 구름이 불룩해지고 있었다. 그 불룩해지던 구름이 뚫렸다. 어떤 형체가 보였다.

구름 위에서 뭔가가 내려왔다. 배였다.

하늘을 나는 배, 바로 카알과 견자단이 몰고 있는 함선이었다.

36.

남매 재회

하늘, 구름 안에서 내려오던 배가 멈췄다. 그대로 허공에
멈춘 것이다.

엘르가 보기에 정말 꿈같은 일이 벌어졌다.

왕가의 칼이 공진하고 있었다.

왕가의 칼이 공진하자 이마의 드롭이 드러난 이블 고곤들
이 그 하늘의 배를 향해 두 손을 치켜들었다.

또 다른 주인을 맞이하는 모습이었다.

뒤의 이백 마리 이블 비비들도 같이 손을 들며 포효했다.
광기가 아니라 왕에게 환영인사를 하는 것이다.

엘르는 느낄 수 있었다.

확실하게 같이 느낄 수 있는 댄과, 느끼지만 방향까지는
모르던 레땡의 눈도 커졌다.

마수들의 환영이 어디로 향하고 있는가는 누가 봐도 분명했다. 지금 6함대 위에 떠 있는 함선이다.

"공진이 저 하늘 위의 함선을 향하고 있어요!"

댄이 물었다.

"혹시 칼에 박힌 이것과 짝을 이루는 드롭이 있나요?"

엘르가 고개를 끄덕였다. 그리고 눈물을 흘렸다.

"네, 댄! 우리 세자저하께서 가진 팔찌에 이 보석의 짝이 박혀 있어요!"

레땡이 입을 떡 벌렸다.

"정말 세자저하께서 살아오신 겁니까? 아이고, 쌍으로 경사났네?"

그러더니 밍박 공작을 향해 웃었다.

"들으셨죠? 저하께서 구름기둥 너머에서 살아오신 것 같은데요. 게다가 저 신기한 힘까지 얻고."

밍박 공작이 고개를 저으며 외쳤다.

"아니야! 아, 아틸라는 어디 있느냐! 아틸라, 그가 세자를…… 카알 그 어린놈을 당해 내지 못했을 리가 없단 말이다!"

엘르는 고개를 저었다.

"모르겠어요. 하지만 이 느낌은 분명, 카알…… 세자저하의 것이랍니다. 숙부님."

밍박의 눈이 왕창 커졌다.

"저, 저, 저럴 수가!"

밍박의 손가락이 가리키는 허공 위의 배.

그 배에서 작은 구멍들이 수없이 열리고, 그 구멍에서 흰 연기와 불꽃이 뿜어지는 물체가 밑으로 쏘아졌다. 수십 개 구멍에서 연달아 수십 발, 연기가 그 배를 가릴 지경이었다.

그걸 보고 있던 엘르 일행이나 밍박 휘하 군대들은 몰랐지만, 중원에서 원시적인 로켓 추진형 미사일의 한 갈래인 신기전의 설계도를 보고 그것으로 아이디어를 내 만들어 둔 로켓포였다.

그 로켓탄들이 제국 6함대의 함선들의 갑판과 바닷물을 구분하지 않고 직격했다. 섬광이 일었다. 멀리 떨어졌지만 파편들도 보였다.

바닷물도 크게 치솟았다.

그리고 함선의 주포 탑이 부서져 떠오르는 것도 보였다. 서너 개가 연달아 보이고, 포신이 허공에서 흩어져 바닷물에 처박히고서야 소리가 들려왔다.

콰콰콰쾅— 우르르르르—

촤촤촤촤—

제국의 6함대가 무너진 것은 그야말로 순식간이었다.

폭발의 연속과 굉음, 그리고 파편, 물기둥.

바닷물 위 수평선이 가려질 정도였다.

엘르는 멍하니 그것을 바라보았다.

6함대가 7함대보다 먼저 창설되어 최신형 함선의 수는 많지 않지만, 그래도 숫자는 더 많아서 스무 척의 소함대 열 개가 이뤄진 함대였다.

7함대의 두 배다.

그런데 그 이백여 척의 함선들이…… 단 한 번의 공격으로 절반 훨씬 넘게 사라졌다.

지금 수평선은 그 전체가 불타오르고 있었다. 그 부근 바닷물이 온도가 올라가 물에 빠진 제국 수병들도 죽었을 것이다.

엘르의 눈이 젖어 들었다.

"이렇게 많은 사람들이 죽어 나가는 것을 바라지 않았는데 결국……!"

공주의 눈물에 레땡이 기침을 했다.

"커흠, 공주님, 지금은 저 하늘 날고 있는 배가 정말 세자저하의 배냐, 그리고 저 함선에 탄 사람들이 정식으로 제국에 반기를 들었다는 것이 중요할 것 같습니다만. 이건 우리 왕국의 입장이 될 수도 있거든요, 만약 세자저하시라면요."

6함대 소구경 함포들이 허공의 배를 향해 불을 뿜기 시작하는 것이 보였다.

그리고 살아남은 함선들의 함교에 자리했던 마법사들이 텔레파시를 통해 서로를 연결한 연합마법을 펼치는 것이 보였다.

엘르의 눈이 부릅떠졌다.

"뇌전의 창!"

살아남은 6함대의 배들은 7함대처럼 급 회선과 급가속 같은 고기동이 안 된다. 그러나 서서히 뭉치며 서로 꿈틀거리는 빛을 연결하는 중이었다.

뇌전이다.

엘르의 손이 입으로 향하는 순간이었다.

"오, 안 돼!"

*　　　　*　　　　*

"세자저하께서 예상하신 대로 뇌전의 창이 옵니다!"

롯데의 외침에 카알이 긴장했다.

"지금 발동되었습니다!"

아래에서는 지금 뇌전의 거미줄이 함선 사이로 형성되는 중이었다. 거미줄처럼 연결되는 뇌전들, 저 까마득한 밑인 데도 지직거리는 소리가 들려올 듯 강렬했다.

카알이 외쳤다.

"준비! 뇌전의 힘을 빨아들여 여기 어울려지지 않던 드롭 까지 융합시킨다!"

에런이 종남일기의 혜광심어를 통해 전달했다.

[견자단, 주포로 치십시오! 너무 가만히 있으면 6함대 마법사들이 의심할 수도 있습니다!]

이 뇌전의 창은 시간이 삼 분 정도 걸리는 것이 단점이었다. 최소 한 번 정도는 더 공격할 수 있는 방열 시간이다. 가만히 있으면 누군가 의심할 것이 분명했다.

"설마 그런다고 중단하지야 않겠지?"

광겸이 말하자 광수가 웃었다.

"너무 많이는 말고, 두 번만 당겨."

광검부터 발포에 들어갔다.

콰콰쾅—

살아남은 배도 팔십여 척이 될까 말까인데 또 두 척이 절단 나며 가라앉기 시작했다. 뇌전의 거미줄 중 두 군데가 끊어진 것뿐이지만, 그것만으로도 저 밑 6함대 마법사들은 죽어라 힘을 끌어 올리는 모양이었다. 뇌전은 드디어 굵어지기 시작했다.

그때 광겸이 포격했다.

콰콰쾅—

이번엔 세 개 다 치명타를 입히며 세 줄기가 끊어졌다.

뒤이어 뇌전이 더 굵어졌다.

그러면서 빛 거미줄의 중앙이 불룩 하게 솟아오르기 시작했다. 그 중앙에 대고 광수가 포격했다.

콰콰쾅—

그러나 그 포격은 그냥 먹혀 버렸다.

6함대 사령제독 오카츠의 주먹이 불끈 쥐어지는 순간이었다.

"되었다! 완성이다!"

오카츠의 고함 소리와 동시에 뇌전의 빛이 거미줄처럼 뻗어 지직거리던 빛들의 중앙으로 확 몰려들었다. 그리고 쏘아졌다.

파— 자자자자자자자작—

뇌전의 창, 거대한 빛의 창이 날고 있는 배를 강타했다.

카알은 함교 바닥에 손을 대고 있었다.

동시에 견자단 삼형제도 포탑 안에서 같이 파동을 느끼고 있었다.

견자단의 몸에 드롭이 융합된 이후, 견자단은 물질의 자체 떨림에 대해 더 예민하고 더 깊게 느끼는 것이 가능했다.

뇌전의 창이 함선을 강타한 순간, 견자단과 카알이 동시에 함선과 드롭의 파장을 맞추기 시작했다.

원래 강철에서 시작한 선체였다. 그런데 카알의 물질변이 능력과 맞춘 견자단의 공진으로 배의 기본 틀이 변했다. 더 변한 것이 구름기둥 안쪽의 일이었다.

배는 이미 금속이라고 부를 수 있는 상태가 아니었다.

물론 뇌전의 창은 금속이 아닌 다른 물체라고 해도, 원자가 가진 전자의 전기를 빼앗아 버린다. 물질의 기본 입자인 원자 자체가 흩어지는 것이다.

그러나 이 배의 물질은 뭔가 특이했다.

힘이 엄청나게 강력해진 견자단까지도 고통을 느낄 정도의 힘이었으나 그들은 포기하지 않았다.

그 힘을 여태까지 맞지 않던 드롭의 파장을 강제 개방하는 데 썼다.

그리고 그 순간, 대폭발이 일어났다.

하늘 위에서, 공기의 일렁임이 퍼져 나가며 수십 킬로미터 바깥 마수의 숲까지 영향을 미쳤다.

순간 오카츠의 옆에서 눈을 세속 감고 있던 자밀라의 눈이 번쩍 뜨여졌다.

그녀가 함교의 천장을 아예 부수며 날아올랐다.

빠과작—

자밀라가 느낀 것은 자신들의 바다 밑과 마수의 숲 중앙의 거대한 파장이다.

'위대한 존재!'

자밀라는 얼굴색이 변했다. 위대한 존재가 둘이나 있는 것이다. 그것도 한 왕실과 관련된 곳에만.

자밀라의 가슴이 두근거렸다.

위대한 존재 둘이면 오웨느를 죽일 수 있다. 하지만 그건 오웨느가 살아 있는 것보다 더 끔찍한 재앙이 인간 전체를 말살시킬 수도 있을 것이다. 결국, 자밀라는 결론을 오웨느 쪽으로 내릴 수밖에 없었다.

자밀라는 실드를 치고 직접 날고 있는 함선 위로 날아올랐다.

함교 부근까지 날아오른 자밀라를 보며 카알이 확연하게 놀랐다.

"저 여자……! 오웨느 황녀의 마나파장이 느껴진다! 오웨느 황녀가 만들어 낸 힘이야!"

아직도 함선은 변화 중이었다. 그 폭발이 변화의 시작이었던 것이다.

함선 전체를 둘러싼 뇌전의 힘이 빛을 토하며 지직거렸다.

밑에서 지켜보던 6함대 수병들은 주먹을 쥐며 제발 부서지라고 기원하고 있었고, 하프라인 구릉의 엘르 일행은 버티기를 간절히 바라고 있었다.

그때 자밀라가 솟아오른 것이다. 그녀가 함교에 다가갔다.

엘르의 외침이 이어졌다.

"안 돼! 지금은, 저 배를 건드리면 안 돼!"

그러자 댄이 얼굴 근육을 불끈, 일그러뜨렸다.

그의 가슴 근육 골 사이 소용돌이 문양이 빛나기 시작했다. 그리고 그도 빛의 실드에 싸여졌다.

댄이 땅을 박차고 날았다.

자밀라가 내뿜는 오러의 빛이 먼저 함교를 가격하는 순간, 댄이 울부짖었다.

"안 돼————!"

그리고……

그 빛이 무언가에 막혔다.

자밀라 본인도, 날아가던 댄도, 바라보던 모든 사람들이 놀랐다.

함교의 방패막이 된 것은 두 사람이었다.

중년으로 보이는 남자와 노인이었다.

종남일기와 녹진자 둘이 손을 합쳐 자밀라의 공세를 막아낸 것이다.

[선배, 이 아이가 제갈청청의 기운을 흘리고 있소, 정말로.]

녹진자의 혜광심어에 종남일기도 흰 수염을 흩날리며 인상을 썼다.

'세상을 어지럽히는 것은 소멸되지 않는 것인가.'

오히려 증식하고 늘어나지 않는가!

조금은 더 버텨야 했다. 함선의 변화가 끝나기 전까지는 견자단이 움직일 수 없었다. 그리고 둘은 더 강화된 자밀라의 힘을 잘 버티는 중이었다.

상황이 이렇게 되자 자밀라의 눈길이 다급해졌다. 자밀라의 힘을 넘는 존재가 다가들고 있었다. 자밀라는 몰랐지만 댄이다.

빠르게!

결국 자밀라가 꿈틀거리며 댄의 공격을 피하려는 순간, 종남일기와 녹진자의 눈이 빛났다.

자밀라가 아무리 깨달음을 얻었다고 해도 쌈박질로 이백 세 수 넘게 다져진 노련한 두 노인을 당해 낼 수 없었다.

그 순간을 절묘하게 뒤틀어 자밀라가 내뿜은 공격을 흘려 냈다.

녹진자가 그걸 각을 더 꺾으려 힘을 쓰는 순간 종남일기가 튀어 나가며 기합을 내질렀다.

"터허!"

맨손에서 강기가 튀어 나간 것이다. 자밀라가 막 상체부터 뒤틀던 순간이었다.

자밀라의 회피 동작이 주춤거려졌다.

그래서 녹진자는 함교 직격을 꺾어 허공으로 보낼 수 있었고, 종남일기는 녹진자의 곁으로 다가들었으며, 자밀라는 댄의 공격을 정식으로 맞받아야 했다.

쾅—

함포 터지는 것처럼 큰 소리가 일었다.

댄과 자밀라가 허공에서 밀려났다.

댄은 곧 따라붙었다. 댄이 몰아쳤다. 붙기 직전에 한 번 흐트러진 것이 결정타였다.

제대로 힘을 끌어 올리지 못한 상태에서 자밀라는 다시 또 밀려 나가며 더 흐트러졌고, 그사이 틈에 댄이 다시 한 번 더 공격해 들어갔다.

콰앙—

자밀라의 실드가 깨졌다.

여전히 허공에 떠 있는 채였지만 자밀라의 마음은 타들어 갔다. 자신이 죽으면 오웨느가 자극을 받는다. 정말 큰일이 일어날 것이다.

그러나 그녀의 마음과는 상관없이 댄의 주먹이 다시 오러의 빛을 쏘아 냈다.

콱—

"커헉!"

그녀의 눈이 부릅떠졌다. 자밀라의 명치는 무사했다. 그러나 충격은 그녀의 힘을 산산이 부숴 놓았다.

그녀를 죽이지 않은 것이다.

자밀라가 고개를 들어 댄을 보았다.

"왜……?"

그러나 댄은 웃었다. 그 미소를 보며 자밀라는 정신 줄을 놓아 버렸다. 그녀의 몸이 바다로 떨어져 내렸다.

*　　　*　　　*

광수가 중얼거렸다.

"기다린 것도 맞아 들어갔지만…… 뜻밖에 운도 좋았다."

그들은 하늘을 날아서 왔다.

시간이 딱 맞은 것도, 그리고 도중에 제국 6함대를 먼저 발견한 것도 정말 행운이었다.

카알은 곧 짐작을 했다.

제국은 카알의 반기를 알아차렸다. 이미 오웨느 자신이 직접 보고 갔으니까.

그리고 옆에서 에런이 들려준 이야기가 결정적이었다.

"제가 파견될 때쯤 레땅 장군이 쫓겨나셨을 테니까, 아마 밍박 공작께서 이곳을 치려고 내려오는 중일 겁니다."

카알이 놀란 눈을 했다.

"뭣? 도대체 왜?"

에런이 고개를 저으며 말했다.

"밍박 공작 전하께선 제국에 왕실 창고의 드롭을 갖다 바치고 남서 해안, 바로 우린 왕국을 병합하는 것을 승인 받을 계획이었습니다."

그러자 카알이 외쳤다.

"그런 바보 같은! 도대체 이 세상에 지옥문을 열라고 재촉하는 짓을 하다니!"

그래서 에런이 웃었다.

"레땅 장군이 그를 두고 보실 분은 아니지 않습니까. 그래서 왕실창고에서 드롭을 다 빼돌렸고, 그래서 밍박은 열

받아서 쫓아 내려왔구요. 시간 벌기를 한 겁니다. 물론, 공주님을 돕는 저런 저 초기사를 능가하는 능력자까지는 몰랐지만, 어쨌든 남서 부족의 대지주술만 먹히게 도와줘도 승산이 있었으니까요."

"그런데 잘나가다가 제국 6함대의 습격을 받을 것까지는 몰랐다는 얘기로군."

카알이 말하자 에런이 고개를 저었다.

"뭐, 아무리 레땡 님이라도 신은 아니니까요."

다들 한숨을 내쉬었다. 만약 뭔가 하나라도 안 맞아 그 많은 드롭이 오웨느의 손으로 들어갔다면, 사태는 많이 달라졌을 것이다. 그리고 카알의 관심은 자연스럽게 댄에게로 쏠렸다.

"대체 저 사람은 누구요? 어떻게 당신들과 비슷한 힘을 가지고 있는 거요?"

광검이 고개를 저었다.

"변화 중에 쉴 시간이 그나마 나서 다행이군. 이러나저러나 왕자님, 당신이 모르는 건 당연히 우리도 몰라요."

순간, 자밀라를 떨어뜨린 댄이 함교 안쪽을 보고 씨익 웃었다.

그리고 푸른 뇌전이 들끓는 함교 가까이 오더니 외쳤다.

"세자저하신가요?"

카알이 고개를 끄덕였다.

"그러는 당신은 저기 밑의 우리 누이의 기사요?"

댄이 웃었다.

"기사는 아닙니다! 기사서임을 안 했죠!"

어찌 보면 댄의 웃음과 가장 비슷한 웃음이랄 수 있는 광겸이 마주 씨익—

손을 흔들어 주었다.

"공주님은 잘 계신가요?"

댄과 광겸이 똑같이, 아주 바보 같은 웃음을 지으며 푸른 뇌전의 벽 사이를 두고 마주 보는 것이 은근히 어울리는 그림이었다. 댄이 손을 마주 흔들며 외쳤다.

"아주 잘 계시죠! 덕분이에요!"

카알이 외쳤다.

"조금만 기다려 달라고 하시오! 이제 이 마지막 변화만 끝나면, 곧 누이를 만날 테니까!"

댄이 고개를 한번 숙이더니 밑으로 내려갔다.

파지지지지지—

뇌전이 거세게 치고 올라오며 함선을 더 두껍게 감쌌다. 함선이 뇌전의 창을 버티지 못하는 한계였다.

이제 견자단과 카알이 책임져야 한다.

종남일기가 신호했다.

"자, 같이 숨 들이마시고! 셋! 둘! 하나!"

순간, 카알과 견자단은 눈을 감으며 드롭의 파장을 맞추려고 시도했다.

거대한 뇌전의 창, 그 힘 앞에서 그들의 각오가 같이 공명되는 것은 순식간이었다.

그들이 뇌전의 창과, 드롭의 파장이 꿈틀거리며 반항하는 것에 대한 정식 제압에 들어갔다.

파지지지지직—

밑에서 바라보고 있던 엘르가 안절부절 하지 못했다. 뇌전의 창이 온통 함선을 집어삼키는 것처럼 보였기 때문이다.

*　　　*　　　*

오웨느는 벌떡 일어섰다.

자밀라의 눈이 본 것은 믿기지 않는 일이었다.

함포가 아님에도 거대한 폭발력을 가진 포탄이 스스로를 불태우며 쏟아지듯 날아갔다. 그런 것들이 수백, 수천 개가 날아들어 터진다면 자신의 능력으로도 꽤 귀찮은 일이 될 수 있었다.

오웨느는 기계학 전문이 아니다. 그러나 그런 그녀의 머릿속에도 황궁 전략 연구소의 역사서들은 있었고, 그녀는 그것이 곧 초창기 로켓엔진을 지닌 미사일이라는 것을 떠올렸다.

문제는 그것뿐만이 아니었다.

'뇌전의 창을 버티다니.'

아니, 그냥 버틴 것이 아니다. 흡수했다.

뇌전의 창은 기본적으로 제국 황실에서 마탄이 탄생하게 만든 원리였다.

그냥 단순한 진기 스파크 정도가 아닌 것이다.

물질의 기본 입자인 원자, 그중 전자의 전기를 꺼 버려

물질 그 자체를 원자 분해시켜 소멸시키는 것이다.

'구름기둥 너머에서 봤을 때는 분명히 뭔가 다른 금속 정도였는데……'

함선이 이제 단순한 철이 아니다.

그리고 무슨 수를 부렸는지는 몰라도 견자단의 힘이 더 강해진 것이 분명해졌다.

제갈청청의 눈이 빛났다. 사악하게.

'분명 느꼈다. 그 아이들을……!'

구름기둥에서 이쪽으로 들어올 때 그저 강력한 힘 정도로 뭉뚱그려진 느낌이었다면, 지금은…….

'개개인이 확실하게 느껴졌었다. 방금…… 그 아이들이…….'

광수, 광검, 광겸.

하나하나가 똑똑히 느껴졌다.

그들이 뭘 어떻게 했는지 뇌전의 창을 막아 낸 것이다.

황궁 마법사 70여 명이 연합해서 모은 힘으로 펼친 뇌전의 창은 누가 막고 자시고 할 수 있는 것이 아니다.

물론 오웨느도 순수하게 힘으로 버틴다면 그건 할 수 있다. 오히려 견자단보다 더 괴물 같은, 지옥의 악마가 가진 힘이니까.

그러나 흡수하는 것은 문제가 달랐다.

오웨느, 제갈청청 자신으로서도 장담할 수 없는 문제다. 위대한 존재조차도 소멸시킬 수 있다는 힘이었다.

위대한 존재와 직접 싸워 본 기록은 없지만, 최대한 기록의 찾아 실제 위력을 예상하고 계산해 만든 결론이다.

제국은 6함대의 그 뇌전의 창 때문에 위대한 존재를 더이상 두려워하지 않았다.

그런데 그것을 버텨 낸 것이다.

오웨느의 마음속 제갈청청이 웃었다.

그녀의 혀가 입술을 한 번 핥았다.

"하기사…… 인류가 미개할 때나 위대한 존재가 신이니 아니니 떠들지…… 지금 이 세계의 과학 지식을 가지고 위대한 존재를 두려워할 이유가 없겠지……."

뇌전의 창, 그것을 흡수해 힘으로 소화할 줄은 몰랐다. 그래도 오웨느, 제갈청청은 다른 생각을 했다.

'아직은 너희들이 나보다 약하다는 말이렷다.'

후후후—

내뱉어진 웃음에 저 멀리, 오웨느의 정신 영역 안에 있던 자밀라의 눈이 반짝, 뜨여졌다.

"헉!"

자밀라가 눈을 뜨고 처음 본 것은 부서진 나무 조각에 출렁이는 물결이었다.

몸을 뒤집자 들썩이며 판자때기가 출렁였지만 자밀라는 바닷물을 들이마시면서도 위를 보고 싶었다.

검은 하늘, 밤이다. 별이 빛나고 있었다.

"푸우—"

입에서 뭍을 내뿜있나. 숨통이 트였다.

자밀라는 헉헉 댔다.

그리고 생각했다.

'누구였지?'

어이없을 정도로 강했고, 그리고……

'어이없을 정도로 선하게 웃었어.'

자밀라가 댄을 생각한 그 순간, 오웨느의 마령통음이 날아들었다.

[살아 있었느냐.]

자밀라가 퍼뜩 몸을 세웠다.

아무도 없는 밤바다, 그러나 고개를 숙이고 경건하게 대답했다.

"6함대를 잃었사옵니다."

그러자 오웨느가 말했다.

[네 탓 아니니 그냥 돌아오거라.]

질책이 없다. 오히려 이 얼마나 두려운가?

6함대를 잃은 것은 제국이 대양을 지배하는 데 있어서 팔하나를 잃은 병신이 되었다는 것과 같다.

그런데 오웨느는 아무 소리도 하지 않는다.

잔소리 한마디도 없었다. 그녀의 자만심이 아니었다.

오웨느는 제국의 모든 병력을 다 잃어도 똑같을 것이다. 오웨느 황녀에게 제국의 군사적인 힘이라는 것이 그 정도 의미밖에는 되지 못했다.

'있으나마나 한 존재였던 거야? 6함대 따위는……?'

자밀라의 몸이 부르르 떨렸다. 그러나 곧바로 대답했다.

"예."

별다른 지시도 없었다.

자밀라는 오웨느의 속을 모른다. 그나마 이 정도로 끝난 것이 다행이라는 생각뿐이었다.

그리고 자밀라는 호흡을 가라앉히고 다시 힘을 끌어모았다. 빛의 실드가 다시 그녀의 몸을 떠오르게 했다.

그녀는 밤하늘을 쏘아지듯 날아갔다. 가까운 육지까지만 가면, 거기서 황궁까지 텔레포트 할 거점이 있다.

문득.

하얀 이빨을 드러내며 그냥 바보처럼 웃던 그 남자의 얼굴을 다시 한 번 떠올렸다.

자밀라는 이를 악물었다.

'왜 살려 줬을까?'

알 수 없었다. 사실은 자신의 마음이 무의식중에 비명을 지르고 있었던 것을 댄이 들어서 그랬던 것이지만, 그녀는 그것을 인식하지 못했다.

자신의 비명 소리를 자신이 듣게 될까 두려워서 그녀는 자신의 무의식을 뺀 나머지 영역은 꼭꼭 문을 닫아 놓은 상태였다.

그래서 당장은 댄의 행동이 이해가 가지 않았다. 하지만 그의 그 웃음이 마음의 문을 두드리고 있다는 사실을 곧 알게 되었다.

그녀의 고민은 끝이 아니었다. 댄의 그 웃음 한 번으로 인해 다시 시작된 섯이다. 자밀라의 눈이 눈물을 넘쳐흘렸다.

"왜!"

자기도 모르게 고함을 쳤다.

호흡이 새나가 빛나던 실드를 내뿜던 힘도 확 꼬이고, 그녀는 하늘에서 곤두박질쳤다. 물에 첨벙, 하고 빠진 다음에야 그녀는 정신을 차렸다.

자신은 오웨느의 칼이다.

"어쩔 수 없어."

그녀의 눈에 눈물이 바닷물 때문인지 더 짠맛이었다. 짜다 못해 썼다.

자밀라는 그렇게 자신을 정의한 뒤에, 다시 하늘로 날아올랐다.

그리고 밤하늘보다 더 시커먼 육지 쪽으로 사라졌다.

그리고, 황도에 있던 오웨느도 갑자기 사라졌다.

*   *   *

찌지지지직—

푸른 뇌전이 함선을 감싸다가 수그러들었다.

그때였다.

갑자기 함선의 앞 끝머리 공간 하나가 일렁였다. 그 공간에서 빛이 뿜어졌다. 그리고 그 빛이 사람의 형상을 갖추기 시작했다.

오웨느였다. 견자단이 더 강해지고 있다는 느낌이 왔다. 그러니 오지 않을 수가 없는 것이다.

오웨느가 푸른 뇌전이 점점 수그러드는 함선을 보며 악독한 미소를 지었다.

'지금이면 저 아이들을 끝장낼 수 있다.'

견자단 삼형제가 막바지로 힘을 쓰는 중이었다.

오웨느는 손을 들어 올렸다.

"꽤 발전을 했지만…… 여기까지로구나. 너희와의 질긴 인연도 이제 그만 끝을 내자꾸나."

그리고 그것을 함선 내부의 견자단과 카알 일행이 다 보았다.

각오에 든 상태에서는 지금 눈앞의 현실을 보지 못하는 것이 보통이다. 아주 순간적일지는 몰라도, 그들은 정말 신기한 경험을 겪고 있었다.

오웨느, 제갈청청.

그녀가 손에서 거대한 빛의 광구를 일으키며 쏘아 내고 있었다.

순간, 견자단 삼형제는 절규했다.

그래도 어머니였다. 그러나 그 어머니는 세 자식을 기어이 죽이려고 바로 이 순간에 나타난 손을 쓰는 것이다.

한순간, 모든 것이 정지했다.

견자단 삼형제가 위기를 느낀 그 순간에 엄자령의 말이 먼저 떠오른 것은 광겸이었다.

연미가 이야기하지 말라 했지만, 엄자령은 광겸에게 이야기했다. 아이를 가진 사실을.

그리고 꼭 살아 돌아오라고 말해 준 것이다. 그리고 더불어 홍춘의 임신 소식도 같이 알렸다. 광수에게.

그들은 기나긴 마교의 실험실 세월을 생각했다.

생각하자마자 그것은 그들의 눈앞에서 현실로 펼쳐졌다.

광수와 광겸의 자식들, 갓난아이들이 그들 대신 거기서 실험을 당하고 있었다.

이야기만 들었지 한 번 보지도 만지지도 못했던 아이지만, 견자단 삼형제는 발악을 했다.

그리고 오웨느의 눈이 부릅떠졌다.

거대한 공진파의 폭발이 뿜어진 것이다.

콰————— 아—————

단지 그것뿐이었지만 견자단이 내뿜은 공진파는 오웨느의 손에 걸렸던 광구를 밀어내고, 오웨느도 같이 밀어내 버렸다.

그 공진파가 오웨느를 투과했다.

오웨느가 허공에서 약간 추락할 정도의 충격이었다.

그녀가 이를 악물고 다시 떠올라 손에서 다시 광구를 만들어 내기 시작했다.

그때였다.

오웨느의 얼굴색이 급변했다.

마수의 숲, 그 중앙의 호수가 들끓기 시작한 것이다.

그리고 함선의 바로 밑, 바다도 동시에 끓어 댔다.

마나파장은 곧 마나공진을 불러왔고, 그 마나공진이 오웨느를 다시 밀어냈다.

'위대한 존재!'

오웨느의 얼굴색이 다급해졌다.

견자단의 성장, 그리고 그 성장이 부른 공진파.

그 공진파 때문에 위대한 존재 둘이 한꺼번에 깨어났다.

알카루스의 힘으로서도 위대한 존재 둘을 상대하는 것은 무리다.

오웨느, 제갈청청은 전혀 그럴 생각이 없었다.

이 뇌전의 창을 견자단이 흡수해 버리면 귀찮아진다.

그래서 오웨느는 악마, 알카루스의 힘을 한 번에 끌어 올렸다.

악마의 힘이 공진을 일으키자 바닷물이 치솟으며 기다란 용 모양의 물체가 물기둥을 일으키며 솟구쳤다.

한 왕국 남서해안에 잠들어 있던 위대한 존재가 모습을 드러낸 것이다.

오웨느는 악마의 힘을 끌어 올린 대신, 목표를 바꾸었다.

그녀가 솟구쳐 오르던 위대한 존재의 입속으로 돌진했다.

쿠와아아아아—

용 형상의 위대한 존재가 입을 벌린 순간, 제갈청청이 기합을 내질렀다.

"아수라————! 혈———잔————포——오— 오— 옥———!"

지옥의 아수라가 잔인한 피의 폭발을 일으킨다는 충격파가 위대한 존재의 입안에서 터졌다.

오웨느, 제갈청청은 이 순간 알카루스나 마찬가지였다. 그리고……

카알 왕자의 눈이 부릅떠졌다.

위대한 존재의 몸을 부수며 관통해 들어가는 오웨느의 모습, 그것은……

이 행성에 조상들이 처음 와서 맞닥뜨린 존재, 행성의 사분지 일이나 감싸던 모래 폭풍의 실체였다.

잊을 수 없었던 그 꿈, 어려서부터 계속 그를 괴롭혀 온 초 고대 조상들의 그 강력한 과학 문명마저 장난감처럼 바숴 버리던 그 모래 폭풍.

그 꿈에서 보여 지던 모래 폭풍의 형상이었다.

지옥의 유황 불길을 내뿜는 그 눈, 그 눈의 소용돌이 형태가 카알의 뇌리 속에 강력하게 남아 있었다.

제갈청청, 아니, 오웨느, 아니…… 알카루스의 눈동자가 그랬다. 그래서 카알과 동시에 견자단도 깨달았다.

이 행성은 지옥의 차원과 교차하고 있으며 바로 그 문의 경계점이 알카루스였음을.

그리고 제갈청청이 그 경계선상의 알카루스를 받아들인 것이다.

쿠콰파콰콰콰—

위대한 존재의 몸통은 길었다. 그러나 그 긴 몸통이 입부터 관통당해 꼬리가 부서지며 제갈청청이 튀어 나온 것은 순식간이었다.

공진파의 폭발은 엄청났다. 힘을 한 번에 다 써 버린 오웨느는 몸을 던진 위대한 존재와 함께 바다로 추락했다.

견자단과 카알의 고비도 같이 넘어가고 있었다.

                    *   *   *

 밤하늘의 함선이 하늘을 밝히던 그 빛을 꺼뜨렸다.

 함선의 변화가 끝났다.

 광수, 광검, 광겸 그리고 카알이 한숨을 몰아쉬며 몸을
축 늘어뜨렸다.

 그들은 위대한 존재 하나의 희생으로 위기를 넘기고, 게
다가 드롭의 강제융합을 성공했다.

 나머지 세 개의 드롭이 어울리지 않음에도 강제융합이 된
것은 뇌전의 창 때문이기도 했지만 카알과 견자단의 능력이
더 올라간 때문이기도 했다.

 길게 숨을 내뿜으며 카알이 함교 바깥을 보니 밤이었다.

 견자단이 함교로 올라왔다.

 카알이 그들을 향해 팔을 벌렸다. 견자단 세 사람도 팔을
벌리고 서로를 꽉 끌어안았다.

 "성공했어!"

 그런 그들을 녹진자와 종남일기, 그리고 한 왕국 신하들
이 흐뭇하게 바라보고 있었다.

 광겸이 먼저 물었다.

 "물질의 비밀을 이제 다 알았으니 느낌이 어때요?"

 카알이 쑥스럽게 웃었다.

 "다는 아니오. 아직은. 뭔가 더 남았어."

 "그래도 뭐 예전 보다는 다를 텐데."

광수가 묻자 카알이 고개를 끄덕였다.

"위대한 존재의 드롭이 왜 융합이 가능한지 그 근본 이유를 모른 채 융합을 시도했던 것 자체가 위험천만한 일이었다는 걸 깨달았소. 다 죽을 뻔했었지, 사실은."

광검이 쓰게 웃었다.

"그 진동이 그거였는데, 아마 굉렬하게 떨다가 구름기둥하고 같이 가루로 사라졌을 수도……."

과연 그랬다.

물질의 근본 비밀이 되는 파동은 이해했지만, 그물질의 고유 파동에 맞춰 다른 물질을 같이 융합한다는 것은 전혀 다른 차원이었다.

한 번 성공했으니 혹시 모를 기대감에 걸었던 자살 행위나 다름이 없었다.

그리고 견자단 삼형제처럼 드롭을 몸에 융합하는 경우, 아무나 성공하는 것도 아니었다.

위대한 존재 자체가 그것은 생물체가 아니었다.

거대한 드롭 덩어리였다.

드롭이 합쳐지면 점점 더 거대한 에너지를 내뿜게 된다.

그 거대한 에너지의 파장, 그것이 인간의 몸과 그토록 간단히 융합되리라고 생각한 것이 어리석었다.

"만약 마지막 순간에 어머니가 우리들을 죽이려 들지 않았다면, 그래서 우리가 악에 받쳐 공진파를 일으키지 못했다면 결과는 참혹했겠지."

광검이 웃었다.

"그래도 뭐…… 둘째어머니가 도움이 된 적도 생겼네."

다시 그들의 어머니 얘기가 나오자 거북해진 카알이 화제를 바꿨다.

"바로…… 우리가 살던 별의 모래 폭풍을 이 드롭의 융합체로 잠재운 거요."

카알의 말에 모두 고개를 끄덕였다.

"위대한 존재가 말만 많고 사실상 잘 나타나지 않았던 것도 다 그 이유 때문이었지."

그걸 이번 융합을 통해 배운 것이다.

"드롭의 수많은 융합체, 그것이 위대한 존재이고, 그 위대한 존재들이 지옥의 문이 되는 이 행성을 단단히 봉인하며 지켜 오고 있었던 거요."

그리고 광검이 아프게 중얼거렸다.

"방금 내 어머니가 그중 하나를 부쉈고."

광수가 광검의 어깨를 잡았다.

"희망이 생겼다. 이미 둘째어머니도 눈치를 채셨겠지. 위대한 존재를 파괴하면 지옥문이 열린다는 것을 말이야."

견자단의 얼굴이 일제히 어두워졌다.

그러나 카알은 밝게 웃었다.

"하지만, 오웨느 황녀는 위대한 존재를 깨우고 불러낼 수 없소. 물론 마수의 숲 용호에서 하나를 봤으니 당연히 이리로 또 오겠지. 파괴하러."

그러더니 카알이 손가락으로 저 언덕 밑으로 보이는 마수의 숲, 그 중앙에 있는 용호를 가리켰다.

그리고 이어서 말했다.

"저걸 지켜야 하오. 그럼 우리는 이 지옥문의 봉인을 유지 시킬 수 있는 희망이 생기는 것이니까."

그 말에 모두가 마수의 숲을 바라보았다.

광활한 마수의 숲. 그곳의 가운데 용호가 들끓던 부글거림을 잠잠히 가라앉히고 있었다.

위대한 존재가 다시 침묵으로 돌아가는 것이다.

"배고파."

느닷없이 광겸이 말했다.

"내려가죠, 이제. 함선 점검도 해야 하고, 그리고 왕자님의 혈육도 만나야 할 시간이니까."

그것이 바로 계기판과 융합한 드롭이었다.

계기판은 완전히 다른 형태로 진화해 있었다. 수많은 단추가 없어지고, 몇 개의 다이얼 눈금도 없어졌다.

남은 것은 커다란 유리판 하나뿐이었다.

정확히 그것은 유리판도 아니었다.

확 달라진 계기판임에도 견자단이나 카알이나 궁금해하지 않았다.

카알이 그 유리판에 손을 댔다.

툭—

순간 유리판 전체에 따스한 색깔의 불빛이 켜지며 화면이 떠올랐다.

사각 화면이다. 카알의 손가락이 그 사각을 다시 건드리자 사각이 또 움직이며 변했다.

"오!"

함선의 설계도를 보는 것 같았다. 함선의 구석구석 모습이 보여졌다.

카알이 그 설계도에서 한 구석을 찍었다.

바로 함미 부분이었다.

함미의 엔진에 박혀 있는 드롭은 변했다. 그 드롭 부위가 빛을 반짝이며 카알의 다음 지시를 기다리고 있었다.

카알이 그 드롭 형상을 누르고 파장을 전달하자, 드롭이 서서히 에너지를 뿜던 양을 줄였다.

함선이 하강하기 시작했다.

해변, 거기 그렇게 보고 싶던 누이 엘르가 눈물을 흘리며 기다리고 있었기 때문이다.

*　　　*　　　*

자밀라는 마법사가 아니다.

그런 사람이 텔레포트를 하기 위한 방법은 두 가지다.

자신이 마법을 익혀 기억하고 있는 지역으로 직접 하는 것이다.

둘째, 장거리 공간이동에 몸이 부서질 것 같은 마나 소모를 하고 난 뒤 탈진하는 경험이 죽도록 싫으면, 텔레포테이션 터미널을 이용하는 것이다.

자밀라도 당연히 황궁으로 직접 돌아가기 위해 그 텔레포테이션 터미널을 찾았다.

큰 터미널이 서 있는 곳은 이용하는 사람들이 밤새 있다. 동쪽 끝 한 왕국 내에는 그 정도로 큰 터미널은 없고, 국경 인 칼날 산맥 너머 서쪽으로 더 지나 친(Chin)연합국의 수 도인 친치라에 서 있다.

자밀라는 바로 거기 친치라의 큰 터미널에 와 있었다.

방송이 들렸다.

—제국 황도 전용 텔레포테이션 게이트가 사십분 후에 열 립니다. 여행객들께서는 준비하시기 바랍니다. 다시 한 번 안내 말씀 드리겠습니다. 제국 황도 전용 게이트가 삼 십……—

자밀라는 간단히 옷의 물기와 비린내만 날려 버린 후였 다.

화장이 지워진 생 얼굴, 그래도 지나가던 남성들이 흘끔 흘끔 그녀에게 시선을 주며 지나쳤다.

터미널 시계를 보며 게이트가 열리기를 기다리던 그녀가 게이트 근처로 가자, 게이트 관리를 맡던 직원이 허리 굽혀 인사를 했다.

그녀의 허리에 찬 칼이 어떤 의미인지 터미널 직원이 모 를 수가 없는 것이다.

그때 자밀라의 마나파장에 굉장히 익은 사람이 하나 걸렸 다. 그녀의 얼굴이 확 변했다.

너무 익숙한, 그래서 여기 이 친치라라는 먼 도시에 있을 리가 없는 사람이었다.

자밀라는 그 사람을 보았다. 그 사람도 청소를 하다가 허리를 펴고 자밀라의 눈을 들여다보았다.

중년여인.

그 중년여인의 눈이 크게 떠졌다.

중년여인의 입에서 한마디가 흘러나왔다.

"자밀라……!"

자밀라도 홀린 듯 중얼거렸다.

"엄마……! 왜 이런 곳에서……?"

그럴 리가 없었다.

자신의 집으로 돈을 보냈었다. 저번 달에는 오웨느 황녀의 마음이 웬일인지, 그녀가 직접 하사한 금화를 오백 개나 보냈다.

자밀라가 빠르게 다가가 놀라서 물었다.

"엄마! 왜 일을 하고 있어? 더구나 이렇게 먼 곳에서? 자넷은? 오빠는 어쩌고?"

그 말에 자밀라의 엄마, 노라는 고개를 슬며시 돌렸다.

어쨌든 터미널 직원의 얼굴이 파랗게 질렸다.

자밀라의 엄마라니!

음혈루 자밀라!

당금 오웨느 황녀의 유일한 칼, 오웨느가 유일하게 총애하는 비서 겸 호위 기사!

지금 제국의 무선 전보 때문에 대륙 전체에 사건이 알려지는 시간은 이틀이면 된다. 황도에서 벌어진 그 악몽 같은 학살은 대륙 전체를 강타했다.

제국군의 모든 수단이 통하지 않은 유일한 상대.

혼자서 제국을 굴복시킨 여인.

수십만이 아니라 수억 명이라도 다 죽여 버릴 것 같은 광기.

여인이기 때문에 붙여진 별명은 마황이 아니라 마녀였다. 미친 마녀.

그 마녀가 황도부터 그 근방 도시 십여 개에 전염병이 번지게 해야 한다면서 시신을 치우는 자를 무조건 죽였다.

이에 항거하는 군대도, 마법사도, 백성들의 반란도, 그 어떤 것도 통하지 않았다.

그냥……

황도 주변에 시체만 수만 구 더 늘었을 뿐이다.

그 미친 마녀를 막을 수 있는 그 어떤 수단도 없었다.

꼼짝 없이 전염병으로 수백만 명 이상이 죽어 나가는 것을 그냥 넋 놓고 바라볼 수밖에 없는 상황이었다.

그런데 그때 자밀라가 나섰다. 평범한 궁녀로, 그녀는 자신의 할 도리를 지킨 것이다.

시신을 치우게 해 달라고.

나중에 살아남은 대신들의 말에 의하면 오웨느는 그녀의 용기에 감탄을 했다고 했다.

오웨느, 희대의 미친 마녀는 정말 변덕이 심해 종잡을 수가 없었다.

황도의 전염병은 그래서 마법사들이 나설 수 있도록 허락되었고, 마나치료사들도 나섰다.

이것이 '음혈루 자밀라'의 이름값이다.

그리고 그런 자밀라의 어머니는 이곳 친치라의 터미널에서 청소를 하며 살아가고 있었다는 것이다.

터미널 직원이 즉시 자기 상관에게 달려가 보고를 했고, 터미널 관리실은 발칵 뒤집어졌다.

많은 사람들이 자밀라를 보기 위해 모여들기 시작했다.

그리고 그때 그 사람들을 보며 노라가 입을 열었다.

"여기서 이러고 사는 것도 못할 것 같구나 이제."

자밀라가 다시 물었다.

"엄마! 그게 아니잖아! 오빠는? 자넷은? 같이 다 이리로 온 거야?"

노라의 얼굴이 주변을 둘러싼 사람들을 보며 씁쓸한 웃음을 지었다.

"아무래도 여기선 말을 못하겠구나."

그들은 터미널 관리소장의 안내로 관리 건물 안의 한 방에 들어섰다.

관리소장이 비굴하게까지 보이는 표정으로 물었다.

"어떻게…… 차라도 한잔씩 대접해 드릴 영광을 저에게 허락해 주십시오, 자밀라 경."

저게 문법이 맞는지, 너무 과한 예의라 오히려 상대가 불편해하는지 어쩐지 구분도 못할 괴상한 단어까지 덕지덕지 붙이며 인사하는 터미널 관리소장 때문에, 노라의 쓴 웃음은 더해졌다.

그리고 그 광경을 보던 자밀라는 문득 깨달았다.

노라, 몸이 약해 늘 걱정이었던 엄마가 고향에서 너무 멀리 떨어진 여기서 청소부로 일하고 있는 것이 자신의 명성과 관련되어 있음을 말이다.

어여쁜 터미널의 시녀가 공손히 놔준 커피가 다 식도록 엄마 노라는 말을 하지 못했다.

자밀라는 묵묵히 기다렸다.

노라는 식은 커피를 들며 물었다.

"넌 괜찮니?"

순간 자밀라의 눈이 확 커졌다.

그런 말을 들을 줄을 예상하지 못했다.

엄마가 자식의 안부를 묻는 것은 당연하다. 하지만 자밀라는 그 당연한 말을 그냥 가볍게 들을 상태가 아니라는 것을 인정해야만 했다.

자밀라는 약간 경련이 일어난 입술을 억지로 끌어당기며 웃었다.

"으, 응. 그럭저럭."

뒷말이 떨린 것을 눈치채지 못하면 그것은 정상적인 엄마가 아니다.

노라는 손을 내밀어 자밀라의 손을 잡았다. 그리고 웃었다.

"걱정 마, 딸. 자넷은 대도시에서 오빠 기다리면서 살고 있어."

자밀라가 물었다.

"같이 온 게 아니라고? 그 아이를 왜 혼자 뒀어?"

순간 노라의 말도 떨렸다.

"치료받고 있어."

순간 자밀라의 손이 경직 되었다.

노라를 쳐다보니 그녀는 웃고 있는 것이다. 자밀라는 울컥 했다.

"무슨, 무슨 치료? 마나치료사가 그렇게 많은데, 왜? 나한텐 얘기도 안 하고, 도대체!"

그러자 노라가 여전히 웃는 채로 손가락을 자밀라의 입술에 댔다.

"걱정하지 말라니까, 우리 맏딸. 자넷은 정신이 조금 착란을 일으키는 상황에 있어, 마나치료로는 조금 힘든. 그냥…… 그냥, 시간이 조금 필요하대."

그래서 자밀라도 노라처럼 웃음을 유지하지만 눈물을 그 눈에 고인 채 물었다.

"그러니까 왜? 왜 그랬냐구?"

노라는 자밀라의 손을 두 손 그러모아 쥐고 말했다.

"그날……. 네가 황녀님께 시신 치우는 것을 허락해 달라고 말해서 허락을 얻은 그날…… 자넷은 황도에 있었어."

자밀라의 입이 탁, 풀렸다. 벌어지려는 그녀의 입을 노라가 매만졌다.

"사흘 후…… 자넷은…… 시신을 치우는 현장에서 오웨느 황녀마마의 명을 따라서 엄마와 아이를 죽이는 널 보았어."

덜컥!

자밀라의 심장이 멈추는 듯한 소리가 들려왔다.

입을 열어 말을 할 수가 없었다.

나락으로 떨어지는 현기증도 느꼈다. 자넷이 받은 충격은 결국 자밀라 그녀의 손이 만든 것이다.

눈물이 결국 넘쳤다.

주륵.

노라가 같이 눈물을 흘렸다.

"아니, 아냐. 울지 마, 딸. 자넷도, 우리도 널 이해해. 그리고 고마웠어. 네가 사람들을 위해 얼마나 큰 짐을 지고 있는지 아니까. 어쩔 수 없었잖아, 딸."

자밀라는 고개를 숙였다. 노라는 말했다.

"그 요양원에…… 자넷처럼 이번 황도의 학살 때문에 그렇게 들어온 사람들이 많았어."

"큭……!"

소리를 결국 낸 자밀라의 어깨가 들썩이자, 노라가 그런 자밀라를 끌어안았다.

"울지 마, 딸. 사람들의 일상생활을 돌려준 것이 너였잖니. 제국 모든 사람들이 너 때문에 용기를 얻었어. 나도, 네 오빠도. 모두 다. 이런 생활이 얼마나 지속될 수 있는지는 몰라도, 자밀라 네가 용기를 낸 덕분에……. 우린 더 살아갈 수 있잖아. 우린 정말 너에게 고마워. 미안하기도 하고."

그리고 노라는 자밀라의 귀에 속삭였다.

"힘내, 우리 믿음직한 큰딸."

그리고 노라는 먼저 일어나 자밀라의 등을 떠밀었다.

"게이트 시간 됐다. 어서 가야지. 황도로."

자밀라의 손에 주소 적은 쪽지를 쥐어 준 노라가 웃으며 손을 흔들었다.

그리고 지켜보던 많은 사람들이 자밀라를 향해 손을 흔들었다. 자밀라는 웃어야 했다. 하지만 그럴 수가 없었다.

'나는 잘한 걸까? 이대로 계속 이대로 그냥 가도 되는 것일까?'

엄마에게 차마 할 수 없었던 이야기들로 인해 자밀라는 더 더욱 눈물을 참을 수가 없었다.

방송이 들려왔다.

"제국 황도 행 게이트가 지금 열립니다. 목적지가 다른 분들은 멀리 떨어지시기 바랍니다."

빛이 일었다. 빛에 휩싸이면서, 자밀라는 계속 노라의 눈물을 보고 있었다. 빛이 강해지며 엄마의 얼굴이 다 가려질 때까지 계속. 그 흔드는 손길마저 환한 빛에 가려 사라졌을 때, 자밀라는 이빨을 악물었다.

그래도…… 눈물이 흘렀다.

37.

비밀—만 년 전

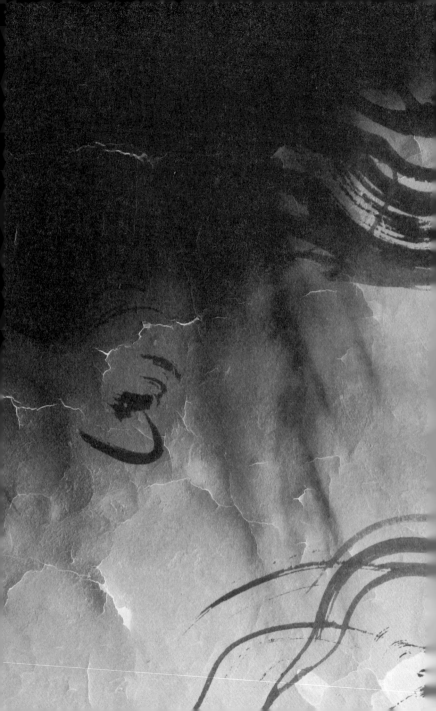

달빛이 밝은 밤이다.

하늘에 떠있던 함선이 드디어 내려와 앉았다. 모래사장에 앉았기 때문에 모두 놀랐다.

백 미터가 넘는 거대한 몸체가 내려앉는데 바람이 일지 않는다. 거의 모래 폭풍 수준을 예상하고 멀리 떨어졌던 사람들이 다가왔다.

레땡이 옆의 후카시에게 물었다.

"스팀 터빈이 아닌데. 도대체 무슨 엔진이지 저건?"

"저도 칼밖에 모르는 사람입니다."

그때 함선 앞머리가 열렸다.

탱크가 쏟아져 나올 수 있을 정도로 큰 함선의 문이 열리며 내부가 보였다.

그래서 레땡은 놀랐다.

"안의 구조가 전혀 다르잖아?"

그러자 후카시가 눈살을 찌푸렸다.

"혼자만 제국 해군기지 가서 저런 배 구경하고, 그러니 전 봐도 뭐가 다른지 모릅니다."

"어이, 나 혼자만 들어가라는데 어떻게 해, 그럼?"

"아니, 보고 온 것, 말로 설명해서 그림으로 남기는 것도 안 됩니까?"

"나 기계 쪽은 신통치 않은 거 알잖아."

"아! 단 몇 줄 설명도 못합니까!"

레땡과 후카시가 입씨름을 벌이는 사이 기사들이 외쳤다.

"저하께서 나오십니다!"

레땡이 고개를 돌렸다. 안에서 정말 사람들이 걸어 나오고 있었다.

레땡이 먼저 기사단에게 손을 휘저었다.

기사단이 먼저 마을에서 데려온 활잡이들을 이열로 서게 했다. 함선 앞머리에서 엘르에게로 연결되는 도열이었다.

그 열안으로 카알이 들어섰다.

기사와 폰들이 일제히 칼을 눈앞으로 들어 올려 예를 취했다.

"추웅―!"

시골 구석 마을 활잡이들은 놀란 가슴이 제대로 진정되지도 않는 모습이었다.

하기사 그럴 수밖에 없었다.

그들은 지난 며칠 간에 상상도 못하던 일들을 겪었다. 그리고 그 끝에 왕세자가 자신들 눈앞에 현신한 것이다. 그것도 나는 배를 타고서.

카알이 가볍게 목례를 하고 레땅에게 수신호를 보내자, 레땅이 고개를 숙이더니 기사들에게 명령했다.

"세자저하의 허락으로 약식 소례는 이것으로 생략한다. 일동 쉬어!"

그러자 기사들과 폰들이 일제히 칼을 내려 땅바닥에 찍었다. 그리고 카알에게 허리를 굽혔다.

그 두 열의 가운데, 엘르에게 안내하며 레땅이 웃었다.

"무사 귀환을 경하드립니다, 저하."

엘르가 털썩 무릎을 꿇었다.

그리고 떨리는 음성으로 말했다.

"저하, 불충한 신하 엘르가 인사 올리옵니다."

그런 엘르의 손을 잡고 카알이 일으켜 세웠다.

"누님, 이렇게 무사히 살아 계신 것만으로도 세상 모든 것을 다 해 드리고 싶은 심정입니다."

남매가 만났다.

달빛 속에서 카알이 엘르의 손을 잡고, 그 손을 쳐들었다.

기사들과 폰들의 함성이 울렸다.

"우와아아아— 세자저하의 무사귀환과, 간적들의 소탕을 경하드리옵니다!"

카알이 말했다.

"고맙소, 경들이 아니었으면 우리 왕국은 내란으로 인해 제국에게 삼켜지고, 오천 년 전통이 끝날 뻔했소."

레땡이 손으로 뒤쪽의 수많은 밍박의 사병들을 가리켰다.

"뭐, 저들의 처리는 일단 결정하시고 다음으로 넘어가는 것이 좋을 것 같습니다, 저하."

카알의 눈이 가리킨 곳을 냉정하게 돌아보았다.

거기 무릎을 꿇린 채 이빨을 갈고 있는 밍박이 있었다.

그것을 우린 연합 부족국의 전사가 지키고 있는 것이 보였다.

사실 아직 완전한 제압은 이뤄지지 않은 상태였다.

전의를 상실하기는 했지만, 밍박의 영지군은 아직 무기를 놓고 항복한 상태가 아니었다.

그걸 이블 비비와 이블 고곤들이 둘러싸 포위하고 있었다.

"게다가 주를 이루는 지휘관들이 밍박 공작전하의 신병을 요구하고 있구요."

카알의 눈초리가 찌푸려 들었다.

"조건은?"

"반역은 아니니 모시고 조용히 돌아가겠다는 겁니다."

카알이 몇 천이나 되는 그 숫자를 조용히 바라보았다.

"대책은?"

레땡이 대답했다.

"저 밀집된 것을 그냥 돌파해 들어가서 저기 지휘관 몇 명만 잡으면 끝입니다. 하지만 엘르 공주마마께서 너무 많은 희생은 절대 안 된다고 못을 박으신 상태라."

그러자 카알이 웃었다.

"하하하, 나 때문에 눈물을 이 바다만큼이나 쏟으셨을 우리 누이를 생각하면 나도 그 방법을 택하고 싶진 않군."

그러자 레땅이 의외라는 듯 물었다.

"오, 뭔가…… 그래도 웃으시는 여유가 있으시네요?"

그러자 카알이 뒤쪽, 함선을 향했다.

같이 내렸던 사람들이 함선 앞에 아직 있었다.

"소개해 주고 싶은 사람들이 있소."

"……?"

레땅이 기대에 찬 얼굴을 했다. 카알이 외쳤다.

"여러분들께 영웅들을 소개하겠소, 어서 오시오! 견자단 여러분!"

"견자단?"

견자단이 함선 갑판 위에 나타났다.

그래서 엘르의 뒤에 말없이 서 있던 댄이 눈을 반짝였다.

함선 갑판 위에 선 그들은 달빛 속에서 검은 음영으로만 보였다.

모두 견자단이 왜 저기서 내려오지 않는지 어리둥절할 때였다.

견자단 삼형제는 그런 사람들을 내려다보았다.

해변을 뒤로, 앞쪽의 수천 명, 거기 포위당한 수천 명, 그리고 거기서 더 안전한 곳의 마을 사람들까지 다 보였다. 그 광경을 보며 삼형제가 웃었다.

그중 광수가 말했다.

"어린 왕자님 얘기 다 들었지?"

"크게, 아주 똑똑히 들었지."

광검이 받자, 광겸이 찍었다.

"난 저놈."

밍박의 군대가 몰려 있는 곳, 거기 네 군데 원이 있다.

지휘관이 한눈에 보였다.

"우리 한 놈씩 맡으면 나머지 한 놈은 어떻게 해?"

그랬다. 동시에 넷을 사로잡아야 하기 때문에 섣불리 움직이기도 좋지 않았다. 레땡도 그래서 움직이지 못한 것이다.

기관총 6정씩이나 노획물로 주웠음에도 불구하고, 백 마리가 넘는 이블 비비들과 이블 고곤이 있음에도 쉽사리 움직이지 않은 이유였다.

"일단 우리가 몸을 날리면, 저기 저 사람이 마주 호응할 거다."

광수가 가리킨 사람은 엘르의 바로 뒤에 서 있던 댄이었다.

눈빛이 마주치자 광수가 고개를 까딱 하더니 그들 너머 밍박의 군대 쪽으로 턱짓을 했고, 그걸 정확히 보고 있던 댄의 눈이 빙그레 웃으며 고개를 끄덕였다.

광수가 먼저 뛰었다.

"간다!"

그리고 광검과 광겸도 동시에 몸을 날렸다.

파라락—

카알에게서 받은 조끼, 거기 붙어 있던 바람막이가 활짝 펴졌다.

셋은 밍박의 군대 세 지점으로 화살이 꽂히듯 날아 꽂혔다.

동시에 세 군데서 비명이 일었다.

"우아아아악!"

"으어어?"

"앗?"

레땡도, 그의 기사들도, 밍박 공작도, 엘르까지도 입을 딱 벌리고 말았다.

퍼퍼펑, 소리가 일어나는 순간 폰 급임에도 불구하고 열 댓 명이 한꺼번에 허공으로 치솟는 장면은 결코 보기 쉬운 것이 아니었다.

그들은 몰랐지만 야견포리다.

기사 넷이 한꺼번에 얻어맞고 쓰러지며 지휘관을 놓쳤다. 소닉 붐도 아니고, 그냥 공압일 뿐인데! 그게 세 군데서 동시에 일어난 일이었다.

그리고 그 지휘관들은 견자단의 옆구리에 끼워져 그들과 같이 날아올랐다.

순식간에 납치된 것이다.

광겸이 중얼거렸다.

"어? 저 사람이 움직이지 않네?"

광검의 밀대로였다. 댄은 그냥 가만히 있었다.

다음 순간, 병사들이 하나 남은 지휘관을 지키기 위해 확 몰리려던 순간이었다. 견자단은 왜 댄이 움직이지 않는지 알았다.

네 개의 원진이 깨졌다. 곧바로 이블 고곤의 포효가 터졌다.

"크롸롸롸— 락!"

그러자 이블 비비들이 변하는 진형 사이로 재빠르게 파고들었다. 총을 든 폰들이 이블 비비들을 향해 사격을 가했지만 밀집사격이 아니라 맞춘 것은 한두 마리뿐이었고, 그나마 곧 진형 안에서 모습을 드러낸 이블 고곤 세 마리에게 얻어맞고 빼앗겼다.

이블 고곤이 그들의 진형 안에서 나타나자 곧 비명이 터졌다.

"으아아아악!"

병사들이 이제 완전히 칼까지 놓고 도망치려 몰려다녔다. 그 바람에 이블 비비들이 안전한 포위망으로 그들을 몰아넣을 수 있었다.

그사이 견자단은 레땡에게 밍박의 그 지휘관급 가신들을 넘겼다.

댄의 고개가 끄덕여졌다. 흐릿한 웃음, 그리고 견자단의 가슴 소용돌이에 오는 은은한 진동. 삼형제의 고개도 끄덕여졌다.

그들의 인사는 그렇게 간단하게 끝났다. 드롭을 융합시킨 자들끼리는 공명으로 알아보는 것이다.

우린 왕국의 전사들이 이미 포진하고 있던 원형 안에서

간신히 대치하다가 왕창 무너진 진형이었다. 어디 갈 데가 없어진 병사들이 하나둘 무기를 내려놓기 시작했다.

하나 남은 지휘관도 결국 이블 고곤의 손톱에 붙들려 끌려오기 시작했다.

그것을 지켜본 우린 왕국 전사들이 고함을 질렀다.

남서쪽 해변에서 울려 퍼진 고함이 긴 반도를 길게 나누는 칼날 산맥 줄기 구릉을 진동시켰다.

밍박이 카알을 노려보며 욕을 했다.

"이 비겁한 놈이! 우리 왕국은 커지면 안 된다는 것이더냐! 왜 비겁하게 움츠리고만 있는 것이냐! 네놈은 이 야만족들의 손을 빌려 왕실을 더럽히고 있는 것이야!"

카알이 얼굴을 굳혔다.

"숙부! 아바마마께서 조상의 숙원이신 평화와 공존을 그대로 따르라 명한 것을 어길 셈입니까!"

그러자 밍박이 고함을 질렀다.

"공존? 사람하고나 공존을 하는 것이다! 이런 야만의 짐승들과 공존을 하란 말이더냐!"

그러면서 밍박이 웃었다.

"네놈이 무슨 짓을 저지른 줄이나 알고 있느냐? 지금 오웨느 황녀는 무적이다! 온 세상이 다 달려들어도 그녀를 감당할 수 없어! 나는 제국과 공식 협약을 맺고, 이 우린 부족들 치러 온 것이다! 넌 제국의 군대를 몰살시키고, 황실에 반기를 들었어! 넌 우리 힌 왕실을 제국의 분노에 던져 넣었어! 이 어리석은 놈!"

밍박은 잇몸에 피가 배이도록 고함을 치고 있었다.

"그토록 어리석게 나라를 위기로 몰아넣은 너를 우리 한 왕국의 모든 귀족이 들고 일어나 널 반대하고, 옥좌에서 밀어낼 것이다!"

카알이 웃었다.

그러자 레땡이 카알 대신 말했다.

"뭐…… 나라의 온 귀족이 다 뭉치는 건 좋은데, 제국의 6함대를 단 한 방에 끝장낸 저 나는 배를, 게다가 뇌전의 창도 먹히지 않는 저 무시무시한 괴물을 우리 한 왕국 귀족 연합 따위가 어떻게 막을 것인지나 염두에 두고 말씀하시는 게 좋을 것 같아요, 공작전하."

순간 밍박의 입이 딱 다물어졌다.

그리고 눈이 불타올랐다.

"결국 힘이더냐! 네놈도 결국 힘을 손에 쥐고, 힘으로 모든 것을 해결하려 하는 것 아니더냐! 너나 나나 다를 것이 무엇이더냐! 크하하하하하!"

그래서 카알이 조용하게 대답해 주었다.

"사람을 될수록 안 죽이려면 그만큼 힘이 더 필요하지요. 하나도 안 죽이려면 압도적인 힘이 필요하구요."

밍박이 코웃음을 쳤다.

"네놈은 힘도 없이 평화를 먼저 떠들 만큼 어리석은 네 애비보다 더한 놈이로구나. 사람을 하나도 안 죽이고 지배하고 정복하겠다니."

그리고 밍박은 비웃음을 덧붙였다.

"네놈은 어리석은 게 아니고 아예 미쳤어."

그러자 카알이 엄숙하게 말했다.

"미친 것은 오웨느 황녀입니다 숙부."

그러자 밍박도, 그의 가신들도, 주변에 서 있던 사람들 모두의 눈이 부릅떠졌다.

이 발언은 한 왕국의 공식적인 입장이 될 발언이었다.

이토록 수많은 사람들이 듣는 와중이다. 이것은 당연히 제국 황도로 흘러 들어가게 될 것이다.

밍박은 부들부들 떨었다.

"아까…… 오웨느 황녀가 위대한 존재마저 죽이는 것을 보고도 그런 소리를 입에 담는단 말이냐? 대체 네놈은 우리 나라와 백성을 다 죽이고 싶어서 환장했느냐?"

레땅마저도 이건 곤란하다는 듯, 카알을 쳐다보았다. 그 때 광겸이 씨익, 웃으며 끼어들었다.

"왕국 백성들을 살리고 싶어서 그러는 거죠. 오웨느는, 내버려 두면 사람들을 안 죽이고 하는 그런 사람이 아니니까요. 종래에는 모든 사람들이 다 죽을 겁니다. 유일한 길은 그녀와 맞서는 길이죠."

"대체 무슨 헛소리를 하고 있는 것이냐!"

밍박의 고함이 터져 나왔다.

일단 밍박의 몇 천이나 되는 군대가 완전히 항복한 것을 확인한 레땅이 고개를 끄덕이며 말했다.

"병사들은 한군데로 몰아. 일단은 그 자리에서 계속 감시하고, 어서 공작전하를 모시게."

병사들이 밍박을 일으켜 세우자, 그는 부들부들 떨었다.

"네, 이, 이놈들! 감히 어디라고 손을 대느냐! 네놈들이 감히 왕족을 능멸해!"

그러더니 밍박이 고개를 돌리고 엘르를 쳐다보았다.

"엘르야, 날 죽여 다오. 너도 왕족이지 않느냐? 그런데 나를 저 야만인들이 세운 집에 가두는 수모를 당하게 할 셈이냐? 엘르야! 엘르야!"

레땡이 고개를 젓더니 손짓을 했다.

"어서 모시게."

하도 신분 낮은 것들과 살을 못 부대낀다는 둥 난리를 쳐대는 바람에 기사들이 나서야 했다. 그러자 밍박은 좀 잠잠해졌다.

밍박이 그대로 갇히고 나자, 레땡이 손을 비비며 웃었다.

"자, 오랜만에 만난 사람들끼리 회포나 풀죠."

그리고 외쳤다.

"우린 부족이 우리에게 음식을 준비했단다! 세자저하 모시고 회식이다!"

"와아아아아아아!"

함성이 해변에 메아리쳤다.

*　　　*　　　*

퍼뜩!

제갈청청은 물속에서 정신을 차렸다.

그녀의 얼굴이 일그러졌다. 고통이 찾아들었다.

알카루스의 힘을 꺼내 든 그 순간에 위대한 존재, 드롭의 융합체는 격렬하게 저항했다.

물속에서 제갈청청의 눈이 웃었다.

'그래, 드롭. 드롭의 융합체였다……. 위대한 존재라는 것은.'

그 알카루스의 힘을 제대로 소화한 제갈청청도 놀랄 정도였다. 그녀의 눈에 위대한 존재의 조각 하나가 틀어박힌 것까지는 기억이 났다. 그리고 그녀는 정신을 잃었다.

눈이 아직도 화끈거렸다.

격통이었다.

제갈청청은 깨달았다.

'위대한 존재가 바로 알카루스의 상극이 되는 것이로군.'

눈 하나를 잃은 것이나 마찬가지였다.

제갈청청은 격통을 뇌에까지 울려 대는 그 눈을 만졌다.

눈알이 아니었다. 눈은 소용돌이 문양의 흉터만 남아 있었다. 제갈청청은 힘을 끌어 올려 보았다.

뇌에 통증이 찾아들었다.

그 대신, 소용돌이 문양이 빛나며 물속에서 전진했다.

제갈청청은 몰랐지만 그 빛은 견자단이나 댄이 지닌 소용돌이의 빛과는 전혀 다른, 붉은 색이었다.

쿠와아아아아아―

물속 백여 미터의 수압 속에서도 물은 바위나 강철을 찢고 부술 듯 빠르게 소용돌이치며 쏘아졌다.

실제로 물속의 커다란 바위를 쉽사리 뚫었다. 종래는 그 바위가 산산조각으로 흩어져 버렸다.

힘을 덜 써도 되는 것이다.

'이 상태에서도 더 강해질 줄은 몰랐구나.'

물론 힘을 쓰면 뇌에 통증이 찾아온다. 그녀의 이성이 조금 흔들렸다. 괴상한 일이었다.

그녀는 무인이다.

그 누구도 오르지 못했던 경지도 올랐다. 그까짓 고통이 그녀의 냉정한 이성을 흔든다는 일은 있을 수 없는 일이었다.

'그런데 흔들리는군…….'

제갈청청의 눈이 요사하게 빛났다.

그러다가 황궁에서 얌전히 기다리고 있는 자밀라의 영상이 눈에 들어왔다.

제갈청청, 오웨느의 입이 비틀어지고, 곧 빛이 나기 시작했다. 머리의 통증은 뜻밖에도 자밀라를 품는 것으로 쏠리고 있었다.

'그러면 어떤가? 힘을 더 얻었다.'

제갈청청은 만족했다.

'위대한 존재를 하나 더 죽여 봐야 확실한 결론이 나오겠군.'

확실히 이성이 마비되는 것은 그녀의 목표를 위해 좋지 않다. 그녀는 그렇게 마음먹고 텔레포트 했다.

사실 이 이상 징후를 무시한 것이 그녀에게는 치명적인

실수가 되었다. 제강청청은 그렇게 파멸의 구렁텅이로 한 걸음 내디뎠다.

빛이 사라지고 나자, 바닷물 속에는 부서진 파편밖에 없었다. 물고기 몇 마리만 그 자리를 슬금슬금 돌아다녔다.

*   *   *

잔치라기보다 그냥 저녁식사였다. 단지 좀 풍성한 먹거리였을 뿐이다.

우린 왕국의 연합전사들과 레땅의 부하들이 다른 점은 음주의 차이였다.

우린 왕국은 잔치는 하지만, 술은 많이 마시지 않는다. 게다가 이것은 말 그대로 그냥 한 끼 식사였을 뿐이었다.

그러나 그런 것만을 가지고도 우린 왕국 부족 사람들은 즐거워했다.

그들은 사는 것 자체가 소박했다.

큰 재앙이 피해 나간 것, 삶을 지속하게 된 것 만으로도 충분히 즐거워했다.

그리고 그런 삶을 레땅의 부하들은 부러워했다. 그들은 전쟁에 넌덜머리가 난 지친 칼잡이로 변신해 우린 왕국 사람들과 섞였다.

게다가 뒤늦게 함선에서 내린 종남일기와 녹진자도 이욕심 없는 방식의 사회구조를 그럭저럭 성공적으로 유지하는 사람들에 대한 관심이 컸기 때문에, 그래서 정말 잔치

같았다.

그러나 정작 수뇌부들은 잔치를 즐기지 못했다.

중요한 회의를 곧장 해야 하기 때문이다.

"오웨느 황녀가 저하의 나는 배를 봤다고요?"

레땡이 손에 들고 있던 고기를 떨어뜨릴 정도로 놀랐다.

"그럼 이제 곧바로 제국의 대규모 공격을 받아 내야 하는데요?"

"아니."

카알은 곧바로 부정했다.

"상식적으로라면 당연히 그렇게 되겠지만, 그녀 자체가 상식적인 사람이 아니오, 레땡 경."

레땡이 조금 고개를 갸웃 거렸다.

"그…… 지금까지 한 짓만 봐도 충분히 비상식적이긴 합니다. 뭐 아까 저하의 표현대로, 미친것 같기도 하고…… 하지만 그렇다고 우리 왕국으로 안 쳐들어온다는 보장은 또 어떻게 합니까?"

카알이 견자단을 흘깃 보았다. 광검이 쓰게 웃었다.

카알은 그래서 말을 생략했다.

"아틸라가 나를 구름기둥 너머로 꼬여 낼 때 말이오."

레땡이 고개를 흔들며 웃었다.

"말씀 자르고 싶진 않습니다만, 제가 전해 듣기로는 백성을 인질로 삼은 협박이었다고 들었는데요?"

카알이 픽 웃었다.

"어렵하겠소. 하여간, 아틸라의 배를 타면서 난 죽음을 예감해야 했소. 하지만 설마 구름기둥 너머에서 이 사람들을 만날 줄은, 아틸라도 몰랐을 거요."

광겸이 씨익, 웃었다.

광겸은 웃을 수가 없었고, 광수는 고개만 끄덕였을 뿐이다.

"어쨌든, 아틸라는 알카루스를 몸에 받아들인 상태였소."

"예?"

레땡은 떨어뜨린 고기를 다시 집어 들어 물에 넣고 흔들다가 멈췄다.

"알카루스?"

주위를 둘러보았다.

우린 왕국의 왕이 같이 있었다. 그리고 일 년 전, 엘르를 신부로 맞을 뻔했던 왕자도 같이 있었다. 다른 부족 여인과 결혼한 상태로. 우린 왕국의 부족장들도 같이 있었다.

한 왕국이 우린 왕국과 전쟁을 피하고 이렇게 우호를 계속하게 된 것도, 죽었는지 살았는지 모르던 에런이 무사히 살아 돌아온 것도 다 꿈같은 일이었다.

그러나!

"알카루스…… 라고요?"

알카루스라는 이름보다 더 꿈같진 않았다.

레땡이 눈을 꿈뻑이며 물었다.

"아니, 천당과 지옥을 진짜로 있다라고 치면, 그…… 지옥의 문을 지키고 있나는 그 알카루스?"

카알이 고개를 끄덕였다.

"그렇소."

우린 왕국 사람들의 얼굴은 대번에 심각해졌다. 하지만 레땅은 좀 어이없다는 얼굴을 했다.

"아니…… 마법사들조차도 요즘은 기계 쪽이나 천문 마법 쪽 마법사들은 잘 믿지도 않는다는 그 천당과 지옥의 그…… 알카루스 말입니까?"

레땅이 다시 물었다.

카알이 웃었다.

그러자 레땅이 다시 물었다.

"아니, 저하, 전 지금 정말 심각한 건데요? 지금 웃으시면 저보고 어떻게 판단하라시는 겁니까?"

그러자 알카루스를 가장 먼저 알아본 사람에게 카알이 설명을 시켰다.

"롯데."

호명 받은 롯데가 고개를 까딱 숙이고 말을 시작했다.

"아틸라의 세자저하 시해 음모가 이 세 분에 의해 막히자, 그가 먼저 보인 반응은 유황 불길을 뿜어내는 눈, 코, 입이었습니다."

유황 불길.

가장 대표적인 지옥불의 상징이다.

"그 알카루스의 힘을, 이번엔 오웨느 황녀가 가진 것 같소. 그 과정에 아틸라는 죽었다더군."

레땅이 한숨을 쉬었다.

"이 우주는, 도대체 사람들의 상상력에 간섭을 얼마나 받

는 겁니까? 설마 그런 종교적인 상상력이 현실에 기어 나오
리라고는 전 정말……."

그러자 전혀 뜻밖의 대답이, 전혀 뜻하지 않은 사람의 입
에서 튀어 나왔다.

"우주는, 상상력의 산물이오. 모든 것이 사람의 상상력이
만들어 낸 산물이지. 또한 사람들의 존재자체도 생각해서
만들어 낸 힘이오. 말하자면 사람 또한 상상의 산물인 것이
라오."

바로 우린 부족 연합 왕국의 왕이었다.

레땅이 고개를 숙이며 손으로 이마를 감싸 쥐었다.

"아 뭐래, 저분…… 갑자기 바보가 된 기분입니다. 뭐가
뭔지 하나도 이해를 못하겠으니."

그러자 우린 부족장 중 가장 나이가 많은 족장이 헐헐 거
리며 웃었다.

"세상만사가 다 일정한 파장의 세계 속에 있다오."

견자단과 카알, 그리고 댄의 눈까지도 빛이 나는 순간이
었다.

레땅은 정말 놀랐다.

우린 부족의 신앙이 조금 심오한 구석이 있다고는 들었지
만, 이들이 '파장' 이라는 정식 단어를 사용하리라고 생각한
적은 없었기 때문이었다.

자신을 로안이라고 소개한 그 부족장은 빙그레 웃으며 이
야기를 이었다.

"먼 옛날, 이 땅은 오로지 모래 바람뿐이었소. 죽음의 별

이었지."

그러자 이번엔 카알과 엘르가 동시에 놀랐다. 자신들의 그 꿈!

"설마…… 창세의 전설? 우린 왕국에 창세의 전설이 아직도 전해지고 있다는 말씀입니까?"

롯데가 식은땀을 흘렸다.

"고고학자들이 알면 기절을 할 일입니다. 이건, 이건 만년도 더 전의 기억이에요. 그게 기록 없이 구전으로만 이긴 시간을 전해져 내려오다니!"

경악의 물결이 우린국 해변 광장 한구석을 쓸고 지나갔다.

*　　　　*　　　　*

제국 황도.

밀레니엄 궁 안의 자밀라 처소.

바람이 휙 일었다. 자밀라의 서성이던 발걸음이 딱 멈춰졌다.

"애초 위대한 존재들은 모래 바람, 즉, 알카루스를 봉인되기 위해 사용되었다."

말소리에 놀라 자밀라가 베란다에서 안으로 들어가 보니 오웨느가 서 있었다.

그녀의 마나파장이 달라졌다. 숨이 콱 막혀 왔다.

"마마…… 어찌 눈이 그런 형상으로……!"

그러나 대답도 없이 오웨느는 자밀라의 옷을 확 벗기는 것부터 했다.

"마마……! 무슨 일이, 읍!"

오웨느의 입술이 그녀의 입을 덮었다. 자밀라의 눈이 확 떠졌다. 오웨느가 겪은 통증이 같이 느껴졌기 때문이다. 그녀의 기억이 같이 공유되고 있다.

'피부가 온통 너덜너덜해지는 상처!'

위대한 존재의 파장은 표현이 안 되는 그 무엇이었다. 오웨느는 그것을 정면에서 깨부수고 끝까지 관통해 나오며 죽인 것이다.

그리고 그 과정에서 엄청난 마나파장 때문에 위대한 존재의 조각 하나가 오웨느의 눈을 찌르고, 들러붙었다.

그러나 그뿐이었다.

오웨느는 살았고, 위대한 존재는 죽은 것이다.

자밀라는 전율했다.

'위대한 존재를……!'

그리고 밀려드는 오웨느의 손길에 숨을 내뿜었다. 그러면서 생각했다. 앞으로 그 누가 오웨느를 상대하겠는가?

자신에게 충격을 준 그 놀라운 기사도 상대가 안 될 것이다. 그러면서 자밀라는 계속 환상을 보았다.

행성의 군데군데 낙하된 위대한 존재들은 모래 폭풍을 견디어 냈다.

물질의 근본을 해체하는 힘을 이기는, 드롭.

그 드롭의 융합체가 점점 모래 폭풍을 가라앉히기 시작했다.

"아!"

자밀라가 턱을 쳐들며 신음을 질렀다. 그러면서 두 볼에 눈물을 흘려보내고 있었다.

자넷이 보였다.

엄마의 얼굴이 보였다. 자넷에게로 당장 달려갈까 봐 텔레포테이션의 빛 무리 안으로 그녀의 등을 떠밀던 엄마의 눈물도 보였다.

그 눈물이 자밀라의 볼에도 같이 흘렀다.

자밀라는 오웨느의 경험을 환상으로 보면서 동시에 가족들 생각에 눈물을 흘렸다.

그녀의 손이 오웨느의 등을 껴안았다. 곧 오웨느가 생각을 잊었다. 그녀는 행위에 몰입하고 있었다.

오늘따라 오웨느는 거칠었다.

자밀라는 학대당하고 있었다. 그럴수록 그녀의 눈물은 더 많이 흘렀고, 비명 소리는 밤을 잊고 계속 이어졌다.

*   *   *

"모래 폭풍이 걷히자 알카루스는 갇혔소. 그래서 조상들은 자신들의 씨를 이 별 위에 뿌렸지. 물을 주고, 식물을 심은 거요."

"왜요? 그 봉인만 깨지면 지옥차원이 연결된 괴물들이 기어 나와 끔찍한 일을 당할 세계에 굳이 왜 그런 일을 한 것입니까?"

그러나 우린 왕국 부족의 늙은 부족장은 고개를 흔들었다.

"글쎄, 그건 우리 부족의 신앙에도 가르침을 주지는 않소. 우리도 모르지. 어쨌든 중요한 것은 우리가 아직까지는 살아 있다는 것이오."

거기서 레땅은 하나 더 깨달아야 했다.

"아니, 잠깐, 잠깐! 그, 위대한 존재가 봉인이라는 말씀은……. 그럼, 오웨느 황녀가 아까 낮에 죽인 그 위대한 존재가 바로……."

그러자 우린 왕국 사람들뿐 아니라 카알 일행도, 견자단도 일제히 얼굴이 어두워졌다.

"그렇소. 오웨느 황녀는 그 지옥문을 잠근 봉인 중 하나를 깬 거요. 레땅 경."

"오 마이 갓."

레땅의 입이 살짝 벌어지며 한숨을 쉬었다. 그러더니 일행을 둘러보며 다시 한숨을 쉬었다.

"아무래도 전 현실감이 안 오네요. 역사 과목을 만날 낙제만 받아서 그런가, 나 원."

우린 왕국 부족장이 고개를 끄덕였다.

"아마도 그럴 거요. 한 왕국이 상당히 오래되고 전통을 유지하는 왕국이라 하지만, 사실 이 창세기에 대한 일은 너무 오래전에 잊혀진 것이라서 말이오. 고대보다 더, 초고대보다 더 오래전에 잊혀졌으니까."

"대체 그사이에 무슨 일이 있었던 겁니까? 다른 별에서

왔다던, 지옥의 존재조차 봉인할 만큼의 놀라운 과학 문명을 가진 조상들이 왜 오늘날 이런 몰락을 겪은 겁니까?"

그러자 카알이 간단하게 대답했다.

"탐욕."

그래서 레땡이 입을 닥쳤다.

정말 간단했다.

그 한마디면, 인간의 모든 행동이 규명된다. 사랑도, 일도, 가족도, 명예도, 이웃도, 국가도, 법과 종교도, 그리고…….

국가의 흥망을 가를 만큼 크고 치명적인 전쟁도.

레땡은 정말 간단한 전술전략으로는 안 된다는 걸 깨달아야 했던 것이다. 그래서 물었다.

"이거 혹시 마수의 숲으로 가면 자세히 들을 수 있을까요?"

카알의 고개가 끄덕여졌다. 레땡이 일어섰다.

"그럼 왕도로 들렀다가, 즉각 가시죠."

*　　　*　　　*

자밀라는 쓰러졌다.

마나를 그렇게 퍼부어 받고 인간의 한계를 넘어선 자밀라도 지쳤다. 오웨느에게 두들겨 맞고, 그리고 애무를 받고, 자넷과 엄마에 대한 생각으로 눈물 흘리고, 다시 환희에 떨고.

밤새 그렇게 시달렸더니 그녀는 지쳤다.

이마에 열도 올랐다.

어지간하면 자신의 몸을 정상으로 돌려놓아야 하지만, 자밀라는 그렇게 하고 싶지 않았다. 그녀는 그냥 내버려 둔 채 잠이 들었다.

그래서 아무도 몰랐다.

기사 아니라 폰 급만 해도 병에 잘 걸리지 않는다. 기사 서넛을 한꺼번에 상대하고도 다른 쪽을 보며 놀고 있는 초기사 자밀라가 몸에 열꽃까지 피며 시달리리라고는 아무도 생각지 못한 것이다.

그녀는 혼자 앓고, 혼자 눈물을 흘렸다. 꿈에 동생 자넷을 보았기 때문이었다.

자넷은 자신을 보고 두려워하고 있었다. 자신을 보고 도망치고 있었다. 쫓아갈수록 더 멀어지는 자넷을 보며 자밀라는 계속 이름을 불렀다.

하지만 자넷은 점점 더 멀어질 뿐이었다.

그러다 막힌 곳에서 절망하고 주저앉은 자넷이 자밀라가 다가오는 것을 보고 미친 듯이 그 벽을 팠다.

손톱이 부러져 나가고, 손끝이 피투성이가 되었는데도 그 벽을 계속 파 대는 것이다.

자밀라는 멈췄다. 그러나 자넷은 두려움에 눈이 뒤집힌 상태였다. 그녀는 그렇게 피투성이로 벽에 구멍을 내고 몸을 그 구멍으로 들이밀었다.

그러나 자넷이 몸을 움찔 거렸다. 그리고 몸을 다시 뺐다.

그래서 그때 자밀라도 벽에 구멍 밖이 아주 높은 낭떠러지라는 것을 보았다. 자밀라가 애원했다.

"자넷? 나 자밀라야. 자넷."

그러나 공포로 굳은 자넷의 얼굴은 도리질을 했다.

자밀라의 속이 끊어질듯 아파 왔다.

"자넷, 그러지 말고 같이 가자. 자넷."

그러나 자넷은 비명을 질렀다.

그리고 그 구멍 속으로 몸을 집어넣었다. 자밀라가 경악해서 몸을 휙 날렸지만 그녀의 능력도 다 쓸데없이 그냥 자넷의 신발 한쪽만 붙들고 말았다.

"자네에에에에엣!"

한없는 절벽 밑으로 추락하는 자넷을 보고 자밀라가 악을 썼다. 눈물이 흘러 손으로 그것을 닦으려 슥 훔치는데 감각이 이상했다.

묻은 것을 보니 피였다.

그때 벽이 거울로 변했다. 그리고 자밀라의 얼굴을 비췄다. 자밀라는 놀라서 아무 말도 할 수 없었다.

얼굴에 피를 온통 묻히고, 한 가닥 눈물 자국을 새긴 그 얼굴. 식혈루 자밀라의 얼굴. 자신의 그 끔찍한 얼굴을 그녀는 그제야 처음 보았다.

자넷은 그 무서운 얼굴을 보고서 절벽에 몸을 던진 것이다.

그래서 그녀는 할 말을 잃었다. 그러다가 잠에서 깼다.

오웨느가 의자에 앉아 있었다.

"자넷이 동생 이름이더냐."

자밀라의 심장이 덜컥 떨어졌다. 그러나 어디라고 망설일 텐가. 그녀는 고개를 끄덕였다.

"예."

그러자 오웨느는 웃었다.

"그 아이를 보고 싶구나."

"예?"

자밀라는 처음에 이해를 못 했었다. 그러다가 고개를 들어 오웨느를 보았다.

가슴이 두근거렸다. 공포가 밀려들었다.

그녀가 떨리는 음성으로 간신히 물었다.

"마마, 그, 그 아이를 만나겠다 하시면……!"

오웨느의 입가에 미소가 어렸다.

"네 동생을 내가 치료해 주겠다."

"……!"

자밀라의 얼굴이 더욱 더 굳어졌다.

"왜 말이 없는 게냐?"

자밀라의 목이 문득 쉬었다.

"마마, 자넷 그 아이는……."

오웨느의 입가에 심술궂은 미소를 보는 순간, 자밀라는 자신이 자넷을 구렁텅이에 빠뜨렸음을 인정해야만 했다.

오웨느는 재촉했다.

"네 어미도 만나 보고……."

그 순간 오웨느의 손톱에서 확, 공기의 아지랑이가

일었다.

자밀라는 눈을 꽉 감았다.

오웨느가 다가와서 그녀의 귀를 손가락으로 비비며 속삭였다.

"아주 좋은 광경이 될 것 같지 아니하냐?"

자밀라가 문득 손을 모으고 오웨느에게 빌었다.

"마마, 제발…… 그 아이만은…… 마마……!"

오웨느의 하나 남은 눈에서 불꽃이 일렁였다.

"내 말을 거역할 정도로 소중한 아이렷다?"

오웨느의 눈에 일어난 불길은 지독했다. 자밀라는 입을 닫고 말았다. 오웨느의 말을 거역 할 수가 없었다.

결국 자밀라는 오웨느와 같이, 자넷이 치료받는 요양원으로 들어서고 말았다.

꿈속에서 그렇게 양심의 가책을 받던 상태인데도, 자밀라는 결국 오웨느의 위협에 져 버리고 말았다.

*　　　　*　　　　*

레땡이 놀라서 물었다.

"아니, 아니, 마수의 숲으로 먼저 가자고요?"

물론 이제는 그게 일도 아니다. 이 많은 수의 이블 비비와 이블 고곤까지 있으면.

그러나 문제는 그 숲 중앙의 호수, 용호로 가자는 말 때문이었다. 용호는 마수들이 꺼리는 곳이다.

위대한 존재가 있기 때문이다.

카알이 고개를 끄덕였다.

"누이의 기사 댄의 말에 의하면 거기 살고 있다고 했으니까, 당연한 것 아니겠소, 레땅 경."

레땅은 사실 탐탁치 않았다. 마수의 숲 탐사가 먼저라니.

거기 살았던 노인이 엘르 공주를 치료한 것은 고마운 일이지만, 지금 왕세자는 하루 속히 궁으로 복귀해야 한다.

마수의 숲을 먼저 둘러보고 말고 할 시간이 없는 처지였다. 밍박의 실패를 안 귀족들이 저들 살기 위해 뭉치면, 그때는 대량살상 사태를 막을 수가 없었다.

그렇게 되면 약해진 한 왕국에 닥쳐 올 제국의 보복은 정말 손 쓸 수 없게 된다는 것이 레땅의 지론이었다.

하지만 카알은 굽히지 않았다.

"이 별에 사는 수십억 수천억 생명이 갈림길에 놓여 있소. 지금 정치적인 일로 시간을 낭비하고 있을 틈이 없단말이오, 레땅 경."

레땅은 한숨을 쉬어야 했다.

"하아— 그러니까 이 별 전체의 운명을…… 지금 지배자인 제국이 아니고 왜 우리나라가, 그리고 하필이면 왜 세자저하께서 책임지셔야 하냐구요."

카알이 확고한 얼굴로 말했다.

"우리 별의 위대한 존재가…… 구름기둥 너머 저쪽의 세상에서 막 소멸하려던 악마를 이쪽으로 끌어들였소. 일단그걸 확인해야 하오."

레땅은 그래서 입을 닫았다.

'벽에다 얘기를 하고 말지 내가……!'

일행은 그렇게 마수의 숲으로 출발했다.

그런데 막상 출발하고 보니 나는 함선을 타고 가서 직접 용호에 내려앉는 일이기 때문에 시간이 많이 걸리는 일은 아니었다.

레땅은 그래서 꼬리를 슬며시 내렸다.

'끝까지 반대했으면 망신 톡톡히 당할 뻔했단 말이지…….'

그리고 함교에서 넓게 펼쳐진 대지를 내려다보는 것도 색다른 재미였다.

마수의 숲은 정말 광대했다. 꽤 높이 떠 있음에도 지평선을 다 덮는 것이다. 그 너머로 얼마나 더 이어졌을지 감이 잡히지 않았다.

"무전송신이 감청되는 것만 아니면 내려다보면서 지휘하는 것도 나쁘진 않네요. 한눈에 다 보이니 이거 원."

레땅의 말에 카알이 쓴 웃음을 지었다.

그는 어쩔 수 없는 군사 지휘관이다. 고지식한 것이 흠이라면 흠이기도 하지만, 그 고지식함은 한 왕국의 백성과 왕실을 여러 번 살렸다.

점점 커져 보이는 용의 호수를 보며 카알이 레땅에게 말했다.

"이상한 거 만나도 고지식하게 칼부터 뽑고 앞에 나서고 그런 거 하지 말기 바라오, 레땅 경."

"이상한 거면 얼마나 이상한 걸 말씀하시는 겁니까?"

새삼 칼자루를 잡아 보는 레땡이었다. 카알이 강조했다.

"레땡 경의 상식으로 아주 굉장히 이상할 만한 것까지 포함해서."

레땡이 아예 칼을 허리띠에서 끌러 놓았다.

"그럼 기준이 이 정도일 것 같군요."

그러면서 견자단과 댄을 가리키며 물었다. 그들은 여전히 칼을 차고 있었다.

"그럼 저 친구들은요?"

카알이 어깨를 으쓱 했다.

"저 사람들은 힘의 차원이 다르잖소, 이블 고곤 같은 걸 단칼에 베어 넘길 수준이니까. 레땡 경."

레땡이 어쩔 수 없다는 너털웃음을 지으며 손을 털었다.

"뭐, 늙은 신하 걱정해 주신다는 말이니 받들도록 합지요."

함선은 용호의 호수 수면 위에 착륙했다.

용의 호수에 파문이 일었다.

호숫가 모래사장에 물결이 찰랑이고, 거기 밀림에 가릴락 말락 바짝 붙은 오두막 하나가 물결에 젖을 듯 말듯하게 큰 파문이었다.

순간, 일행의 머리를 울리는 공명이 있었다.

[오두막 문 안으로 물 새 들어오면 몽땅 청소하는 걸로 부려먹을 테다!]

순간 댄이 외쳤다.

"안녕하세요!"

그래서 일행 모두가 엘르를 치료해 준 그 노인이라는 것을 알아차렸다. 일행의 머리에 댄의 인사에 대한 답이 돌아왔다.

[하는 짓 하나하나 다 요란한 놈 같으니.]

레땡이 중얼거렸다.

"의사 표현하는 내용을 보니 악의를 가진 것 같진 않은데, 문제는 비위 맞추기가 상당히 힘들 것 같습니다, 저하."

그러면서 아쉽다는 듯 풀어 둔 칼을 쳐다보았다. 일행이 함교에서 내려가려는 찰나, 오두막 안에서 노인이 나왔다.

그 노인이 훌쩍 날아올랐다.

마치 허공을 걷는 듯한 걸음, 그래서 종남일기와 녹진자의 눈이 커졌다.

"호오?"

노인의 수염은 거칠었다. 자연스럽게 길어진 것이 아니고 면도를 했다가 다시 자란 얼굴이었다.

함교의 문을 열렸다.

그 누가 손을 대지 않았지만 노인이 손을 든 순간 함교의 비상문이 잠금장치를 스스로 풀고 열린 것이다.

댄이 먼저 웃었다.

"어서 오세요."

그러자 노인이 허공을 밟아 안으로 들어오며 타박을 했다.

"이게 네 거냐?"

하지만 엘르가 고개 숙이며 치맛단을 살짝 들며 화려하게 인사하자 노인이 그나마 인상을 펴는 것이다.

카알은 고개를 숙이지 않았다.

"최대한의 감사 표시를 하고 싶소. 내 누이를 살려 주신 일에 대해."

그러자 노인은 웃었다.

"어차피 남도 아닌데 왜 인사를 받느냐?"

"예?"

댄이 깜짝 놀라 물었다.

놀란 것은 일행 전체가 마찬가지였다.

"남이 아니라니요?"

그제야 카알이 자세를 똑바로 하고 노인에게 물었다.

"당신은 대체 누구십니까?"

그제야 노인이 웃었다.

"그래, 이제야 제대로 된 인사를 받을 만한 분위기가 되었군."

노인이 가슴에서 꺼낸 것은 카알이 끼고 있는 것과 같은 팔찌였다. 그리고…… 거기 박힌 드롭도 보라색, 불꽃같은 약속의 드롭.

"왕가의 팔찌…… 그 사라진 쌍!"

레땡의 눈이 찢어지게 커졌다.

왕가의 팔찌는 원래 두 개가 한 쌍이다. 그중 하나는 사라졌다.

원래 카알의 할아버지, 현 국왕의 아버지인 선왕 올로 대왕은 쌍둥이였다. 어려서 세자의 선택에 많은 갈등을 낳게 했던 원인이었다.

신하들이 둘로 갈려서 반목하는 것이 심해지던 어느 날, 팔찌를 나눠 찬 쌍둥이 왕자 중 하나가 사라졌다.

그 왕자는 정치보다 마나파장에 미쳐서 수련에 열중하던 사람이었다.

세상은 이를 두고 치열한 후계자 다툼에 밀려 희생되었다느니 말들이 많았지만, 왕실 내부에서는 거의 붕괴 현상이 올 정도의 충격이었다.

한 왕실로서는 그 이후에 벌어진 온갖 험악한 암투와, 신하들의 힘겨루기로 몸살을 앓아야 했다. 그리고 그 결과가 지금 몸져누운 현 국왕과, 죽을 위기에 몰렸었던 카알과 엘르다.

레오폴드.

위태한 왕실을 만든 원인의 근본 뿌리.

사라진 왕자 레오폴드가 이들의 눈앞에 나타난 것이다.

레땅이 숨을 죽이고 말을 꺼냈다.

"그럼…… 흐리더라도 왕가의 피를 지닌 분만 울릴 수 있다는 공명파를 들려주실 수 있으시겠습니까?"

말이 떨어지기 무섭게 노인의 팔찌는 울기 시작했다.

카알의 팔찌에, 그리고 왕가의 검에 박힌 드롭들도 같이 울었다.

레땅과 후카시는 즉각 한쪽 무릎을 꿇고 고개를 숙였다.

"왕실의 어르신을 뵙습니다."

카알은 믿을 수 없다는 듯 고개를 저었다.

"대체, 대체 어쩌자고 그 세월을 침묵하고 계셨던 겁니까?"

그러자 노인, 레오폴드 왕자, 지금은 레오폴드 대공이라 불러야 맞을 그가 웃었다.

"내가 왕실에서 계속 버티고 있었으면 어찌 되었을 것 같으냐?"

"그건……!"

충분히 논의되었던 문제였다. 만약 레오폴드 그가 왕실에 남아 있었다면, 내전이 일어났을 가능성도 충분히 고려될 수 있었다.

그가 사라진 것이 차라리 다행이긴 했지만, 또 다른 불행이기도 했다.

그렇게 알고 자랐다.

그러나 레오폴드의 한마디는 그들의 과거 기억을 뒤집어 엎는 것이었다.

"나는 힘밖에 모르던 사람이다. 내가 그 자리에 있었다면, 난 내 힘을 휘두를 수밖에 없었을 것이다."

신하들의 다툼이 아닌, 왕족 스스로의 의지로 피바람이 일었을 것이라는 얘기였다.

레오폴드는 아련한 기억을 떠올리는 듯 함교 유리창 너머로 시선을 주었다.

"나도 울었다…… 떠날 때. 당시 힘보다는 사람의 마음을 더 중시했던 내 혈육에게 모든 걸 다 떠넘긴 것이, 나만 자유롭자고 도망치는 것 같아서."

"그럼 그 후 연락을 한 번도 안 하셨다는 겁니까?"

카알의 물음에 레오폴드는 허허 웃었다.

"나라에 왕은 하나면 충분하다. 떠난 사람은 완벽히 잊어야 하지. 그렇지 않으면 떠나지 않은 것만 못하게 된다."

사실이었다.

한 왕실이 아무리 도덕을 우선시한다고 해도, 왕세자의 쌍둥이 하나가 어디선가 숨어 살고 있음이 알려지는 순간, 왕국은 다시 혼돈으로 말려 들어갔을 것이다.

"그럼 이제 다시 나타나신 이유는……!"

그러자 레오폴드는 말을 높였다.

"물질을 바꾸는 능력이 얼마나 크게 진척되시었소, 세자 저하."

카알의 눈이 커졌다.

엘르의 눈도 동시에 커졌다.

"그걸…… 알고 계셨습니까?"

레오폴드가 씁쓸하게 웃었다.

"알다마다."

그러더니 그가 함선이 떠 있는 호수 물속으로 눈길을 주었다.

"만 년 전, 이 지옥 같은 별에 생명을 뿌린 조상들의 유지를 어기고, 위대한 존재를 이용해 전쟁을 벌였다가 멸종

당할 뻔했던 시대의 기억도 다 알고 있으니까."

　일행의 입이 딱 벌어졌다.

　인류에게 사라졌었던 기억, 만 년 전의 기록이라니!

38.

공멸, 그 후.

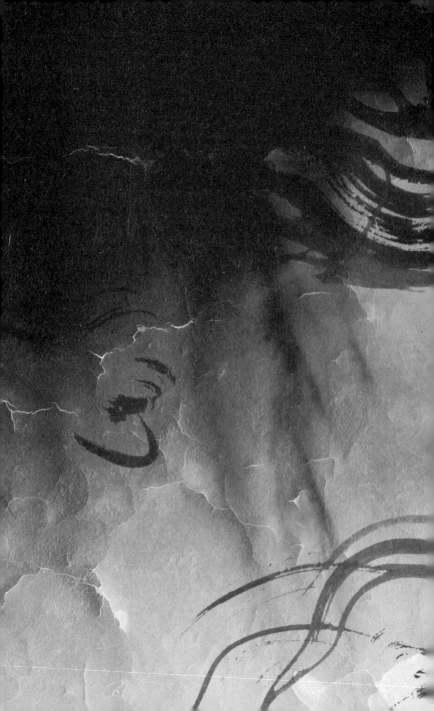

"자넷?"

자밀라는 눈을 크게 떴다.

넓은 요양원의 정원, 저만치 있던 자넷이 다가오고 있었기 때문이다. 그냥 보기만 하고 돌아 나가자는 결심이 흔들리게 만드는 장면이었다.

침을 꼴깍 삼켰다.

자밀라는 뒤로 확 돌려고 했다. 그런데 오웨느가 그런 그녀의 팔을 꽉 움켜쥐었다.

"가만히…… 꿈속에서는 널 피하던 아이가 이리 다가오지 않느냐. 가만히 있거라."

자밀라가 중얼거렸다.

"마마……."

그녀의 바람은 무시당했다. 오웨느의 눈, 소용돌이가 새겨진 무서운 눈이 빛났다.

"널 가진다는 것은 너의 모든 것을 가지는 것이다."

"마마……!"

그제야 자밀라는 오웨느가 어딘가 이상하다는 것을 알아차렸다.

이것은 독점욕이 아니다. 권력욕도 아니다. 그렇다고 괴롭힘의 쾌락도 아니었다.

오웨느는 이상해졌다. 위대한 존재의 파편이 박힌 그날부터였다.

"웃어라."

오웨느가 싸늘하게 말했다.

자밀라는 그녀의 말대로 웃었다. 어색했다. 울음을 덮으려는 웃음은 아주 몹쓸 정도로 어색했다. 하지만 이제 가까이 온 자넷은 그것을 느끼지 못했다. 그녀는 활짝 웃었다.

정말 꽃 같은 동생의 그 순수한 미소 때문에, 자밀라는 더더욱 가슴이 아팠다.

"언니……."

자넷이 그녀의 품으로 뛰어들었다.

"자넷……!"

자밀라의 목소리 끝에 떨림이 묻어 나오자 오웨느가 손아귀에 힘을 더 주었다. 통증에 자밀라가 퍼뜩 감정을 추슬렀다.

자넷은 어린 새처럼 자밀라에게로 밀착해 들어왔다.

"어찌하여 안아 주지 않는 것이냐?"

그리고 그런 오웨느를 자넷이 쳐다보았다.

"누구세요?"

눈에 큰 상처를 달고 있는 오웨느를 보고도 자넷은 웃었다. 오웨느가 마주 웃었다.

"널 가질 사람."

"마마!"

놀란 자밀라가 오웨느에게 원망 섞인 억양을 처음 쏟아냈다.

자밀라의 눈물이 자넷의 이마 위에 똑, 떨어졌다.

오웨느가 입가를 한쪽만 올리며 비릿하게 웃었다.

"감히…… 네가 나에게? 이 아이를 죽이고 싶은 모양이로구나."

오웨느의 손이 올라왔다. 서서히 올라오는 그 손 때문에 자밀라의 얼굴에서 핏기가 슬슬 빠져나가기 시작했다.

그 손이 자넷의 머리 위에 머물렀다.

"마마!"

자밀라의 입에서 고함이 터져 나왔다.

다음 순간, 자넷의 정수리에 큰 힘이 관통해 들어갔다.

"안 돼!"

비명이 일었다. 자넷이 쓰러졌기 때문이다.

그것을 햇살은 무심히 보고만 있었다.

무심해도 강하게 내리쬐는 햇살, 자밀라의 타들어 가는 가슴만큼이나 뜨거운 오후였다.

　　　　　*　　　　*　　　　*

　마수의 숲, 용의 호수 건자단 일행.

　"살아남은 인류들이, 처음 발견한 것이 모래 폭풍이 덮쳐 들지 않는다는 것이었다. 그래서 위대한 존재가 몇 개 정도는 정상 작동하고 있다는 것을 알았지."

　레오폴드는 눈을 감은 채 이야기하고 있었다.

　"아무것도 없었다. 심지어 숲조차도 얼마 남지 않았었어. 살아남은 사람들은 맨손으로 시작해야만 했다."

　그리고 서서히 공진을 느낄 수 있는 사람들은 바라보는 세상이 변하고 있는 것을 느꼈다.

　레오폴드는 말에 마나공진을 담아 영상을 보여 주고 있었다.

　두어 세대가 흐르자 그 옛날의 화려한 문명은 정말 감쪽같이 잊혀졌다. 사람들은 이제 강가에서 다시 원시 수렵 생활로 목숨을 연명해 나가고 있었다.

　불은 썼기 때문에 토기를 일찍 만들고, 움막집도 일찍 들어섰다.

　식구들이 늘어나면서 예전 같으면 간단히 고칠 병에 아이의 생목숨이 날아가는 슬픔도 겪었다. 사람들은 극한의 탐욕이 가져온 비극을 아이들의 주검으로 다시 새겼다.

　그러나 몇 세대가 더 지나면서 사람들은 그 시대를 완전히 잊게 되었다.

그 대신, 물질 근본을 변화시키는 힘을 지닌 사람들이 다시 또 조금씩 출현하기 시작했다.

마나의 파장을 다루는 힘, 곧 우주의 물질과 모든 힘을 아우르는 파장을 지식이 아니라 몸으로 구현하는 사람들이 생긴 것이다.

그들의 힘을 바탕으로 인구수는 다시 늘어났다.

"하지만……."

레오폴드는 말을 끊고 일행을 둘러보았다.

"모든 것이 이전만 못했다. 이전의 놀라운 과학 지식을 잃어버린 상태에서는 그저 흙으로 곡식을 만들어 내는 수준에 불과했지."

그리고 사람들은, 늘어난 식량과 늘어난 인구수를 바탕으로 다시 권력을 추구했고, 또다시 뿔뿔이 흩어졌다.

부족연합이 생기고, 그러면서 다시 문명이 생기고, 그 문명을 바탕으로 다시 국가가 일어서고, 다시 전쟁했다.

모든 것이 되풀이 되었다.

사람들은 서로를 다시 죽이고, 서로를 다시 미워했다.

"끝없는 윤회로군…… 부처님이 말한 업보로다……."

종남일기가 탄식했고, 녹진자가 고개를 끄덕이며 도호를 외웠다.

"무량수불……."

그 전쟁 중에 가장 격렬했던 것이 바로 오천 년 전의 대륙전쟁이었다.

만 년 전의 기억을 버린 사람들은 오천 년의 세월이 흐르면서 다시 놀라운 문명까지 이룩했다.

인공지능의 발달, 그 인공지능을 탑재한 로봇이 사람의 모든 일을 대신하는 시대를 열었다. 그때까지만 해도 전쟁이 사라질 수 있을 줄 알았다.

지성을 믿던 시대였다.

하지만 사람들은 아주 오래전, 폐허에서 원시 수렵 생활을 하던 시절에 다시 생긴 종교를 간과했다.

위대한 존재, 아니, 정확하게 말해 행성의 생명 유지 장치는 에너지 파장을 계속 내고 있었다.

그 에너지 파장은 사람의 어떤 상상력이든 구체화 시킬 수 있는 힘을 준다.

그리고 감수성이 특별히 예민한 사람들이 눈물을 흘리며 상상해 낸 그것, 예전에 전쟁터에서 이기게 해 달라고 빌던 그것, 적을 더 빨리 많이 죽여 살아남게 해 달라고 빌게 하던 그 신의 형상이 구체화된 것이다.

사람들이 바란 일이기 때문이다.

알카루스는 그렇게 모순적인 존재로 다시 이행성 표면에 나타난 것이다.

생명 유지 장치가 그 활동을 막는 존재이면서 동시에, 사람의 의지대로 지원해 준 에너지 구체화의 결과로 지원해 주는 존재이기도 했다.

위대한 존재는 알카루스의 모래 폭풍을 막고 있지만, 사람의 마음에 스며들어 변화시키고 탐욕을 불러일으키는 존재를 같이 허용한 것이다.

"아, 머리 아퍼……."

레땡이 머리칼을 쥐어뜯었다.

"아니, 그럼 대체 어쩌란 말입니까? 위대한 존재를 그대로 둬서도 안 되고, 파괴해서도 안 되고……."

고개를 가로저었다.

"어릴 때 공부를 열심히 할걸……!"

레땡의 절규(?)에 한 번 쓰게 웃어 준 레오폴드의 이야기는 계속되었다.

"전쟁은 그렇게 일어났지. 그리고 인공지능을 탑재한 로봇이 동원된 전쟁은 끔찍했어…… 인류는 다시 또 멸망하고 말았다. 만 년 전에 이어 오천 년 전에 또 한 번."

"알카루스 때문이었군요. 두 번째는……!"

엘르가 몸서리를 치자 레오폴드는 고개를 저었다.

"정확히는 사람의 마음 때문이었다. 알카루스가 그렇게 형상화되어 나타나는 일은 사람이 원하지 않으면 불가능한 일이었으니까."

그 때 그 순간에 모든 것에 환멸을 느낀 한 물질변이 능력자가 자신의 추종자들을 데리고 동쪽으로 떠났다.

그는 대륙의 땅 끝, 극동하고도 칼날 산맥이 가려 주고 있는 숨겨진 땅으로 떠났다.

그것이 한 왕국의 시작이 된 것이다.

우린 부족 연합은 그때 갈라져 나온 무리다. 그나마 먹고 살기 위해 최소한의 문명을 원했던 무리였다.

그들은 그렇게 칼날 산맥에서 길게 뻗어 나온 산줄기가

반도를 두 개로 분할하는 지역의 서쪽, 남서해안으로 가서 정착했다.

나머지 부류는 다시 정식 왕국을 세웠다.

그렇게 세월이 흘러 드룹을 탑재한 생체병기, 지금 마수라고 불리는 것들과는 전혀 다른 존재가 갑자기 나타난 사건이 발생했다. 그게 바로 1차 탈론의 난이다.

그 배경 뒤에 알카루스를 받아들인 인간이 서 있었다.

그를 죽인 영웅이 등장하면서 탈론 제국이 세워졌다.

제국의 생산 응집력을 바탕으로 과거 초고대 지식들이 빠르게 발굴되기 시작했다.

제국의 힘이 과거 그 찬란한 물질문명을 다시 세우고 있는 것이다.

그러나 그 '찬란한'이라는 말에 레땅이 다시 제동을 걸었다.

"그게 어딜 봐서 찬란한 겁니까? 다시 대재앙이 다가올 것으로 보이는데요."

레오폴드는 그 말에 고개를 끄덕이며 흐릿하게 웃었다.

"그래. 그 말이 맞다. 이번이 알카루스에 의한 것으로는 세 번째, 인류가 이 행성에 정착 한 뒤로는 정확히 네 번째 재앙이 되는 것이지. 때마다 형태는 달랐지만, 사람이 불러들인 알카루스, 그러니 결국 인간에 의한 재앙이라는 것이 공통점이다."

"그 알카루스를 지닌 인간만 죽이면 되는 겁니까?"

이것은 광검의 입에서 나온 질문이었다.

계속 침묵하던 견자단이 입을 열자 카알이 우려했다.

"광검……!"

그러나 직접 피를 나눈 나머지 두 형제, 광수와 광겸이 저렇게 침묵하는데 카알은 더 말을 이을 수가 없었다.

카알은 이들의 사연을 정확히 들었다.

알카루스는 정확히 말해 소멸되는 것이 아니다.

오웨느 황녀, 아니, 오웨느의 몸을 빌러 환생한 제갈청청이란 중원사람의 몸은 알카루스라는 형체가 서서히 그 정신을 갉아먹을 것이고, 결국 사람들이 상상해 낸 악마라는 형태를 제대로 갖춰 가게 되는 것이다.

"혹시 위대한 존재 하나가 부서진 것은……."

카알의 질문에 레오폴드가 용의 호수로 눈을 돌렸다.

"오웨느 황녀의 힘이 더 강한 것도 있기야 했겠지만, 위대한 존재가 만들어 낸 것이니 다시 그것을 부정하면, 결국 위대한 존재는 자기모순에 빠지는 것이다. 오웨느에게 그토록 쉽게 부서진 것도 그 이유다."

쉽게 부순 것은 아니었다.

오웨느가 그 말을 들었으면 당장 격노해서 레오폴드를 죽이려 들었을 것이다.

하지만 위대한 존재, 행성 생명 유지 장치가 가진 에너지를 생각할 때 그걸 부순다는 것이 불가능해 보였고, 그걸 부순 것이 너무 터무니없는 힘이기도 했다.

레오폴드는 눈을 돌려 견자단 삼형제를 바라보았다.

"오웨느를 죽이면 알카루스에 대한 모든 사태가 끝나기는 하지. 하지만 제국은 어떨까. 지금 황실의 직계 혈족이 모두 죽은 상황인데."

제국의 혼란은 곧 전 세계의 혼란이다.

카알은 대답하지 못했다. 제국이 분열된다면, 그 권력층에 기대던 서로 다른 무리들도 같이 갈라질 것이다. 세계적인 전쟁이 다시 휩쓸 것은 분명했다.

그 누구도 대답할 수 없었다.

레오폴드는 기다렸다.

얼마나 침묵이 흘렀을까.

불쑥, 광검이 입을 열었다.

"어차피 오웨느는 몸만 황녀일 뿐, 그 정신과 육체는 탈란 제국 황실의 혈육이 아니오."

광검의 결심은 굳어졌다. 그것을 깨달은 광수와 광겸이 광검의 손을 잡았다.

광검은 그 손들을 맞잡은 채로 담담하게 말을 이었다.

"카알, 오웨느 황녀를 죽이고 난 후, 당신이 제국의 귀족들을 통합해요."

레땅이 입을 떡, 벌렸다.

"어? 그러고 보니 그게 될 수만 있으면 가장 좋은 방법이네?"

그리고 카알을 향해 엄지손가락을 치켜들었다.

"아니, 어디서 이런 사람들을 데려오셨어요? 정말 최고 전략가인데요?"

카알의 얼굴이 굳어졌다.

"너무 규모가 큰데. 세계정복하고 다를 바가 없어."

그러자 광겸이 웃었다.

"한 왕국에는 백성이 하늘이라는 도덕이 있다면서요. 그럼 그걸로 먹힐 거예요. 제아무리 제국의 귀족들이라 해도 그 정도 도덕적인 명분을 쥔 사람에게 함부로 변방국 떨거지라고 손가락질 하지 못해요."

그리고 광겸이 마지막, 정말 굉장히 아픈 부분을 찍어 가리켰다.

"그만큼 내 어머니가 타락했고, 제국을 병들게 했으니까, 그 명분은 먹힐 거요, 카알 왕자. 일어나서 제국을 구해요. 그렇게 사람들의 지지를 얻고, 새 세상을 여는 거요."

카알의 눈이 빛났다. 구체적인 생각을 하고 제국의 함대에 반란을 일으킨 것은 아니었다. 하지만 이것은 차원이 다른 문제다.

카알도, 엘르도 가슴이 뛰기 시작했다.

엘르가 입을 열었다.

"저하, 저하께서 아주 어릴 적부터 변방국의 설움이 없는 세상을 이끌고 싶다는 말씀을 하셨던 것을 저는 기억하고 있답니다."

카알의 목소리가 떨려나왔다.

"누이, 나도 간절히 바란 바입니다. 하지만 과연 그것이 가능할까요? 오웨느 황녀를 누르는 거부터, 그다음의 계획까지. 지금 전력은 달랑 이 배 한 척 아닙니까?"

그러자 댄이 웃었다.

"각국의 초기사라면 제가 상대해 줄 수 있겠죠. 전 공주님 말이라면 지옥으로 들어가기라도 할 테니까."

엘르의 얼굴이 급작스러운 말에 빨개졌다.

"댄, 내가 그런 걸 원할 리가 없잖아요."

그러자 레땡이 눈을 빛냈다.

"뭐…… 군대 지휘라면 우리 후카시도 굉장히 인정받는 지휘관입니다. 제국과 연수할 때, 십만을 지휘해야 하는 작전에서도 실패한 적이 없죠."

레땡의 후카시가 입을 비쭉거렸다.

"가난해서 월급도 제대로 못 주는 주군이 부려 먹기엔 너무 큰 후카시라 문제죠."

그래서 모두 웃었다. 광검도 웃었다.

광수가 물었다.

"괜찮지 않은 모양이구나, 당연하겠지?"

광검의 웃음은 그 말을 듣고도 지워지지 않았다.

"날 낳아 준 어머니의 소망이…… 모든 사람을 죽이는 것이라면……."

광검이 말을 끊자 삼 형제의 고개가 같이 끄덕여졌다.

그리고 그들은 마음이 하나로 통하며 같이 동시에 내뱉었다.

"그럼 그 소망 그대로 되돌려 드려야 자식 된 도리겠지."

카알의 마음은 착잡했다.

자신의 기억에는 이미 희미해졌을 뿐인 어머니였다.

하지만 그 희미한 기억만으로도 가끔은 가슴 시리고 그

시린 것이 눈물도 핑 돌게 한다.

'그 희미한 것만으로도!'

하물며 아직 살아 숨 쉬는 어머니를⋯⋯.

오웨느, 아니, 제갈청청에게 견자단이 저런 결단을 내린 것을, 어려운 정도라고 단순 표현하는 것은 예의가 아니었다.

'정신분열이 일어날 정도로 고통스러울 테니까.'

카알이 다시 그들의 손을 잡았다.

말없이, 제국의 혼란을 부를 결정이 그렇게 내려졌다.

한 왕국, 누워 있는 현 국왕대신 그의 아들인 왕세자 카알이 제국의 일에 적극 개입할 것을 결심한 것이다.

*   *   *

자넷이 눈을 떴다.

자밀라가 그녀의 머리카락을 쓰다듬었다.

자넷이 환하게 웃었다.

"언니⋯⋯!"

자밀라의 가슴에 한 가닥 안심이 찾아들었을 때였다.

"언니, 황녀마마는?"

분명이 정신이 들면 엄마부터 찾았을 심성이었다.

그러나 자넷은, 기쁨의 눈빛을 가지고 오웨느 황녀부터 찾는 것이다. 자밀라의 마음이 다시 까마득하게 곤두박질치기 시작했다.

"나를 찾았더냐?"

오웨느의 목소리에 자밀라가 고개를 번쩍 들었다.

자넷의 웃음이 아예 빛나기 시작했다. 그 빛만큼 자밀라의 얼굴은 더 어두워졌다.

자넷이 벌떡 일어나며 팔을 벌렸다.

"오웨느 황녀마마!"

열일곱 살의 청소년이 보일 수 있는 감정이긴 했다. 하지만 자연스럽게 우러난 것이 아니었다.

마치 오래 알고 지낸 사람이었던 것처럼 최소한의 경계심도 울타리도 없이, 자넷은 옆집 언니 부르듯 오웨느의 이름을 불렀다.

그리고 이에 대한 오웨느의 반응도 기가 막혔다.

그녀도 팔을 벌려 자넷을 끌어안아 준 것이다.

"깨어났느냐."

자넷이 오웨느의 품에 안겨 다시 활짝 웃었다. 그 웃음이 자밀라의 가슴을 찢어지게 만들었다.

"네. 꿈을 꾸었어요."

"무슨 꿈이더냐."

"오웨느 마마께서 절 천국으로 데려가는 꿈이요. 정말 좋은 곳이었어요."

자밀라는 듣기가 너무 힘들었다.

"자넷, 그만해. 황녀마마께 무슨 말을 하는 거니."

정상적이라면 자밀라의 목소리가 떨리고 있다는 것을 당연히 알아차려야 했지만, 자넷은 그냥 순하게 웃을 뿐이었다.

"언니, 난 오웨느 마마가 좋은걸."

그리고 마치 그녀의 몸속으로 아예 들어가려는 것처럼 더부벼 대는 것이다.

"자넷!"

자밀라의 목소리가 높아지자 자넷이 움찔했다. 그러나 눈동자가 돌려져 눈치를 본 것은 자밀라 쪽이 아니고 오웨느였다. 자밀라는 절망의 구렁텅이로 빠지는 것 같았다.

그런 자넷을 껴안고, 오웨느가 나직이 말했다.

"자밀라, 나가 있거라."

그녀의 손이 자넷의 등을 쓰다듬는 것이 눈에 들어왔다. 자밀라가 떨면서 항의했다.

"마마……!"

그러나 오웨느는 자밀라에게 차갑게 웃을 뿐이었다.

"같이 즐길 테냐."

그러면서 오웨느의 손이 자넷의 목덜미에서 어깨로 내려가 드레스 한쪽 끈을 내리는 것을 본 순간, 자밀라의 눈은 질끈 감겨지고 말았다.

자밀라의 눈에서 눈물이 흘렀다.

입술이 깨물어졌다.

오웨느가 웃었다. 붉은빛의 소용돌이가 빛나는 얼굴, 한쪽뿐인 그 눈이 말없이 자밀라를 협박했다.

오웨느의 손톱이 미세한 공기의 일렁임을 보일 정도로 파상을 발출했다.

그 파장에 자넷이 신음을 흘렸다.

"아…… 좋아요……."

자밀라의 목이 침을 꼴깍 삼켰다. 자넷의 가녀린 목은 오웨느의 저 작은 기 파장이면 간단히 잘려 나간다.

자밀라는 처음으로 오웨느를 사납게 노려보았다.

하지만 어쩔 수 없었다.

오웨느가 말했다.

"한 왕국을 친다. 칼날 산맥으로 국경을 인접한 친 왕국에 탱크와 기관총을 내주고, 5함대를 남서 해변으로 다시 보내도록 해라."

"예?"

자밀라가 놀라서 고개를 들었다.

오웨느는 자넷의 옷을 벗기며 웃었다. 그 웃음에 눈의 소용돌이가 더욱 붉게 빛났다.

"나에게 반기를 들었던 것을 그냥 넘어갈 줄 알았더냐."

자밀라의 고개가 숙여졌다.

으스스하게 떨려왔다.

"친 왕국은 어찌 움직이게 하실 것인지……."

"칼날 산맥을 친 왕국 영토로 인정한다는 문서를 주겠다. 그들로서는 한 왕국과의 자질구레한 영토 분쟁을 끝내고 싶어 했더니라. 돈 되는 칼날 산맥을 빼앗아 정치적으로 민심을 얻고 싶어 하는 무리들은 항상 있었으니……."

말을 한 번 끊었던 오웨느가 사악하게 웃었다.

"욕심이 사람의 행동을 이끌지. 그자들이 그들 욕심대로 알아서 할 것이니라."

오웨느의 머리가 비상한 것은 학문 쪽이었지, 이런 군사 문제가 아니었다.

그래서 사람들은 오웨느의 무서움을 몰랐다.

그런데 일단 이런 쪽으로 돌리자 아무렇지도 않게 이런 생각들을 금방 짜낸다. 웃으며, 동생 자넷의 몸을 유린하는 채로.

숙여진 자밀라의 볼이 부들부들 떨렸다.

그녀는 오웨느에게 공손히 대답하고, 뒷걸음질로 그 방에서 물러 나왔다. 오웨느의 눈이 만족으로 물들었다. 문을 닫자마자 자넷의 웃음소리가 흘러나오는 것들 들었다.

그리고 자밀라는 머리카락이 거꾸로 솟는 분노를 느꼈다.

그녀의 감정은 터져 나올 곳이 없어 마구 휘돌며 심장을 고통스럽게 했다.

그녀는 황궁을 박차고 뛰쳐나왔다. 그리고 그냥, 하늘을 달리기 시작했다.

"으아아아아아아아아아아아————!"

실드를 치고 날아가는 뒤로 빛의 가루가 흩뿌려졌다. 자밀라의 눈물 같은 빛 가루였다.

*　　　　*　　　　*

레오폴드는 레땅이 간지에 숨겨진 드롭을 불러 모으라는 단서를 주고 다시 숲 안으로 들어갔다. 그런 레오폴드의 뒤를, 중원의 두 노친네 종남일기와 녹진자가 쫓았다.

"늙은이들끼리 어울리는 것이 좋아."

"어련하시겠수."

광검이 싸가지 없이 말하며 웃자, 둘은 대답 없이 손을 흔들며 숲으로 잠겨 들었다.

그리고 그때 함교의 계기판이었던 투명한 판이 빛나기 시작했다.

그 투명한 판에 얼굴을 보인 것은 노이레였다.

"놀랍군. 위대한 존재의 힘을 이렇게 자유자재로 쓰다니."

그가 함교 내부가 다 보이는 듯 둘러보며 놀라는 얼굴을 하자, 레땡이 입을 츕츕거리며 물었다.

"아, 됐고, 뭔 바람이 불어서?"

노이레가 굳은 얼굴로 대답했다.

"우리 측 정보원이 제공해 왔다. 오웨느 황녀가 움직였어. 지금 친 왕국에서 칼날 산맥 부근의 부대를 급속히 전투태세로 결집시키고 있다더군."

레땡의 얼굴이 우울해졌다.

"고맙다. 아주 좋은 소식이라서. 넌 정말 좋은 친구야."

견자단이 일어섰다.

"우리도 움직여야 할 시간이군."

그리고 그때 노이레의 얼굴 한쪽이 가려지면서 다른 화면이 하나 더 떴다. 창에서 글귀가 깜빡였다. 이런 내용이었다.

[무전을 잡아냈습니다.]

카알이 그 글귀를 손가락으로 누르자 지직거리며 소리가
들려오기 시작했다. 하지만 감도가 너무 멀었다.

그래서 창의 글귀가 다시 바뀌었다.

[정리가 필요합니다. 행성의 생명 유지 장치를 두 개 이상 더
연결해야 이 전파 내용을 정확하게 정리할 수 있습니다. 연결하
시겠습니까?]

그래서 카알이 그 글귀를 다시 누르자, 잠시 함교에 진동
이 일었다.

우웅—

소리가 나고 마나공진이 멀리 퍼져 나가더니 곧 지직거리
던 전파가 정리되면서 잡히기 시작했다.

제국 함대들의 무전 내용이 들리기 시작했다.

치익—

"친 왕국이 먼저 선전포고를 하고 진군하면, 그 사이 한 왕
국 남서 해안을 공격한다. 기본 전략은 이와 같다."

치익—

"합류는 언제인가?"

치익—

"현재 우리 4함대는 경도 삼십, 북위 오십이다. 그러므로 5
함대와 합류할 예상 시각은 120시간 후다."

치익—

"친 왕국이 먼저 선전포고를 하고 신군하면, 그 사이 한 왕국
남서 해안을 공격한다. 기본 전략은 이와 같다."

치익—

"합류는 언제인가?"

치익—

"현재 우리 4함대는 경도 삼십, 북위 오십이다. 그러므로 5
함대와 합류할 예상 시각은 120시간 후다."

치익—

이것만 들어도 일행은 앞뒤 정황을 알 수 있었다.

"양동 작전이로군."

엘르의 얼굴이 어두웠다.

"도대체 사람의 목숨을 뭘로 생각하는 거죠? 이렇게 쉽게
전쟁을 일으키고, 이렇게 쉽게……."

카알은 대답이 없었다.

대신 견자단에게 물었다.

"우리가 지금 힘을 나눠도 되겠소?"

광수가 고개를 흔들었다.

"우리 셋이 갈라지면, 거기다 그게 만약 혼자 떨어져 있
는 상황이라면, 거긴 반드시 우리 어머니가 나타날 거요.
각개격파를 해야 승산이 확실하게 나올 테니까."

일행은 한 몸으로 움직여야만 한다는 결론이었다.

레땡이 고개를 흔들었다.

"어차피 같이 움직여야 한다는 말이로군요. 그렇다면 선
전포고가 들어온 다음에는 곧바로 움직여야 최대한 시간을
아껴 쓸 수 있습니다."

"그런데 선전포고하는 시간이 만약 오 일 후가 된다면,

그날 바로 두 군데를 동시에 상대해야 한다는 말이로군."

카알의 말에 광검이 침울하게 말했다.

"그럴 거요. 우리 어머니는 그런 사람이니까. 반드시 우리 죽이고, 위대한 존재를 파괴하고, 그 힘을 손에 넣은 다음, 이 세계뿐만 아니라, 중원까지 정복할 생각일 테니까…… 우릴 흩어 놓으려는 거요."

그러자 광겸이 씨익 웃었다.

"때로는 적의 바람대로 움직여 주는 것도 병법이지 않아?"

"뭐?"

광검과 광수가 쳐다보자 광겸이 씨익, 웃었다.

"드롭이 더 있다고 했잖아."

"뭐라고?"

"그 드롭을 더 합칠 수 있을 거야."

"너 제정신이냐?"

광검이 묻자 광겸이 여전히 웃는 얼굴로 대답했다.

"견자단이 언제는 제정신으로 살았어?"

카알이 옆에서 고개를 끄덕였다.

"한 번, 우리 왕국의 그 드롭을 먼저 살펴봅시다. 만일 그 많은 양의 드롭을 제어가 가능하다면 좋은 일이니."

레땅이 중얼거렸다.

"저하, 전쟁이 며칠 후인데 만일이라는 확률에 거시는 건……"

카알의 의지는 확고했다.

"갑시다."

함선은 곧 레땡의 다 쓰러져 가는 자택에 도착했다. 카알이 눈을 감고 힘을 집중했다.

퍼져 나가는 파장이 이번에는 함선에 의해 증폭이 되었다. 전과는 차원이 다른 것이다.

카알이 레땡의 집 밑 지하실에 보관되어 있던 드롭들을 찾았다.

카알의 속이 점차 더 깊은 곳으로 가라앉으며 파장의 힘을 더했다.

레땡의 집 지하실에 있던 드롭 보관함의 자물쇠가 덜컹, 하더니 풀어졌다. 열다섯 개의 보관함, 그 자물쇠가 다 풀렸다.

그리고 드롭들이 한꺼번에 빛을 내더니, 지하실을 환히 빛나게 했다. 그 빛나는 드롭들이 카알의 파장에 맞춰 공명하고 있었다. 울음이 정식 진동으로 바뀌었다.

그러자 레땡의 건물 자체가 흔들렸다. 그러고는 폭삭 주저앉는 것이다. 부관 후카시의 비명이 일었다.

"아이고, 그나마 이십 년 만에 받은 저 썩은 집 한 채 마저도 다 부서졌네!"

드득— 꽈드등—

먼지와 파편 사이로 휘황찬란한 빛을 발하는 드롭들이 떠오르기 시작했다.

수백, 수천 개의 드롭들이 날아들면서 견자단도 카알의 마나파장에 같이 힘을 모으기 시작했다.

드롭들이 함선 주변을 맴돌며 점점 더 가까이 좁혀 들었다. 그 빛이 점점 더 거세졌다.

그리고 완전히 밀집되어 끝내는 그 빛 안에 함선이 갇혔다.

그 빛마저도 축소되었다가 갑자기 폭발했다.

소리는 없었다. 하지만 빛은 강렬하게 퍼져 나갔다.

아주 멀리, 친 왕국까지 퍼져 나간 그 빛이 사라질 무렵, 한 왕국에서 일어난 그 빛의 폭발은 친 왕국에 불안감을 심어 주게 된다.

친 왕국 동쪽 해변과 한 왕국 서쪽 해변 사이에는 가장 짧은 곳이 삼백 킬로미터나 되는 거리가 있다.

그럼에도 친 왕국 사람들조차 그 빛을 본 것이다.

빛 무리가 그린 선이 측량사의 눈에 잔상을 남겼고, 그 측량사들이 빛의 퍼져 나온 각을 계산해 보니 수백 킬로미터 떨어진 한 왕국에서 뻗어 나왔다는 것이 잡힌 것이다.

대충 뽑긴 했지만, 그러나 그걸 목격한 측량사들마다 모두 한 왕국을 그 빛의 근원으로 지목하고 있으니 무시할 수도 없었다.

친 왕국은 그런 불안감을 안고 제국의 지원만 기다리는 중이었다.

그러면서도 친 왕국의 부대들은 속속 칼날 산맥의 유일한 통로로 모여들고 있었다.

평균 높이 3000미터의 칼날 산맥은 거의 절벽에 가깝게 서 있는 산맥이다. 그 절벽 같은 산맥이 한 왕국이 차지한

한 왕국 반도와 중앙 대륙을 갈라 놓고 있었다.

그 칼날 산맥 중 유일하게 비스듬하게 이어지는 경사로가 있다.

그것이 바로 참새 회랑이다.

길이 3킬로미터 남짓의 그 참새 회랑을 지나고 나면 바로 한 왕국의 긴 영토를 다시 반으로 쪼개며 길게 달리는 구릉으로 이어진다.

어차피 한 왕국도 그 참새 회랑의 계곡 굽이마다 방어 요새를 설치해 놓았기 때문에, 친 왕국으로서도 거기를 통과하는 동안 상당한 병력 손실을 각오해야만 한다.

그래서 그들은 기다리고 있는 것이다.

제국의 탱크가 오기를 말이다.

친 왕국의 모든 귀족들이 정식 영지군과 함께 자신들의 사병까지 다 데리고 합류했다.

한 왕국과의 전쟁에서 승리해야만 했다. 그래야 영지도 넓히고, 칼날 산맥에서만 서식하는 와이번들을 잡아 그 가죽을 손에 넣을 수 있는 것이다.

와이번의 날개, 그 막은 아주 얇고 그럼에도 총알을 막을 수 있을 만큼 강력한 방탄재료였다.

친 왕국에서는 존재조차 모르는 견자단이 입은 조끼가 바로 와이번의 날개로 만든 것이다.

물론 와이번이라는 것이 1.5톤에 달하는 거대 맘모스를 아무렇지도 않게 잡아 둥지로 돌아가서 새끼들에게 찢어 먹이는 위용을 보이기 때문에, 함부로 사냥할 수 있는 것도 아니긴 했다.

하지만 그만큼 귀한 조끼는 어디에도 없었다.

탄타니움은 제국 독점이라 어디서 구할 곳도 없었고, 오로지 와이번의 날개 가죽만이 친 왕국의 병사들을 강하게 만들 수 있었던 것이다.

친 왕국은 제국이 도와주는 이번에야말로 한 왕국을 정리하겠다고 독하게 마음먹은 후였다.

전쟁은…… 이미 돌이킬 수 없었다.

그렇게 삼 일이 흘렀다.

*   *   *

오웨느는 눈을 떴다.

자넷이 먼저 잠들어 있었다. 자밀라는 떠났다.

친 왕국의 육군이 모두 집결한 곳, 참새 회랑으로 탱크들을 싣고 떠났다.

인간이 가장 쉽게 얻을 수 있는 기체 수소를 가득 넣은 기구에 증기 터빈으로 팬을 돌리는 기구 스무 대가 한꺼번에 떴다. 탱크 사십대였다.

친 왕국은 영문도 모르고 신이 나서 한 왕국을 공격해 들어갈 것이다.

오웨느는 자넷의 몸을 쓰다듬으며 웃었다.

"탐욕을 조금만 조장해 주면 그 누구나 다 알아서 파멸을 향해 열심히 달려가지. 후후후후."

그녀가 중얼거리던 그 시각.

자밀라는 멀리 칼날 산맥이 보이는 곳까지 도달했다. 전파 반사판에 잡히는 곳이다.

레이더병이 신호했다.

"자밀라 경, 와이번 영역 근처입니다."

자밀라가 손을 들었다. 그 순간 무전이 날았다.

치익—

"모든 기체 항행 중지!"

치익—

기구들은 모두 스팀 터빈 엔진을 세웠다. 그리고 곧바로 역회전 클러치를 넣었다.

푸드드드드등—

프로펠러가 맹렬히 역 회전하기 시작했다.

칼날 산맥 근처는 가스 채운 풍선들은 비행 금지다. 와이번들이 기구들을 찢어 추락시키기 때문이었다.

심지어는 개인이 탄 작은 행글라이더조차 가만히 두지 않는다. 자밀라가 아무리 능력이 좋아도 와이번들이 떼를 지어 덤벼들면 기구를 다 지켜 낼 수는 없었다.

그래 봐야 200킬로미터 거리.

탱크가 전속력을 내면 네 시간이면 도착하는 거리였다.

밤하늘, 달에 의해 간신히 형체가 보일락 말락 하던 기구들이 멈춰 섰다.

기구들이 천천히 그 자리에서 하강하기 시작했다. 내려간지 오 분 만에 탱크를 실은 콘테이너가 땅에 닿았다.

쿵—

그리고 기구에서 컨테이너에 묶은 케이블을 끊자 컨테이너 벽이 사방으로 열렸다. 무려 수십 톤에 달하는 X—115 탱크가 두 대나 들어 있다. 그런 컨테이너 스무 대가 모두 안전하게 착지해 탱크 사십대를 선보였다.

기구에서 줄사다리가 내려왔다. 그 줄사다리를 타고 탱크를 조종하는 운전병들이 내렸다.

마법사들이 빛의 구체를 만들어 땅에 내려놓은 광경도 있었다. 가장 빠르게 탱크 운전병을 내려놓은 기구들이 다시 떠오르기 시작했다.

물을 전기 분해하는 방식으로 얻는 수소.

기구들은 물탱크가 비워지며 더 가벼워졌고, 오를 때는 화물도 내려놓은 상태였기 때문에 더 빠르게 상승했다.

기구를 모는 항공수송대 대장으로부터 무전이 들어왔다.

치익—

"자밀라 경, 무운을 빕니다."

치익—

자밀라도 답변했다.

"네. 2항공수송대 여러분도 안전하게 돌아가시길. 수고하셨습니다."

탱크 사십 대. 그리고 그 탱크를 보호하는 마법사 팔십 명, 그 마법사들을 보호하는 폰 백육십 명. 그 폰을 지휘하는 기사 열 넝.

그것만으로도 한 개 나라를 쓸어버리는 데는 무리가 없었다. 그리고 뒤로 친 왕국의 기사 삼십여 명과 폰 100명. 그리고 보명 오만이 도열해 있었다.

친 왕국의 이번 한 왕국 정벌대 총사령관 샤이룽이 두 손을 맞잡고 고개를 숙였다.

같이 고개 숙여 예를 취하면서도, 자밀라의 속은 한숨을 쉬었다.

오웨느는 손가락 하나 까딱 하지 않고도 이만한 병력을 동원한 것이다.

물론 친 왕국이 제국의 동쪽 경계에서 약간의 위협이 될 정도로 강한 대국인 것은 사실이었다.

오만의 병력을 아무렇지도 않게 툭 빼서 남의 나라를 칠 수도 있는 대국이다.

반면 한 왕국은 박박 긁어모아도 삼만이 고작인 나라였고, 그나마 탈론과의 전쟁에서 병사들 일만을 잃은 지 채 십 년도 되지 않는 나라였다.

삼만이 아직 다 채워지지도 않았을 것이고, 그리고 그나마 밍박의 사병 6천이 남서해안으로 몰려가서 아직 제자리로 오지도 못한 상태였다.

그러니 희생 크지 않게 전쟁을 끝내려면 지금 쳐야 한다.

자밀라는 샤이룽에게 넌지시 물었다.

"제가 알고 있는 저들의 상태와 사령관의 정보도 같으신지요?"

"어리석은 밍박이오. 칼날 산맥 방어 군에서 세 개 사단, 사천 명을 빼돌려 자신의 사병인 것처럼 남서해안으로 보냈소. 한 왕국의 칼날 산맥 방어군이 일만인데, 현재 오천오백을 간신히 유지하고 있는 수준이오."

그래서 자밀라가 물었다.

"생각보다 칼날 산맥 방어군의 숫자가 적군요."

샤이룽이 웃었다.

"하늘로는 와이번 때문에 침투하지 못하고, 절벽도 마찬가지고, 그러니 유일하게 참새 회랑이나 지키면 되니 말이오. 하지만 그 점이 놈들의 패착이오. 제국에서 친히 빌려준 이 탱크만 있으면 놈들의 요새에서 쏟아지는 공격을 별 무리 없이 뚫고 돌격할 수 있소."

자밀라는 고개를 끄덕였다.

"귀국의 오랜 바람이 이루어지도록 지원할 것입니다."

샤이룽의 눈이 반짝였다.

그의 고개가 끄덕여지며 다시 감사를 표했다.

긴 작전 회의를 거칠 무렵 대형이 완성되었고, 친 왕국과 제국의 연합군은 드디어 첫 진군을 시작했다.

그리고 마침내 지상에서도 칼날 산맥의 봉우리가 보이는 지점에 이르러 멈췄다.

그들은 친 왕국의 선전포고를 기다리기 시작했다.

남서 해변에 제국 5함대만 도착하면, 한 왕국은 그것으로 끝장이었다.

그들은 먹이를 사냥하려 몸을 날리기 직전의 맹수처럼, 숨을 죽였다.

긴장을 잔뜩 한 근육이 살짝 구부러진 것처럼 곧 덮치기 위해 눈을 번뜩이며 명령만 기다리는 중이었다.

한 왕국은 끝장 날 것 같았다.

*　　　*　　　*

한 왕국, 왕도.

그들은 소란스러웠다.

귀족들.

그들은 평소 백성들로부터 많은 것을 뜯어낸다. 그러니 나라를 지켜야 할 의무가 있다. 하지만 이들은 지금 우왕좌왕 하고 있었다.

"이 사태를 어떻게 헤쳐 나가야 한단 말인가!"

"뭘 어떻게 하긴요! 싸워야지요!"

"우리 힘이 너무 없소, 힘이!"

한 왕국은 처음 시작부터 대대로 변방의 소국이다. 거기다가 몇 년 전 제2차 탈론의 난으로 인해 병력도 너무 많이 잃었다.

남자들 자체가 너무 적다.

여자들의 비율이 전체적으로 많아서 남자들이 왕처럼 대접 받을 정도다. 탈론들에게 집중적으로 반항하고 싸운 상대가 남자여서 탈론들은 남자들을 집중적으로 죽였다.

남자가 왕인 이유 중 가장 큰 원인이기도 했다.

병사가 몇 년 동안이나 크게 늘지 않은 이유다.

그에 비해 친 왕국은 하나하나가 한 왕국보다 더 큰 네

개 왕국의 연합국이다.

아니, 사실상 작은 규모의 제국이다.

오랫동안 한 왕국을 굴복시켜 식민지로 복속시키지 못해 안달이 난, 무서운 이웃나라였다.

그런 친 왕국이 이빨을 드러냈다.

그리고 그것을 제국의 탱크가 돕고 있다.

중요한 것은 밍박도, 아틸라도 없다는 사실이다. 국왕은 쓰러져서 병을 앓은 지 벌써 십 년이 넘었다.

귀족들은 백성들에게는 이 사실을 숨긴 채 부들부들 떨기만 했다.

"항복을 합시다!"

"뭐요! 지금 제정신이요!"

"그럼 어쩌자는 거요? 카알 왕세자가 제국 6함대를 전멸시키고, 오웨느 황녀의 진노를 샀소! 우리가 감당할 수 있겠소? 우린 다 죽을 거요! 다 죽을 거란 말이요!"

그 말에 모든 소란이 뚝, 가라앉았다.

그랬다가 누군가 양심에 가책을 받는 듯 한마디 저항했다.

"그래도 사천 년을 훨씬 넘게 이어 온 나라요…… 어찌 싸우지도 않고 항복한다는 말을 감히 뱉을 수가 있단 말이오……"

그러나 그것은 강력한 의지가 아니라 탄식에 불과했다. 그들은 다시 뭉치기 시작했다.

"어쨌든 살아야 하오. 살려면, 우선 왕세자 카알을 굴복시켜 오웨느 황녀에게 보내야 하오. 그래야 우리가 살고, 또 우리나라가 살 수 있단 말이오!"

"하지만 어찌 세자저하를 먹잇감으로 던져 준단 말이오? 그래 놓고도 백성의 비난을 피할 수 있겠소?"

그들이 백성들을 부려 먹어 그 피땀으로 누린 부귀영화를 생각하면 정말 어이없는 회의 내용이었다.

하지만 한 왕국의 '도덕적 모범을 보이는 왕실'은 오히려 귀족들의 더 큰 타락을 낳는 역작용을 했다.

그 바람에 귀족들은 스스로가 얼마나 타락한 짓거리를 하는지 양심이 기능을 못하고 있었다. 인식을 했어도 공포가 이성을 가로막았다.

"국왕폐하를 인질로 잡아야 하오!"

"말도 안 되오!"

물론 말도 안 된다.

신하된 자가 자기 살자고 모시던 왕을 인질로 삼다니. 그러나 그 말을 꺼낸 자의 내용은 도덕을 말하고 있지 않았다.

"엘르 공주를 모시던 그 초기사가 같은 초기사를 가볍게 물리친다 하오! 게다가 엘르 공주가 부리는 이블 고곤은 어디든 침투할 수 있소! 무슨 수로 국왕폐하를 인질로 잡겠다는 거요!"

그러자 한 귀족이 고개를 갸웃거리더니, 의견을 내놓았다.

"그럼…… 국왕폐하의 침대 자체에 마법 트랩을 설치합시다. 건드리면 국왕 폐하가 죽는 거요."

그 말을 꺼내 놓고서야, 귀족들은 스스로 얼굴을 붉혔다.

왕을 죽음의 덫 안에 밀어 넣다니!

"그, 그런 짓을 귀족인 우리가 할 수 있겠소?"

그러나 그 말은 가벼운 반항에 불과했다.

그 말을 하고서야 그들은, 자신들이 얼마나 공포에 젖어 있는지 정말로 깨달았던 것이다.

그들 중 하나가 떨면서 변명했다.

"오, 오웨느 황녀는 위대한 존재조차 죽여 버린 무서운 악신이오! 그녀는 사람이 아니란 말이오! 어쩔 수 없소! 우리가 국왕폐하를 빼앗겨 세자에게 굴복하면, 그 순간 세자는 제국과 싸우라 할 것이고, 오웨느는 우리 모두를 죽일 것이오! 우리 모두 말이오!"

그래서 그들은 탄식했다.

그냥 단순히 반역을 행한다면 차라리 나았을 것이다. 하지만 귀족들은 그것도 할 수 없었다.

그들은 사병들을 무장시키고 우르르 왕궁으로 몰려갔다.

왕궁의 근위병들이 그냥 보고만 있을 리가 없었다. 결국 왕궁 안에서 피를 뿌리는 사태가 일어났다.

근위병들 중 일부가 오웨느의 공포 때문에 귀족들에게 합류하면서 균형이 확 기울어 귀족들에게 넘어가 버렸다.

귀족들은 결국 십 년간이나 병석에 누워 있던 국왕을 죽음의 덫 안으로 밀어 넣고 말았다.

*   *   *

함선 내부는 고요했다.

아무도 말이 없던 그 시각, 댄이 먼저 말을 꺼냈다.

"함선이 변했군요."

롯데도 에런도, 롤리도, 물질의 파장을 느끼지 못하는 사람들은 모두 다 함교 내부를 둘러보았다. 그 말 대로였다. 함선은 다시 또 변해 있었다.

견자단과 카알은 미동도 없었다.

특히 견자단은 굉렬한 충격과 함께 쏟아져 들어온 다른 세계의 역사 사회 과학 지식 때문에 더 큰 충격을 받았다.

그걸 이제야 벗어나는 중이었다.

그들의 숨소리가 돌아오는 것을 느끼자 롯데가 안도의 한숨을 내쉬었다. 그녀가 다시 함선의 조종과 지휘를 위한 유리판을 쳐다보았다.

이번에는 그 유리판마저 없어졌다.

그러나 롯데가 그걸 보기 원한 순간, 머릿속에서 하나의 파장이 잡혔다.

롯데는 그것이 함선의 자체 의지임을 알았다.

함선, 드롭을 다 빨아들인 이 나는 함선은 스스로가 위대한 존재가 된 것처럼, 스스로의 의지를 가지고 롯데의 의지에 반응한 것이다.

—새로 인공지능을 얻은 행성 생명 유지 장치입니다.—

이것은 비단 롯데 뿐만이 아니고 모든 사람이 똑똑히 들었다.

"방금, 이 배가 대답한 겁니까?"

에런이 웅얼거리듯 질문했다. 그러자 다시 배가 파장을 보내 도로 묻는 것이다.

—통상 인간들의 행성 내 삶을 돕는 장치로써 역할을 하는 것이라 어느 정도의 자유의지를 부여 받도록 되어 있습니다. 그런데, 제 이름을 '배'로 할까요?—

에런이 입을 떡, 벌렸다.

레땡의 고개가 끄덕여졌다.

"과연, 우리 조상들의 뜻이 이런 것이었다는 말이로군. 위대한 존재의 정체란 이야기책의 드래곤 같은 게 아니었어. 우리 사는 걸 도와주는 기계 장치라…… 흠."

그래서 '배'가 다시 뜻을 밝혀 왔다.

—인간들께서 위대한 존재라고 부르셨던 것들, 통칭 행성 생명 유지 장치들은 인간들께서 이름을 부르시면 응답하도록 되어 있습니다. 저는 아직 이름이 없지만 이번에 새로 만들어진 것이라, 저를 만드신 분들에게 만큼은 예외입니다.—

그리고 그때 카알과 동시에 견자단이 눈을 떴다.

숨을 천천히 고르고, 일어난 그들이 일행을 둘러보았다.

카알이 말했다.

"네 이름은 날개다."

—알겠습니다. 이제 날개라고 부르시면 응답합니다. 시키실 일이 있으십니까?—

카알이 견자단을 보더니 말했다.

"우리가 가장 먼저 보아야 할 바깥 상황을 보여다오."

그러자 허공에 빛이 나며 하나의 네모난 막이 생겼다.

그 막에 바깥 상황이 보였다. 특히 위대한 존재, 행성의 생명 유지 장치들이 유기적으로 신호를 주고받으며 볼 수 있는 것들 중에서 특이한 존재가 먼저 보였다.

롯데가 깜짝 놀랐다.

"구름기둥이……!"

그래서 사람들이 모두 다 그 빛의 막을 보았다. 천천히 돌고 있는 구름기둥이 확실하게 축소된 것이 보였다.

절반도 더 줄어 있었다.

카알이 눈을 찌푸렸다.

"공간을 일그러뜨리고 차원을 이을 만큼 거대한 에너지를 쓰지 못한다면, 아마 저 구름기둥 다 소멸되기 전에 돌아가는 것이 현명하겠군요, 견자단 여러분."

그러자 함선, '날개' 가 응답했다.

—맞습니다. 아주 특별한 일, 즉, 행성 자체가 파괴된다거나 할 정도의 일이 없는 한, 그 정도 에너지는 쓰지 못하도록 되어 있습니다. 그러니 저 구름기둥이 소멸되면 세 분께선 원래 계시던 세계로 돌아가시지 못하게 됩니다.—

그래서 광수가 물었다.

"날개, 그럼 저 구름기둥이 사라지기까지 시간이 얼마나 남은 거지?"

날개는 잠깐 침묵했다가, 곧 대답했다.

—계산이 조금 모호하게 나왔습니다. 에너지의 잔류량, 그리고 흩어지는 속도만 따졌을 때는 15일, 보름이 약간 못

남았을 것으로 예측됩니다.—

"안전하게 치면 열흘인데…… 그 안에 제국과의 전쟁을 끝낼 수 있을까?"

모두들 말이 없었다.

롯데가 고개를 흔들었다.

"안 돼요! 당신들 어머니라면서요! 그런 사람이 우리 세계로 들어온 거잖아요! 그럼 당신들이 해결해야 하잖아요!"

"롯데."

카알이 그녀를 만류했지만, 롯데는 고개를 흔들었다.

"저하, 벌써 몇 십만 명이 죽었사옵니다! 오웨느는 위대한 존재를 하나씩 하나씩 다 파괴할 수 있사옵니다! 이런 재앙을 우리가 떠안을 수는 없사옵니다!"

그리고 광검을 불타는 눈으로 쳐다보며 한 자 한 자 끊어서 말했다.

"당신 어머니가 만든 우리 세계의 핏물, 당신들이 다 청소해 놓고 가요. 그전엔 못 가요!"

"그만하라니까, 롯데 경!"

카알의 말에 롯데가 고개를 마구 흔들었다.

"저하! 오웨느의 탄생은 우리 책임이 아니옵니다! 그건 아니옵니다! 절대로, 아니 될 것이옵니다!"

"그만하라는데도!"

"저하!"

롯데의 원망 어린 목소리가 함교를 울린 것을 마지막으로 말다툼은 더 이상 없었다.

광수와 광겸이 광검의 어깨에 툭, 손을 올렸다.

광검이 떨리는 입술을 길게 끌어 올리며 씨익, 웃었다.

"그래, 그러지. 우리 어머니는 우리가 모시고 간다."

그리고 아직도 부들거리며 손을 떨고 있는 롯데의 뒷등에 말을 한마디 던졌다.

"정 안 되면 지옥이라도, 같이 모시고 가지."

롯데는 대답이 없었고, 카알이 화난 심정을 대변했다.

"롯데 경! 이들 견자단의 노력이 없었다면 우리 행성의 생명 유지 장치가 다시 깨어나는 일은 없었을 것이다! 조상들의 문명을 다시 되찾게 해 준 우리 인류의 최대 공로자임을 모르는가!"

그러자 롯데는 어깨를 들썩였다.

"네, 저는 이기주의자라 그런 것 모르겠사옵니다. 단지 이 사람의 어머니가 우리 세계에 피해를 준 것밖에는 모르겠사옵니다!"

"롯데 경!"

그때 광검의 손이 들렸다. 카알이 하려던 말을 삼키자, 광검은 웃었다.

"믿어라, 롯데. 열흘이면 충분해."

광검은 쓴 웃음으로 광수와 광겸을 돌아보았다.

"안 그래?"

광겸이 씨익, 웃었다.

"그럼, 시간은 남지."

견자단의 말에 레땡의 고개가 끄덕여졌다.

"그런 각오라면, 일단 나는 믿겠소."

그리고 손을 하나 내밀었다.

엘르도 손을 뻗어 그 손 위에 겹쳤다. 그러자 댄이 같이 손을 뻗었고, 에런과 롤리도 뻗었다.

카알과 견자단도 거기 손을 합쳤다.

"롯데?"

광검이 불렀다.

그러자 움찔 했던 롯데는 얼굴을 보여 주지 않은 채 함교 밑으로 내려갔다.

"우는군."

그제야 카알이 롯데를 이해한 듯 중얼거렸다.

광검의 입에는 쓴 웃음이 떠나지 않았다. 사내가 여색에 홀려 함부로 몸을 굴리는 것은 여러 사람 마음에 상처가 된다…….

카알이 먼저 말했다.

"힘냅시다. 우린 조상들의 세상을 다시 복원할 책임을 졌소. 좋은 세상 한 번 만들어 봐야잖소."

레땡이 그 말을 받았다.

"브라보, 우리 세자저하."

그들은 서로 뭉친 손을 높이 들며 의지를 다졌다.

그들은 그렇게 왕국의 수도로 먼저 날아갔다.

친 왕국의 선전포고가 하루 남은 시점이었다.

39.

참새 회랑

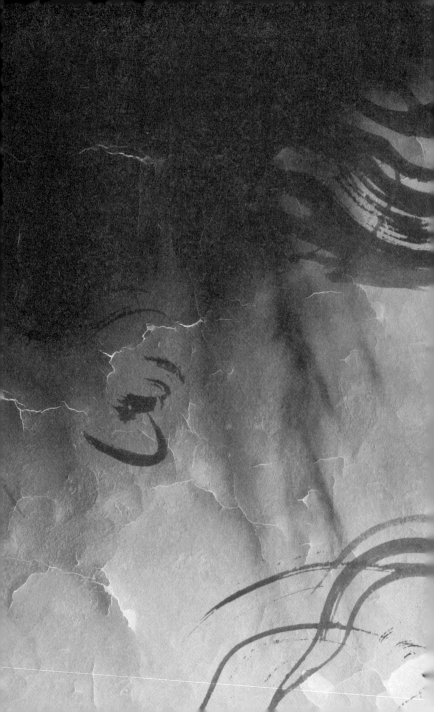

오웨느는 끌어안은 자넷의 옷을 벗겼다. 그리고 자신이 직접 갑옷을 입혀 주기 시작했다.

자넷이 웃었다.

"마마, 이번 일만 끝나면 어머니도, 언니도 다 같이 살 수 있는 거지요?"

그래서 오웨느가 웃었다. 자넷에게는 아주 선한, 천사의 웃음처럼 보이는 빛의 미소였다. 오웨느가 자넷에게 충격 흡수용 언더웨어를 다 입혔다. 그 뒷등의 잠금 체인을 채워 주며 속삭였다.

"그러하니라. 내게 반하는 무리들을 벌주고 오너라. 제국을 인정치 않음은 세계를 혼란하게 만들려는 자들이니라."

자넷이 씩씩하게 대답했다.

"옛! 소녀 자넷, 황녀마마의 분부를 받들어, 세계의 혼란을 획책하는 무리들을 토벌하겠나이다!"

그래놓고 까르르 웃었다.

오웨느가 그런 자넷이 귀여워 죽겠다는 얼굴을 했다. 그녀가 손가락으로 자넷의 볼살을 꾹 누르며 말했다.

"요것을 보내 놓고 내 어찌 살까."

자넷이 그런 오웨느의 뺨에 기습키스를 했다.

"금방 끝내고 돌아올게요."

오웨느가 밝게 웃었다.

"그래, 약속은 지키거라."

근위대가 감싸는 전신 갑주를 입고, 자넷은 다리를 착 붙이며 경례를 붙였다.

"옙! 소신, 곧 승전보를 가지고 돌아올 것이옵니다!"

오웨느는 자넷을 안고 이마에 입을 맞췄다.

"그래, 기다리마."

자넷은 몹시 아쉽다는 표정을 장난스럽게 지으며 떠났다. 전쟁에 웃으며 참가하는 열아홉 소녀. 그렇게 만든 오웨느가 표정을 바꿨다.

음사한 내면, 뜨거운 살육의 갈망이 드러난 얼굴로 오웨느는 웃었다.

"검아, 그리고 나머지 둘도…… 더 강해졌구나…… 하지만 결과가 달라질 것 같으냐?"

오웨느의 손은 한순간 붉은빛을 점점이 내뿜었다. 그 붉은빛들이 방 안을 떠돌며 벽을 갉아먹듯 해체시켰다. 그 빛이 점점 커지며 돌아가는 소용돌이의 범위도 점점 커지기 시작했다.

오웨느의 한쪽 눈을 대신해 자리 잡은 소용돌이 흉터가 붉은빛을 더 강하게 내뿜자 붉은 빛의 구체들은 폭발하듯 세게 소용돌이를 그리며 모든 것을 집어삼켰다.

"오호호호호호호호호!"

순식간에 반경 일 킬로미터로 늘어난 붉은 구체의 회전이 황궁의 건물들을 모조리 부쉈다.

그리고 오웨느가 손을 위로 뻗자 구체가 죽 늘어나며 위로 뻗었다.

번—쩍!

구름을 뚫고 들어간 붉은 빛기둥, 그것이 파괴된 황궁 터를 감싸며 밑으로도 늘어났다.

땅마저도 갈라놓기 시작했다.

그리고 오웨느가 힘을 한 번 집중한 순간, 지름 이 킬로미터의 땅이 구그궁 거리며 흔들리기 시작했다.

오웨느가 숨을 들이마시며 힘을 크게 한 번 준 순간, 원형의 땅이 그대로 떠오르기 시작했다.

콰자자자작— 쿠드드드드드드드등—

황궁 주변의 사람들은 놀라서 도망치느라 난리가 벌어졌다. 그 땅의 중앙에서 오웨느는 웃었다.

"자, 강해졌다면, 그 힘을 먹어 줄 때가 온 것이지! 기대하마! 오호호호호호!"

직경 이 킬로미터의 거대한 암석 군이 그대로 허공에서

날기 시작했다.

멀리 지평선에서 보면 그 직경보다 더 긴, 원통형의 두께에 놀라야 했다.

지표면을 그런 식으로 뜯어낸 오웨느는 밑에 원래 이 땅이 있던 자리에서 지하수가 터져 물이 차오르는 것을 보았다.

사람들이 구덩이와, 그리고 하늘로 떠오른 그 땅덩이를 보고 다시 공포에 떠는 모습을 한껏 즐겼다.

오웨느는 혀를 입술로 핥으며 웃었다.

"역시, 인간들의 무지와 공포는 내게 큰 힘이 되는군."

그랬다.

오웨는 그녀는 제갈청청, 악마 알카루스를 삼켰다. 위대한 존재를 파괴하면서 알카루스의 봉인 중 하나에 당한 그녀는, 서서히 자신을 잃고 알카루스의 모습으로 변해 가는 중이었다. 자신만 그것을 모를 뿐이었다.

그렇게 그녀는 견자단이 있는 곳으로 날아가기 시작했다. 오웨느 본인도 한 왕국으로 향하는 것이다.

구름기둥이 함선 한 대가 겨우 들어갈 수 있을까 말까 하게 축소된 날의 일이었다.

*   *   *

함선이자 인공지능인 '날개'가 멈춘 곳은 왕궁 바로 위쪽이었다.

한 왕국에서는 처음으로 겪는 일이다.

사람들은 하늘 위를 쳐다보며 몰려들고 있었고, 귀족들의 사병들은 그런 백성들을 사납게 밀쳐 내고 있었다.

함교에서 내려다보던 카알이 한숨을 내쉬었다.

왕궁을 중심으로 귀족 군과 일반 백성들의 띠가 생겼다. 갈대처럼 흔들리며 들쭉날쭉 반복하는 사람의 띠를 보던 카알이 외쳤다.

"날개! 내 모습을 밑의 사람들에게 보여 줄 수 있나?"

날개가 즉시 대답해 왔다.

—가능합니다. 어떤 형태의 영상을 원하십니까?—

동시에 카알의 모습이 완전히 똑같은 모양이 허공에 나타났다. 두 개였다.

하나는 카알의 모습만 입체적으로 세워진 동상 같은 모양이고, 하나는 네모난 판에 그려진 평면적인 모습이었다. 두 개가 다 지금 카알의 행동을 그대로 따라하고 있었다.

눈꺼풀이 깜빡거리는 것까지.

카알이 네모진 평면 형태를 택하자, 날개가 위잉 거리며 에너지 파장을 퍼뜨렸다.

그리고 다음 순간, 왕궁 주변의 사람들 앞에 수백 개의 네모난 빛의 판이 나타났다. 그 판에 카알의 모습이 보였다.

그러자 사람들이 모두 깜짝 놀랐다.

"세자저하시다!"

"세자저하!"

백성들을 제지하던 귀족군, 사병들도 마찬가지였다.

심지어는 그 영상에 대고 창으로 찌르는 병사도 나왔다.

그러나 그 창이 그냥 슥, 투과해 버리자 사병들은 침을 꼴깍 삼켰다.

귀족들도 당황하기는 마찬가지였다.

"대체, 대체 이, 이게 무슨 마법이란 말인가!"

헌데 그들의 경악은 이게 다가 아니었다. 이제부터 시작이었다. 그 네모난 빛 판 속의 카알 왕자가 입을 열어 말을 하는 것이다!

"한 왕국 백성 여러분, 그리고 귀족 여러분."

그러자 백성들 사이에서 와아, 하는 함성이 터져 나왔다.

"세자저하시다!"

그 화면 속의 카알에 대고 허리를 조아리는 백성들이 보였다.

귀족들은 고함을 쳤다.

"빨리 백성들을 몰아내라 빨리! 저걸 보게 해서는 안 돼! 어서 빨리!"

명령이 하달되고, 귀족군들이 백성들을 더 멀리 밀어내려 할 때였다. 카알의 모습이 든 수백 개 화면이 스르르, 백성들을 따라 움직였다.

그리고 왕궁의 벽 위에 선 귀족들 눈앞에도 생겨났다. 그 화면 속의 카알이 호통을 쳤다.

"그대들의 임무는 아바마마를 도와 백성들을 보살피는 것이다! 감히 아바마마와 내 눈앞에서 백성을 짐승처럼 창칼로 몰아 대는 것인가!"

그러자 귀족들 중 덜덜덜 떨기 시작한 사람들 중 하나가 외쳤다. 목소리도 떨렸다.

"어, 어쩔 수 없지 않소! 다, 당신이…… 제국군을, 제국 6함대를 몰살시켰소! 이, 이것을 어찌 감당한단 말이오! 우, 우린 나라를 지키고자 한 것뿐이오!"

그러면서 귀족들의 얼굴이 굳었다.

화면속의 내용이 바뀌어 덜덜 떨며 변명하는 귀족의 얼굴이 나타나고, 그의 말 내용이 고스란히 백성들에게 전달된 것이다.

"말을 그만해! 백성들이 이것을 들어서는 안 돼!"

그러자 또다시 말을 막는 귀족의 얼굴로 바뀌었다. 백성들에게 정보 전달을 막으려는 귀족에게 당장 야유가 쏟아졌다.

"우—우—!"

백성들의 야유 소리가 궁성 앞 광장 시장에 울려 퍼졌다. 귀족들의 얼굴이 벌게졌다.

방금 그 귀족이 외쳤다.

"무슨 짓이오! 저 천한 백성들과 모든 사실을 같이 공유하자는 것이오?! 그럼 나라의 기강이 서지를 않소이다!"

그리고 그 말조차 그대로 화면을 통해 백성들에게 전달되었다. 백성들의 비난하는 소리가 더 높아졌다.

그러자 귀족들이 참지 못하고 외쳤다.

"정말 이게 무슨 짓이오!"

카알이 그래서 외쳤다.

"너희들이야말로 무엇을 하고 있는가! 내가 제국의 6함 대를 순식간에 침몰시켰다는 보고를 듣고도 같이 싸워 볼 생각을 하기는커녕, 아바마마와 백성들을 인질로 삼아 너희 들 목숨만 구할 생각을 하다니! 항복을 하면 오웨느 황녀가 너희를 살려 둘 것 같은가! 오히려 백성들과 너희들까지 같 이 다 죽일 것이다!"

그러자 한 귀족이 마주 외쳤다.

"흥! 우린 상관이 없소! 제국에 반기를 든 것은 오로지 세자저하 혼자만의 일일 뿐이오! 당신 혼자 그 자존심 숙이 기 싫어 제국에 반기를 들었으니 당신이 다 책임지시오!"

그 말에 카알이 헛웃음을 쳤다.

"그래, 더러울 만큼 치사한 너희들의 손을 빌리지도, 그 렇다고 죄 없는 백성들을 칼 받이로 내세우지도 않을 것이 다! 난 나 혼자 제국을 감당하고, 나 혼자 오웨느를 상대할 것이다! 그 대신, 너흰 이제 사실을 다 알게 된 백성의 분노 를 받아야 할 것이다!"

그제야 귀족들은 보았다. 왕성 주변 수백 개뿐만이 아닌, 수천, 수만 개의 화면이 광장 바깥, 건물과 그 사이 골목길 에서 떠오르는 것을 말이다.

왕도의 백성들은 그 누구나 이것을 다 듣고, 보고 있을 터였다. 귀족들의 입이 벙어리처럼 굳어졌다. 백성들은 당 연히 분노했을 것이다. 귀족들 머릿속에 한 가지 생각이 공 통적으로 떠올랐다.

'X됐다……!'

카알이 불렀다.

"날개!"

그러자 화면에서 아름다운 여신의 모습을 한 인공지능이 나타나며 공손히 고개를 숙이는 것이다.

"예, 주인님."

백성들이 이 모습을 똑똑히 보았다.

그들은 주먹을 불끈 쥐고, 또는 손톱을 깨물며 놀란 눈으로 이 사태를 지켜보고 있었다.

그들이 보는 화면 안에서 카알이 말했다.

"날개, 지금 아바마마의 상태는 어떠한가?"

그러자 귀족들의 엉망이 된 얼굴 표정들이 잠깐 화면에 나타났다. 그다음 순간, 침대에 누워 있는 국왕의 모습이 충격적으로 화면에 나타났다.

"현재, 국왕폐하께서는 마법의 마나파장이 침대 안쪽으로 향하는 상태로 누워 계십니다. 바깥에서 누군가 건드리기만 하면 그 마나파장이 국왕폐하를 살해하도록 만들어진 마법 트랩입니다."

광장 여기저기서 백성들의 탄식 소리가 일었다.

귀족들의 안색이 더욱 시커먼 흙빛으로 물들었다.

카알이 고함을 질렀다.

"이런 짓을 하고도 너희가 귀족인가! 너희가 신하인가!"

그리고 다시 고함을 쳤다.

"이런 짓을 하고도 너희가 이 한 왕국의 백성인가!"

그러자 귀족들이 더듬거리며 말했다.

"저, 저하…… 우리는 귀족이지 백성이 아니잖……."

그러자 카알이 그 말을 끊고, 자신의 뜻을 밝혔다.

"앞으로 우리 한 왕국에는 귀족은 없다! 모두 다 백성뿐이며, 나 자신도 왕위를 잇지 않을 것이다! 우리는 이제 왕도 없을 것이다! 먼 옛날 조상들께서 행하신 그대로, 다 똑같은 사람들만 있는 평등한 사회가 될 것이다!"

귀족들의 입이 딱 벌어졌다. 그러더니 웃기 시작했다.

"이보시오, 왕자! 푸하하하하! 평등? 어려서부터 도덕만 찾더니 아주 미치신 게요? 평등? 왕이 없는 나라? 푸하하하하하!"

그러다가 웃음을 딱, 그친 귀족들이 어이없다는 듯이 쏘아붙였다.

"그런 황당무계한 전설이나 믿고 우릴 핍박하시는 게요? 다른 나라 왕들과 귀족들이 그걸 인정할 것 같소? 그리고 인정을 한다 해도, 지금 백성들의 생산력을 유지하려면 지배하는 자가 필수적이오! 지배당하지 않는 자들끼리 결집력을 낼 수는 없소이다! 도대체 무슨 생산력을 어떻게 내서 뭘 먹고 산단 말이오? 철모르는 소리 하지 마시오!"

그러자 기다렸다는 듯이 카알이 손을 들었다.

카알이 외쳤다.

"생산이라 했는가? 먹고 사는 것이라 했는가?"

그러더니 카알의 손이 빛났다.

화면 속, 카알의 손에서 곡식이 폭포처럼 쏟아져 나오는 것이 보였다.

충격의 물결이 왕궁 병사들과, 백성들 사이로 퍼져 나갔다. 귀족들의 얼굴이 하얗게 탈색 되었다.

그들이 중얼거리기 전, 백성들 사이에서 먼저 고함이 일었다.

"무엇이든 만들어 내는 손이다! 일하지 않는 백성조차도 다 같이 먹여 살리는 자비로운 신의 손! 왕가의 피다!"

고함은 꼬리를 물고 이어졌다.

"세자저하께서 왕가의 피를 이으셨다! 우와아아아아아아!"

"세자저하 만세!"

"우와아아아아! 만세!"

귀족들의 다리가 풀리며 부들부들 떨렸다.

천 년 전부터 나타나지 않았다던 왕가의 피, 그것이 카알의 몸에서 아주 놀라울 정도로 구현되고 있었다.

왕궁의 가장 높은 뾰족탑 지붕이 우지직 소리를 내더니 부러지며 허공으로 떠올랐다.

그리고 국왕이 누워 있는 침대가 하늘로 떠오르기 시작했다.

화면이 바뀌며 '날개'가 형성한 여신의 모습으로 바뀌었다. 그 예쁜 여신이 방긋, 웃으며 말했다.

"주인님, 함선의 에너지로 국왕폐하께서 누우신 침대의 마법 트랩을 해제했습니다. 함선으로 모시겠습니다."

카알이 고개를 끄덕였다.

그리고 화면은 다시 카알의 모습으로 바뀌었다. 백성들에게, 카알이 말했다.

"여러분! 두 해 동안 연이은 흉년에 고생이 많았습니다! 이제 집에서 뭐 담을 것들을 잔뜩 가져오세요! 이 곡식은 여러분들의 고생에 대한 왕실의 위로가 될 것입니다!"

그리고 함선에서 곡식이 쏟아지기 시작했다.

그것은 곡식의 폭포였다.

함선에서 왕궁에 계속해서 곡식을 쏟아붓기 시작했다.

함선의 부피보다 큰 것은 물론이고, 아예 왕궁의 마당, 왕궁 바깥의 사람들까지 곡식에 물러날 정도로 쏟아지고 있었다.

쏴아아아아아아아—

점점 더 쌓이는 곡식을 바라보며 어느 한 병사가 바닥의 밀을 한 움큼 쥐었다.

그가 중얼거렸다.

"진짜 밀이다……!"

화면 안의 카알이 백성들에게 외쳤다.

"계속 쌓일 테니 뒤로 물러서세요! 어서 퍼 담을 것을 가져오세요!"

그의 말대로였다. 밀의 폭포는 계속 쏟아졌다.

왕궁 안 성안 중앙 광장이 이미 밀이 쌓여 차오르기 시작했다. 거기 있던 병사가 높은 곳으로 피신했다. 밀은 이제 성벽 때문에 점점 차오르고 있었다.

성문으로 쏟아지기 시작했지만 밀은 끝없이 쏟아졌고, 이제 왕궁 앞 광장도 사람 무릎이 빠질 정도로 곡식이 쌓이기 시작했다.

결국 곡식이 광장 너머 골목길까지 넘쳐 멀리까지 번지고 나서야 곡식의 폭포가 멈췄다.

사람들은 어느새 손에 자루며 물 푸는 그릇이며, 정식 곡식 항아리 등등을 들고 와 있는 사람들이 꽤 되었다.

카알이 웃었다.

"이제 우리나라에 흉년은 있어도 사람이 굶어 죽는 일은 이것으로 끝입니다, 그간 고생하셨습니다, 여러분!"

그의 활짝 웃는 모습을 보며, 정작 사람들은 눈물을 흘렸다.

사람 굶어죽는 일은 끝이라는 카알의 말에 저절로 눈물이 난 사람들이 많았다.

사람들은 그렇게 우는 눈으로 웃으면서 밀을 퍼 담았다.

귀족들은 자신들의 지배가 정말로 끝이 난 것을 깨달았다.

당장 곡식의 매점매석을 통해 이윤 추구를 극대화 하려고 엄청난 투자를 했던 귀족들의 얼굴은 그야말로 사색이 되었다.

카알은 곡식을 무료로 나누어 줄 것을 이미 천명한 것이다. 곡식을 돈 주고 사는 사람은 이제 아무도 없을 것이다.

그래서 아무도 농사를 지으려 하지 않는 사태도 오겠지만, 그게 문제될 것은 없었다.

'곡식'을 얼마든지 '만들어 낼' 테니까!

그것이 왕가의 피가 전하는 전설이었다. 왕가의 피는 그 무엇이든 마음대로 만들어 낸다.

사실 행성의 생명 유지 장치가 그런 힘을 대주는 것이지만, 그것까지는 몰라도 된다. 그들은 그럴 여유도 없었다.

국왕마저도 어이 없이 빼앗긴 귀족들은 멀거니 광장의 백성들을 쳐다보았다.

백성들은 밀을 퍼 가기 바빴다. 귀족들의 사병들도 마찬가지였다. 무기를 손에 든 자가 없었다.

병사들이 왕자 카알에게 먼저 굴복한 것이다.

귀족들 중 하나가 중얼거렸다.

"싸워 보지도 못하고 졌군……."

한 왕국의 귀족들이 왕궁을 점령하고 국왕을 인질로 삼았던 사태는 이렇게 해서 유혈 사태 없이 그냥 막을 내리고 말았다.

한 왕국의 정치경제뿐만이 아니라 사회체제 형태 전체가, 나아가 이행성에 인류 역사가 최초로 시작된 창세기로 회귀하는 첫걸음이었다.

*   *   *

국왕, 이수시느의 이름을 붙이고 떼는 권한을 가진 왕은 십 년 만에 일어났다. 아들 카알의 힘에 의해서였다.

함교 안에서 '날개'는 지난 십 년간 마나치료사들이 하지 못했던 치료를 해냈다. 그것은 막힌 기혈의 흐름을 뚫는 것이다.

그것은 또한 견자단의 무공지식이 없었으면 불가능한 일

이었다.

애당초 인공지능이 생성될 때 견자단이 같이 그들의 지식을 불어넣었다. 날개가 스스로 지식을 흡수했다고 해도 과언은 아니었다. 날개는 그렇게 이수시느 왕가의 마지막 왕을 일으켜 세웠다.

"아바마마!"

처음부터 끝까지 그 과정을 전부 눈물로 지켜보던 엘르가 먼저 늙은 왕의 손을 잡았다.

국왕의 손이 떨렸다.

"답답하더구나. 그간…… 아무것도 해 줄 수가 없어서. 아비로서 자식들에게 아무것도 해 줄 수가 없어서 답답하더구나. 죽고 싶도록 말이다."

그러면서 그가 엘르의 손을 마주잡고 그녀의 없어진 새끼손가락 자리를 쓰다듬었다.

"덧나지는 않았구나. 일 년 간…… 병석에서 네 상처 걱정만 했단다……."

쉰 목소리가 그렇게 흘러나왔다.

딸, 착하고 예쁜 딸의 손이 이렇게 된 것도 다 자기 책임인 것 같았던 아버지. 국왕의 눈에서 눈물이 굵게 한 방울 뚝, 떨어졌다.

"아바마마, 저는 이렇게 살아 있사옵니다. 탈은 좀 있었지만, 저는 그래도 무사하게 제 몸 건사하고, 그렇게 절 무사히 지켜 준 남자를 만났사옵니다."

엘르가 활짝 웃었다.

그리고 댄의 손을 잡아 이쪽으로 끌고 왔다.

댄이 허리를 굽혀 인사하자 국왕이 물었다.

"이름이 무엇인고?"

"댄입니다."

그리고 국왕은 얼굴을 돌려 엘르를 바라보았다. 호기심
가득한 눈으로 딸에게 설명을 종용했다.

엘르가 그간의 사정을 죽 설명했다. 국왕의 눈에서 다시
눈물이 흘렀다가, 손을 내밀어 댄의 손을 잡았다.

"우리 딸을 지켜 주어 고맙네. 내가 염려만 하던 사이에
아버지가 해 줘야 할 일을 대신 하는 남자가 생겼었군."

엘르의 얼굴이 빨개졌다.

"아바마마……."

그때 레땡이 끼어들었다.

"흠, 전하. 이제 괜찮으시옵니까?"

국왕의 얼굴에 웃음꽃이 그제야 환하게 번졌다.

"그렇네, 내 오랜 친구."

그러자 레땡이 마주 웃으며 말했다.

"제 부관이 친구 말고 신하 대접을 받아 오라 합니다.
뭐…… 돈이라든가, 봉토 같은 걸로요. 하기사 그것도 이제
뭐 별 의미 없는 일이 되었습니다만."

국왕이 한쪽 눈을 치떴다.

"의미가 없다니?"

레땡도 국왕의 그런 표정을 받아 한쪽 어깨를 으쓱, 올려
보였다.

"세자저하께서 폭탄 발언을 하셨습니다. 왕위를 잇지 않겠다고 하셨고, 귀족의 신분도 폐한다고 하셨죠. 앞으로는 다 평등한 사람들만 있는 나라로 바뀐다고 하시기도 하셨구요."

그래서 국왕은 고개를 끄덕였다.

"세자에게서 왕가의 피가 완벽하게 구현된 이상, 우리 왕조의 존재 목적도 여기서 끝이니, 그건 당연한 것이네, 내오랜 친구."

그러자 놀란 것은 레땅이었다.

"에…… 뭐 크게 역정을 내신다든지, 뭐…… 이렇게 세자저하를 말리시는 게 아니구요?"

에런도 놀랐다.

그러나 국왕은 웃었다. 그는 앞에 바른 자세로 서 있는 아들, 카알의 손을 잡았다.

"아니, 우리 한 왕국의 왕조는 왕가의 피가 완벽히 구현될 사람을 재 배출 하는 것이 목표였고, 그게 이루어진 이상 그게 어떤 세상이든 간섭할 권리는 없다네."

레땅은 고개를 갸웃 했다.

"어…… 그거…… 세상에 큰 혼란을 불러일으킬 것 같지 않으십니까?"

그러나 국왕은 요지부동이었다.

"만? 십만? 우스운 숫자네. 천만, 아니, 몇 십억 단위의 사람들을 평생, 아니, 대대손손 먹여 살릴 수 있는 위대한 존재를 일깨워 그들을 하나처럼 움직이게 하는 것이 왕가의 피일세. 혼란이 좀 있어도, 이제 곧 찾아올 생활의 혁명에 비하면 작은 것이라네. 이 세상의 모든 사람들이 일을 하지 않고도 먹고 살 수 있는 세상이 곧바로 열릴 테니까."

"일을 하지 않는다고요?"

레땡이 눈을 끔뻑였다.

카알이 대신 대답했다.

"그렇소, 레땡 경. 이제 인간은 문화 창작 이외에는 생산 활동 자체를 거의 하지 않을 것이오."

레땡은 말문이 막혔고, 옆의 롤리가 살며시 물어보았다.

"저기, 저하. 그럼 저는 무얼 하옵니까?"

카알이 웃었다.

"경이 하고 싶은 걸 하시오. 위대한 존재, 행성 생명 우지장치가 얼마든지 밀어 줄 테니까. 학문 연구를 더하든, 기계공학을 더하든, 아니면 빈둥빈둥 놀든, 그대 마음대로요."

그리고 경쾌하게 덧붙였다.

"경은 얼굴이 귀엽게 생겼으니 조금만 신경 쓴다면 연애도 그리 어렵진 않을 거요."

롤리의 입이 조금 늘어졌다.

"하필이면 연애라니, 저하……."

도대체 어떤 세상일지 감도 잡히지 않았다. 그리고 롯데도 떨리는 목소리로 물었다.

"감히 아뢰옵기 황공하오나, 사람들이 일을 하지 않는다면 세상 자체가 게을러지고 이기심으로 물들어 서로 전쟁으로 또 공멸하는 것은 아닐런지요."

"후대의 타락을 예상하는 것은 오만한 것이오. 그리고, 인간은 적응을 잘하는 존재요. 생산을 하지 않는 것들도 세상에서 잘 유지되고 있잖소."

"어떤 존재 말씀이시옵니까?"

"자연계의 동식물들 말이오. 또한 그들은 생산을 하는 것이기도 하지. 살아가는 것 자체가 충분히 일이 된다오, 롯데 경."

롯데는 알듯 말듯 했다.

"소신은 잘 이해가 가지 않사옵니다."

"앞으로 알게 될 거요, 롯데 경."

그때 날개의 알람이 울렸다.

―주인님, 제국에서 전투함들을 남서해안에 배치했습니다. 또한 친 왕국에서 칼날 산맥 병력을 참새 회랑 안쪽으로 이동시킬 기미를 보이고 있습니다. 왕실에서의 공식 선전포고가 임박했습니다.―

그러자 일행이 모두 서로를 쳐다보았다. 미리 얘기해 둔 것이 있었다. 엘르가 고개를 끄덕이며 댄에게 말했다.

"우린 먼저 떠나요."

"괜찮겠습니까, 누님?"

카알이 염려하자 댄이 왕가의 검을 두드리며 웃었다.

"이걸로 마수 와이번들을 지휘할 겁니다."

카알이 다시 염려를 표했다.

"음혈루 자밀라가 거기 가 있다고 하니, 조심하시길."

국왕이 직접 엘르의 손을 잡고 굳은 음성으로 말했다.

"조심하거라."

엘르가 국왕에게 솔직하게 말했다.

"나라를 지키자고 해도 사람을 죽이러 가는 길이라 마음이 편치 않을 뿐이옵니다, 아바마마. 제 안위는 이 사람이 있으니 심려 놓으시옵소서."

그러자 국왕의 눈길이 레땡에게로 돌려졌다. 레땡이 왕으로부터 괜히 친구 소리를 듣는 것이 아니다. 그가 손을 들어 휘저었다.

"아트에 왕국 노이레를 기억하시옵니까?"

국왕이 고개를 끄덕이자 레땡이 손가락 하나를 들었다가 바닥으로 내렸다.

"그 친구가 이렇게 형편없이 깨졌습니다. 저야 뭐 대적할 엄두조차 내지 못할 만큼 강한 초기사입니다. 병중에도 들으셨겠지만, 오웨느가 만들어 낸 초기사 자밀라에게도 밀리지 않습니다."

국왕의 눈이 댄을 향했다.

"자네는 정말 내 딸을 지켜 줄 수 있는가?"

그러자 댄이 웃었다.

"저야 물론이고, 칼날 산맥의 수많은 와이번들이 같이 지켜 드릴 겁니다."

와이번이라는 말에 국왕의 허락이 떨어졌다.

"엘르야 조심, 또 조심해야 한다."

엘르의 고개가 숙여졌다.

"가슴속에 새기겠사옵니다 아바마마."

엘르가 함교 중앙에 새로 만들어진 텔레포테이션 게이트에 섰다.

—주인님, 참새회랑의 델타 요새 안에 있는 왕궁 전용 텔레포테이션 게이트와 연결하겠습니다.—

"정말 조심해요, 누이."

엘르는 고개를 끄덕이며 웃었다. 댄이 같이 섰고 레땡과 그 기사들도 같이 섰다.

빛이 발판을 타고 천장까지 올라왔다. 빛의 기둥이 꺼지자 일행들은 이미 가고 없었다.

그리고 광검도 그 발판에 올라섰다.

드디어 견자단 형제가 또 찢어지는 것이다. 광수와 광겸의 눈빛이 걱정스럽게 쫓았고, 빛이 또 한 번 일고, 광검도 사라졌다.

국왕의 한숨 소리가 가늘게 들렸다. 그 소리를 들으며 카알이 날개에게 명령했다.

"함선을 남서해안으로 돌린다. 우리는 제국 5함대를 상대하고서 참새 회랑으로 갈 것이다."

—알겠습니다, 주인님.—

함선은 다시 항행을 시작했다. 눈 깜짝 할 사이에 멀어지는 함선, 백성들은 그저 손을 흔들어 화답할 뿐이었다.

"세자저하 만세!"

"국왕폐하 만세!"

날개가 전해 주는 백성들의 모습을 보며 레땡이 고개를

흔들었다.

"아직은 왕실에서 전해 내려오는 그런 세상 만들기가 힘들어 보이는데요……."

카알이 웃었다.

"반드시 해낼 거요. 차근차근 합시다. 하나씩."

함선은 빠르게 날았다.

*　　　*　　　*

자넷은 5함대를 타고 남서쪽 해안이 수평선 너머로 보이는 곳까지 왔다.

제국 5함대 사령제독은 일단 함대를 멈췄다.

"일자진을 형성한다. 돌격함은 진의 양쪽 끝으로 가서 대기하라!"

부우우우웅―

촤아아아―

수증기가 바다를 가득 채웠다. 하지만 그 위용에도 불구하고 그들은 일자진을 완성시키지는 못했다.

함선들이 마지막 정렬을 위해 움직이기 시작하는 찰라, 저 멀리 하늘에서 번쩍이는 빛이 보였다. 붉은색, 한줄기 광선이 바다를 찍었다. 그 광선이 바닷물에 닿자마자 물기둥이 퍼펑, 소리와 함께 치솟아 올랐다.

5함대 사령제독이 외쳤다.

"저, 저게 무엇인가!"

광선은 곧장 5함대 쪽으로 향했다.

퍼퍼퍼퍼퍼펑—

물기둥이 빠르게 그 광선 뒤를 쫓았고, 광선은 전함 하나를 덮쳤다.

그 광선이 전함의 옆구리를 관통하듯, 거대한 칼이 케익을 자르듯 지나갔다. 순간 쿠쿵— 하는 소리와 함께 전함의 선체에 틈이 생기고, 광선을 뒤따르던 물보라가 그 사이로 내뿜어졌다.

함대가 일자진을 펼치던 와중이었다. 그래서 광선은 방향을 직각으로 꺾어 다음 함선을 덮쳤다. 함선은 선수부터 선미까지 세로로 길게 쪼개졌다. 함교까지 정확하게 반으로 갈라진 것이다. 기다란 배가 그 길이대로 쪼개지며 폭발했다. 함포의 포탄이 폭발하며 통째로 갈라진 것이다.

그 광선은 그냥 스쳐 지나가기만 하는데도 강철의 함선이 좍좍 쪼개져 나갔다.

눈 깜짝 할 사이에 다섯 대나 길게 쪼개지며 물속으로 잠겨 들었다.

5함대 사령관은 넋을 잃었다. 그가 다급하게 소리쳤다.

"마법사들은 속히 뇌전의 창을 시전하라! 폭풍을 불러라! 저 나는 전함을 떨어뜨려야 한다!"

무전을 통해 명령이 전파되자 함대 전체에 지직거리는 뇌전의 거미줄이 생성되기 시작했다. 그러나 그 거미줄은 빠르게 붕괴되고 있었다.

퍼퍼퍼퍼퍼펑— 좌아아악—

콰콰쾅—

광선 줄기가 벌써 서른 대 가까이 잡아먹었을 무렵, 제국 함대의 마법사들이 펼친 뇌전의 창이 펼쳐졌다.

빠자자자자작—

그 무렵에 5함대 머리 위쪽까지 이동해 있었던 날개 함선은 뇌전의 창에 직격 당했다.

그러나 5함대가 원하는 대로 먹구름은 형성되지 않았다.

5함대 제독의 눈이 부릅떠졌다.

직격을 당하기는 했다. 하지만 미세한 차이로 뇌전의 창이 함선의 표면에 접근하지 못하는 것이 눈에 보였다.

"저, 저럴 수가!"

그때 자넷이 함교에서 솟아올랐다. 실드 호버링을 펼치면서 빠르게 함교까지 직진할 생각이었다. 함교를 치면 뇌전의 창이 위력을 제대로 발휘할 것이라는 느낌 때문이었다. 그때였다.

뇌전의 창이 날개 함에 다 빨아들여지면서, 그 기다란 뇌전의 창이 둥글게 뭉치기 시작했다.

거대한 뇌전의 구체, 아니, 날개함의 밑면을 타격하지 못하면서 계속 말려들어 뭉개지는 반구형의 뇌전이 생성 되는 것이다.

그 모습에 5함대 제독은 무슨 일이 생길지 직감했다.

"모두 배를 버려라! 물로 뛰어든다! 모두 배를 버려라!"

전체 공통 회선에 대고 고함을 친 순간, 날개 호의 밑면에 생성된 뇌전의 구체가 다시 밑으로 뻗어 나오기 시작했다.

빠지지지지지직—

그리고 도로 튕겨지며 밑으로 뻗는 그 반탄력에 마법사들이 모두 피를 토하며 쓰러져 버렸다. 그와 동시에 뇌전의 창은 날개의 힘에 의해 반사 되어 역으로 내뿜어졌다.

콰—빠자자자자자직—

5함대 전체 함선에 그 뇌전이 꽂히면서 모든 전선과 기계장치가 다 타 버리고, 배들은 멈췄다.

자넷은 허공으로 솟구치다가 뭘 어떻게 해보기도 전에 뇌전의 창을 맞고 추락했다. 아무리 초기사라해도 제갈청청이 그 힘을 다 준 것은 아니다.

마법사 거의 백 명 가까운 숫자가 펼친 힘에 더해진 날개의 힘까지 받아낼 수는 없었다. 자넷의 실드가 단번에 바스라지면서 그녀의 몸이 산산조각으로 갈라져 피를 확 내뿜었다. 거의 폭발 수준이었다.

"아아아아아악—!"

그녀의 몸이 바닷물 속으로 추락했다.

바닷물 속에 번지는 그녀의 피는 그 어린 나이만큼이나 붉었다. 바다는 어린 그녀의 피를 순식간에 다 빨아내고, 그것을 흔적도 없이 흩어 버렸다.

눈을 감지도 못한 자넷의 시신만이 차가운 어둠 속으로 가라앉고 있었다.

자넷에 대해 알지 못하는 카알 일행들은 곧바로 칼날 산맥으로 향했다.

"전속 전진."

*　　*　　*

자밀라는 불길한 기운이 한 가닥 침투하는 것을 느꼈다.

눈을 떴다.

동시에 막사 안 야전침대에서 벌떡 일어났다.

'왜 이러지?'

두근거리는 심장을 부여잡고 자밀라는 심호흡을 거듭했다. 가슴이 진정되는 것이 아니고 점점 힘이 빠져나가고 있었다.

"이건……?"

뚝, 눈물이 한 방울 떨어졌다.

눈에서 그냥 자동으로 눈물이 흘러내리고 있었다.

그리고 입에서 신음이 새 나왔다.

"자넷……!"

자신도 모르게 흘러나온 그 소리를 듣고서 자밀라는 깨달았다. 자넷이 죽었다는 것을.

그녀의 눈에서 눈물이 펑펑 흘러내렸다.

제국 기갑병과 친 왕국의 군대가 몰려있는 곳에서 소리를 크게 낼 수는 없었다. 자밀라는 손으로 입을 막고 야전침대에 쓰러져 울었다.

"자넷! 자넷! 내가 너를 죽였구나, 내가 널 죽였어……!"

자밀라는 제갈청청, 오웨느에게서 힘을 받은 후 처음으로 눈물을 흘릴 때의 무표정에서 벗어났다.

나타난 감정은 분노였다.

"오웨느 황녀마마······!"

자밀라는 처음으로 오웨느에 대한 증오를 나타냈다.

그러나 오웨느는 너무 먼, 아득한 높이에 서 있다. 그녀는 이를 악물었다. 자밀라는 두근거리는 가슴을 억지로 무시하며 눈을 감았다. 하지만 잠이 올 리가 없었다.

자밀라는 누운 채 그대로 단 한 가지 생각만 했다.

차라리 그때 자넷의 병원에 가지 말고 자신의 목숨을 내놓았어야 했다는 것을.

그녀는 울고 또 울면서 증오했다. 자기 자신과, 오웨느둘 다를.

*　　　*　　　*

참새 회랑 안쪽, 델타요새.

느닷없이 텔레포트 게이트가 열리자 경비병이 깜짝 놀랐다. 사실은 참새 회랑의 델타요새가 오천 년도 더 전에 지어진 것이라 그것이 텔레포트 게이트인 줄도 모르고 있었다.

"이게 뭐야!"

병사들이 칼을 들고 우르르 달려오려는 찰나에 엘르와댄, 광검의 모습이 드러났다.

급히게 보고를 받고 날려온 요새 사령관 텐도가 얼굴 표정을 관리하느라 애를 썼다.

"공주마마!"

엘르가 그를 쳐다보았다.

"소식을 듣지 못하셨나 보군요. 왕궁의 반란이 제압된 것을요."

텐도는 그 말을 듣고서야 무릎을 꿇으며 고개를 조아렸다.

"무전으로 보고를 받았사옵니다. 마마."

엘르가 물었다.

"텐도 경은 어찌하실 생각이신가요?"

텐도는 입을 우물거렸다.

그의 기억에 밍박의 진득하고 교활한 웃음이 떠올랐다.

'자신 있다고 큰소리를 떵떵 치더니⋯⋯!'

밍박은 이 참새 회랑 요새군에서 사천을 빼내 갔다. 텐도가 허가한 일이었다. 남쪽 부족 연합을 치고, 여세를 몰아 레땡까지 없애고 나면 그다음은 왕궁을 점거하기로 했다. 그런데 실패해 버렸다.

국왕과 왕세자 둘 다 죽었다면 모르겠지만 둘이 다 살아 있었고, 그렇다면 밍박에게 군사를 함부로 내준 것은 반역이다.

챙—

텐도는 허리에서 칼을 빼 들었다.

순간 댄의 눈초리가 날카로워졌지만, 그는 손을 쓰지 않았다. 텐도에게서 킬 필 프라나가 느껴지지 않았기 때문이다.

텐도는 한쪽 무릎을 마저 다 꿇고, 칼을 두 손으로 들어 엘르에게 바쳤다.

"죽여 주시옵소서."

엘르가 콧잔등을 찌푸리며 말했다.

"텐도 경, 지금 친 왕국의 선전포고가 발표되기 직전입니다. 병사들을 지휘할 기사이자 군을 통솔할 장수가 그런 생각밖에 하지 못한단 말입니까? 그리고 전 아바마마도 아니고, 세자저하도 아닙니다. 제게 죽여 달라니요."

"마마, 하오나 지금 마마께서 들고 계신 것은 왕가의 검이옵니다. 어찌 역적을 처단할 권한이 없다 하십니까."

텐도는 여전히 두 팔을 거두지 않은 채 고개를 조아렸다.

"마마, 왕권의 오랜 흔들림으로 인해 소신이 정치를 안정시키겠다는 밍박 공작의 꾀임에 넘어가 참람한 죄를 지었사옵니다. 죄 지은 자를 권력의 자리에 그대로 살려 두심은 앞으로 왕위에 오르실 세자저하께 큰 폐해로 돌아갈 것이옵니다."

엘르가 정말 화를 냈다.

"이런 생각을 지니신 경이 어찌 그런 큰 사고를 저지르셨단 말입니까?"

텐도는 말을 잇지 못했다.

그때 옆에서 광검이 살기를 발출했다.

콰아아아아—

"헉!"

텐도의 눈이 부릅떠졌다.

댄이 보호해 주는 엘르도 약간 떨릴 정도였다.

광검이 그렇게 사람을 제압해 놓고, 그대로 텐도의 칼을 보았다.

텐도의 손이 부들부들 떨리고 있었다. 그 떨리는 손위의 칼을 광검이 잡았다. 텐도의 손이 더 떨리기 시작했다.

그러자 광검이 물었다.

"정녕 죽고 싶소? 아님, 공주께서 기회를 한 번 더 주시면 죄를 만회하기 위해 열심히 싸워 볼 거요? 어느 쪽이요?"

텐도의 손은 와들와들 떨렸다.

그러나 그 와중에도 고개를 들어 그는 조심스럽게 델타 요새 안의 병사들을 쳐다보았다. 흡사 도미노처럼, 원형을 그리며 뒤로 주저앉은 병사들이 보였다.

텐도는 침을 꼴깍 삼켰다.

'잔머리 굴렸으면 정말 공포 속에서 죽을 뻔했다!'

엘르가 시기적절하게 텐도의 손을 잡아 주었다.

"텐도 경, 상황이 급하니 어서 일어나 요새 군을 지휘하세요. 일단 왕국의 이 큰 위급상황을 헤쳐 나가면 백성들에게도 뭐라고 변명할 기회가 생기지 않겠습니까?"

시간 적절하게 딱 맞춘 말에, 텐도는 고개를 아예 바닥에 처박았다.

쿵―

"마마! 불충한 죄인, 목숨을 바쳐 적을 막겠사옵니다!"

그에 따라 요새 안의 기사 급 지휘관들과 폰, 병사들도 일제히 엘르에게 무릎을 꿇었다.

"추—웅—!"

엘르가 손을 들었다.

"모두 일어나세요! 시간이 급합니다! 적들이 제국에게서 지원 받은 탱크를 상대할 계획을 논의하겠습니다. 어서요!"

탱크를 상대할 방법을 알려 준다는 말에 텐도와 지휘 기사들의 고개가 번쩍 들어졌다.

일단 병사들은 제자리로 돌아가서 다시 제국과 친 왕국의 연합군을 살펴보기 시작했고, 엘르와 요새 지휘관들은 작전 회의에 들어갔다.

그리고 잠시 후, 그들은 경악으로 인해 눈이 찢어지게 커졌다.

"와이번이라니오! 그것도 둥지라니!"

"마마! 너무 위험한 방법이옵니다!"

먼저 반대가 나왔다.

기사, 지휘관급 기사, 부사관급 폰들까지 모두 다 반대의 뜻을 명확히 했다.

텐도는 아무 말도 하지 않았다. 모두들 텐도가 나서서 엘르를 말려 주기를 바라고 있었다.

텐도는 엘르를 똑바로 주시했다.

엘르가 잡은 저 왕가의 검, 그것이 마수들을 길들이는 칼이라는 것을 몰랐던 것은 텐도로서도 마찬가지였다. 그러나 텐도는 엘르의 확고한 믿음을 보았다.

엘르의 태도는 요지부동이다.

텐도는 벌떡 일어섰다.

모두의 눈이 그에게로 쏠린 찰라, 텐도는 입을 열었다.

"마마, 혹시 세자저하와 통신이 가능하겠사옵니까?"

엘르가 고개를 끄덕였다.

그녀가 숨을 고르고 마나를 끌어 올렸다. 왕가의 피를 지닌 그녀의 특별한 마나파장이 왕가의 검에 박힌 드롭을 자극했고, 그 자극에 파장이 별안간 퍼지는 것이 아닌, 갑자기 한줄기로 밀집되어 전진하는 형태가 되었다.

회의실에 있는 사람들 모두 다 마나를 다루는 사람들이다. 왕가의 검이 보여 준 광경에 휘하 장수와 지휘관들이 온몸을 굳히며 차려 자세를 취했다.

그 직후, 왕가의 검에서 파장을 받아들이는 것이 느껴지자마자 그 파장이 하나의 움직이는 그림을 만들어 냈다.

날개 호를 타고 이쪽으로 날아오는 카알의 모습이 비춰진 것이다.

텐도가 고개를 숙였다.

"저하를 뵙사옵니다."

그러자 나머지 지휘관들은 차려 자세에서 팔을 굽혀 올리며 충, 하고 소리쳤다.

그러자 그 움직이는 그림, 카알이 웃었다.

"이쪽은 정리되었소. 그쪽으로 날아가는 중이니 서너 시간 후면 볼 수 있을 거요. 그나저나 경과 지휘관들의 분위기를 보아하니 내 누이에게 칼을 겨누지는 않았던 모양이구려."

텐도의 고개가 더 떨어졌다.

"소신, 전쟁을 끝내고 나서 저하께 스스로 목숨을 바치려 하옵나이다!"

그러자 카알이 웃었다.

"힘없는 왕세자가 납치되듯 다른 차원 이계에 가서 한 달 넘도록 안 돌아오니 누구라도 그랬을 테지. 일단 상황 정리하고 봅시다. 나도 내 누이처럼 누구 벌주는 건 그닥 체질에 맞지 않아서 말이오."

텐도의 어깨가 잘게 떨렸다.

"저하……!"

카알이 웃음을 그쳤다.

"시간 없소, 경들은 이걸 보시오."

그리고 그림이 바뀌었다.

거대한 웅덩이, 그리고 그 한편에 부서진 성의 윤곽이 보였다.

"저, 저것이 무엇이옵니까?"

텐도가 묻자 카알에게서 충격적인 소식이 흘러나왔다.

"저것이 바로 제국 황도요. 오웨느 황녀가 저 땅을 통째고 파내고 허공에 띄워, 그걸 타고 이리로 날아오고 있소."

"예? 저하, 오웨느 황녀가 무슨 신이라도 된다는 말씀이시옵니까?"

그러자 카알이 손가락을 딱 튕겼고, 그림이 다시 바뀌었다.

분명히 맑은 하늘이었다. 그 하늘을 배경으로 하얀 구름이 태평하게 흐르고 있었다.

그런데 그 구름이 난데없이 달궈지기 시작했다.

구름이 시뻘겋게 물들며 소용돌이치듯 천천히 와류를 형성하는 것이다. 한마디로 거대했다.

그 와류의 중심을 불룩하게 만들며 뭔가가 드러나고 있었다. 그 구름을 뚫고 나오는 것은 하나의 기둥이었다.

기둥은 급속하게 확대되기 시작했다.

그림에 꽉 차고도 한참이나 확대되어 당겨지자, 거기 까마득하게 하나의 점이 서 있는 것을 볼 수 있었다. 그림은 그리고도 계속 더 확대되었다.

그러자 텐도의 입에서 신음이 터져 나왔다.

"오, 오웨느 황녀……!"

그 까만 점은 오웨느였다. 그녀는 눈을 하나 뒤덮은 기괴한 소용돌이 흉터로 빛을 내뿜고 있었다.

인류의 창세기 기록은 없어졌지만, 전설과 종교 경전에 남아 있는 야사는 이렇게 전한다.

같은 문양의 소용돌이지만, 중심에서 바깥으로 터져 나가는 빛의 움직임은 붉은색, 알카루스를 의미하는 것이라고.

텐도의 입에서 신음이 흘러나왔다.

"정말이었단 말이옵니까? 오웨느 황녀가 알카루스의 매개체가 되었다는 것이……!"

작전 회의실에 있던 모든 지휘관들의 경악이 서린 음성을 뒤로하고 오웨느의 악독한 미소는 더 확대되며 커졌다. 그리고 원래 그림의 화면 크기보다 더 커지며 지나쳐 갔다.

순간, 그녀의 뒷모습으로 그림의 각도가 바뀌면서 띠링, 하는 알람이 들렸다.

—주인님, 방금 오웨느 황녀의 힘으로 날려져 오고 있는 암석 기둥이 친 왕국의 경계를 넘었습니다. 친 왕국의 참새 회랑 침략군을 이틀 내로 정리하지 못하면 큰 힘을 동시에 두 군데나 맞아야 할 것 같습니다.—

텐도의 눈이 일그러졌다.

카알의 모습으로 바뀐 화면에서 카알은 옆으로 빠지고 레땡이 얼굴을 드러냈다.

텐도의 입이 씁쓸하게 움직였다.

"레땡……!"

그러나 레땡은 아무렇지도 않다는 듯 웃었다.

"오, 내가 그렇게 미웠나?"

텐도는 고개를 흔들었다.

"아니, 결국은 자네가 또 옳았으니까…… 난 결국 자네 판단력을 따라가지 못하는군. 병환 깊은 폐하를 그저 애틋한 마음 하나로 맹목적인 받침뿐이라고 생각했었는데…… 결국 자네가 왕실의 안정을 가져왔어. 내가 틀렸군."

그러자 레땡이 눈썹사리를 손톱으로 긁었다.

"아, 그건 나도 운이 좋아서 그런 거라 내세울 건 없고 말이야, 혹시 참새 회랑 국경 서쪽으로 정찰 좀 보내 봤나?"

텐도기 고개를 끄넉였다.

"현재 친 왕국에서 선전포고를 곧 발할 것으로 예상이 되고, 적은 지금도 몰려들고 있네. 제국의 탱크는 사십 대. 마법사의 수는 탱크 하나당 둘이 철통처럼 보호하고 있는 실정일세. 그 마법사들을 다시 기사들과 폰들이 보호하고 있고. 아마 우리가 위에서 공격을 가하면 일반 보병을 보호할 실드까지 염두에 두고 있는 것 같아."

레땅이 손으로 턱을 고이더니 인상을 썼다.

"그럼 기사를 대동한 법사의 습격이 어렵다는 뜻이군."

"그렇네. 탱크를 땅 속으로 처박을 여지를 원천 차단한 것이지."

그 말을 들은 레땅은 눈을 돌렸다.

"그럼 한 가지 방법밖에는 없군."

텐도의 눈도 그래서 레땅의 시선을 따라 돌아갔다.

거기 왕가의 검을 집고 꼿꼿하게 서 있는 엘르가 있었다.

"너무 위험해, 레땅."

그러나 레땅은 고개를 저었다.

"이번 한 번만 더 믿어 봐."

그러더니 레땅은 손가락으로 가리켰다. 거기 댄이 서 있었다.

"나 말고, 저 친구를 말이야."

댄이 히죽, 웃었다.

그의 이야기는 똑똑히 들었다. 노이레를 간단히 패대기쳐 버린 초기사. 텐도의 고개가 결국 끄덕여지고 말았다.

"저하와 전하께서도 승인하신 일인가?"

그러자 레땅이 화면 속에서 엄지와 검지로 동그라미를 만드는 모습이 보였다.

텐도가 숨을 크게 쉬었다. 그리고 명령했다.

"공주마마를 요새의 옥상으로 통하는 길목으로 모시게! 그곳에서부터 와이번의 영역으로 올라간다!"

"장군! 그것은!"

항의가 일었지만 텐도의 고개는 가로저어졌다.

"시간이 없다! 어차피 공주마마께서도 나라와 백성들을 위해 목숨을 거신 일! 죄인 된 우리도 마땅히 같이 목숨을 내놓을 것이다. 참새 회랑이 저들을 막지 못한다면, 이 나라는 끝이니까!"

텐도는 손을 올려 가슴에 붙이고 외쳤다.

"마마, 제가 직접 모시겠습니다!"

엘르의 고개가 끄덕여졌다.

"부탁드리겠습니다. 텐도 경."

텐도 휘하 지휘관들은 모두 입을 다물고 말았다.

그렇게, 광검과 엘르 일행은 칼날 산맥의 절벽을 타고 오르게 되었다.

무시무시한 와이번들이 떼를 이루어사는 칼날 산맥 절벽에.

*　　　*　　　*

대륙의 동쪽이 바야흐로 전운에 뒤덮이고 있었다. 친 왕국에서 드디어 선전포고를 발표한 것이다.

친 왕국은 옛날 왕이었던 군주의 가문만 넷을 가진, 실질적으로는 제국이었다.

그런 친 왕국은 한 왕국에게 선전포고를 하고 있었다.

"바야흐로 세상은 평화로워야 하는 법이며, 그 평화는 지배와 복종이 잘 지켜지는 법도에서 나오는 것이다! 한 왕국은 작은 왕국임에도 이를 어기고 세계질서를 무시하면서까지 공동의 영토를 자신만의 영토라 주장하니, 이제 본 왕은 그런 부덕을 바로잡고……."

말은 돌려서 표현했다.

그러나 결국 내용인즉슨 칼날 산맥 내놔라, 라는 요지였다.

친 왕국 왕성에서 공식 발표된 이 선전포고문은 대륙 곳곳의 무선전신소를 타고 빠르게 전파되기 시작했고, 그리고 칼날 산맥 서쪽 기슭 참새 회랑 출구가 보이는 곳에 모여 있던 정벌군 부대 야영지에도 전달되었다.

친 왕국 정벌대 샤이룽 사령관은 드디어 진군 명령을 받았다.

샤이룽은 격동에 차 몸을 부르르 떨며 친 왕국의 수도를 향해 경례를 붙였다.

"전하! 신 샤이룽! 기필코 전하의 명을 받들어 한 왕국을 벌하고, 칼날 산맥을 찾아오겠나이다!"

샤이룽의 외침이 울렸다.

"황도의 자밀라 경을 모셔 오라 어서!"

"예!"

부하 지휘관들이 빠르게 움직이기 시작했다.

천막 바깥에서 부하기사의 흥분한 외침이 들렸다.

"자밀라 경! 자밀라 경?"

자밀라는 부스스, 눈을 떴다. 외침이 다시 한 번 들려오고 있었다.

"일어나셨습니까, 자밀라 경?"

자밀라는 상반신을 일으켜 세웠다. 좀 멍했다.

어차피 처음부터 잠을 청하지 않았었다. 자밀라는 잠을 잘 수가 없었다. 오웨느에 대한 수많은 원한의 말과, 자넷에 대한 수많은 미안함의 말을 되뇌느라 입술은 말라서 부르터 버렸다.

밤새, 소리 없이 입술만 달싹거려 절규한 결과물이었다.

자밀라는 충혈 된 모습으로 천막을 나섰다.

기사가 그 모습을 보고 깜짝 놀랐다.

"자밀라 경! 초기사를 능가한다는 경 같은 분도 이토록 깊은 고심을 하실 줄은……!"

자밀라는 머리카락을 뒤로 쓸어 넘기며 피식 웃었다.

"고민하고 또 하지요. 죽을 사람 수를 이번엔 혹시라도 좀 더 줄일 수 있을까 하고요."

그러나 속마음은 그것이 아니다.

자밀라의 속은 아직도 절규가 끝나지 않았다.

'마마, 마마, 오웨느 마마!'

오직 그것뿐이었다. 자넷은, 그리고 자넷보다 먼저 죽어간 수십만의 사람들은 도대체 무엇이었을까?

걸어가면서 자밀라는 뒷목이 점점 더 뜨거워지는 것을 느꼈다. 그래도 마나를 돌려 몸 근육을 풀지 않았다. 긴장한 그대로 두는 것이다. 고통이 좋았다. 고통스럽고 싶었다. 그렇게 몸이 편치 않으니 마음도 더 굳어 갔다.

그런 상황에 샤이룽이 웃으며 맞는 인사를 받아 주자니 너무 괴로웠다.

샤이룽이 그녀에게 약간 고개를 숙이며 흥분한 목소리로 말했다.

"자밀라 경! 드디어 선전포고가 한 왕국을 강타했소이다! 어서 우리 작전을 펼칩시다! 전차부대의 진격을 허용해 주시오, 자밀라 경!"

자밀라는 고개를 숙이며 답인사를 하고, 입술 꼬리를 비틀며 자신을 조소했다.

"우리 전차가 마땅히 맨 앞으로 앞장설 것입니다, 사령관 각하."

자밀라는 기갑부대 지휘관에게 고개를 끄덕였다. 지휘관이 경례로 그 명령을 받았고, 곧 외침이 이어졌다.

"자랑스러운 제국의 2기갑사단! 부대 주력 X—115 탱크, 모든 운전병은 엔진을 켜라!"

커다란 복명복창이 이어졌다.

"X—115, 모든 탱크 엔진을 켜라!"

운전병들이 딱 맞춰 한 덩어리로 외쳐서 얼핏 들으면 소름이 끼치게 들렸다.

부우 우웅—

"목표는 참새 회랑 돌파! 전차대는 진군하라!"

쿠르르르르르릉—

제국의 X—115 전차대가 돌격해 들어가기 시작했다.

마법사와 기사들이 있다지만, 기본적으로 원거리 무기가 활과 창밖에 없는 한 왕국 델타요새로서는 치명적인 돌파력을 맞닥뜨린 것이다. 전쟁은 그렇게 시작되었다.

자밀라의 헝클어진 마음과, 가난한 한 왕국의 고달픈 방어 투쟁으로.

40.

주저앉아 울지 않는다

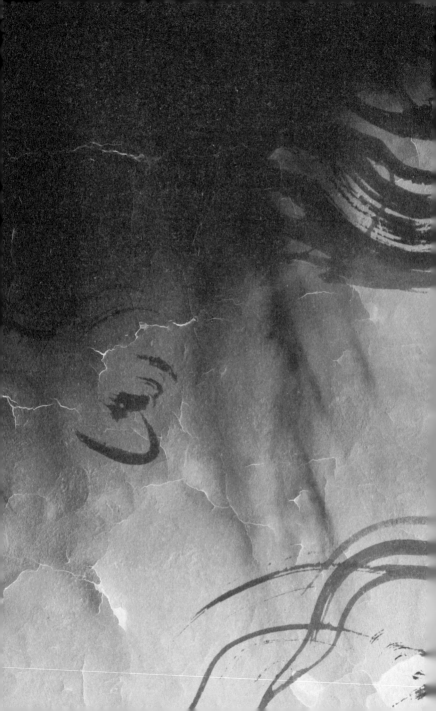

끼아아아아아아아아—

와이번의 경고 소리가 절벽을 온통 울려 대고 있었다.

델타요새는 그야말로 백오십 미터 높이에 절벽을 파고 들어가 만들어진 요새. 최상층 부는 참새 회랑의 길 표면에서 삼백 미터 지점이었다.

참새 회랑의 중앙이 지표 700미터 지대였으니 델타요새 옥상에서 나오자마자 1000미터, 와이번의 영역이 바로 시작되는 부분인 것이다.

텐도가 고개를 수그리며 말했다.

"무운을 빌겠사옵니다, 마마!"

그때 계단 밑에서 보고가 올라왔다.

"제국의 전차들이 진군 시작했습니다! 세자저하의 함선이 도착하기 전에 여길 통과하려는 것 같습니다!"

텐도의 얼굴에 긴장이 올라왔다. 그러면서도 차마 보낼 수 없는 곳에 들여보내는 것처럼, 엘르를 쳐다보았다.

"네, 어서 들어가 병사들을 지휘해 주세요."

엘르가 작게 말했다.

댄이 그녀를 잡아끌어 절벽에 몸을 바짝 붙게 했다.

"와이번들은 보초를 따로 둬요. 그 보초들이 밑으로 내려와 감시하죠. 그래서 와이번들이 새끼들을 안전하게 지킬 수 있는 거예요."

엘르가 고개를 끄덕였다.

"텐도 경! 어서요!"

텐도는 다시 한 번 그런 엘르를 쳐다보고서야 델타요새 안으로 들어갔다.

바람이 거셌다. 마나를 운용하지 않으면 금방 날아갈 것 같았다. 엘르도 그 바람을 예상하고 치마에서 착 달라붙는 바지로 갈아입었다. 참새 회랑의 좁은 지형은 거의 종이 한 장차이로 이런 바람의 흐름이 달라진다.

"이런 바람을 타고도 제자리에 멈춰 서 있는 놈들이에요. 그런 운용력 때문에 아주 정밀한 타격이 가능하니까, 정신 바짝 차려야 해요."

댄이 먼저 탁 뛰었다.

실드 호버링을 하면 와이번들이 한꺼번에 와락 달려든다. 그것은 좀 더 올라간 다음에 이뤄져야 했다.

그리고…… 광검은 그것 때문에 왔다.

광검은 조끼의 날개를 활짝 펼쳤다. 바람이 그의 몸을 확 띄웠다. 광검의 신형이 절벽 면에서 한 이십 미터 즈음 떨어지며 치솟았다.

광검이 1000미터 경계를 돌파한 바로 그 순간, 바로 그때 경계를 하던 와이번이 울었다.

끼아―아아아아아―악―

와이번의 고함이 화강암의 절벽을 찢어 버릴 듯 울렸다. 메아리가 치며 절벽 양쪽을 때려 참새 회랑 안쪽을 흔들었다. 소리만으로도 참새회랑의 오 킬로미터 구간을 통째로 흔드는 위력이었다.

광검은 그 울음소리를 무시하고 계속 치솟았다.

빠르게 치고 올라가는 광검을 향해 와이번 둥지에서 경고 소리가 연이어 터져 나왔고, 결국 가장 밑에 위치한 둥지부터 와이번들이 뛰쳐나오기 시작했다.

"지금! 자, 올라가요!"

댄이 엘르를 감쌌다. 절벽의 턱을 박차고 뛰어올랐다.

그들이 올라가는 방향의 직각에서 약간 모자란 사선으로 부는 바람이 엘르의 뺨을 푸들거리게 했다. 잘려져 나갈 것 같았다.

엘르는 그제야 칼날 산맥의 이름이 거의 직각으로 솟은 돌산 때문이 아니라, 바람 때문에 붙었다는 것을 깨달았다.

'무슨 바람이……! 정말 칼날 같아 으윽!'

살점이 떨어져 나갈 것 같았다.

그리고 댄은 자신을 안고서도 그것을 이기고 있고, 광검은 아예 와이번의 시선을 집중시키며 날고 있는 중이었다.

드디어 첫 번째 둥지에 이르렀다.

부모가 온 줄 알고 부리를 벌리던 와이번 새끼가 놀라서 맹렬하게 울며 어미를 찾았다.

광검을 쫓던 와이번 무리에 흔들림이 생긴 것이 바로 그때였다.

와이번 서너 마리가 방향을 바꿔 둥지 쪽으로 날아왔다.

광검이 그 와이번들을 향해 칼을 휘둘렀다.

아무리 아래쪽이라 해도 백 미터는 족히 떨어진 곳이었다. 그러나 광검은 충만한 힘을 느끼고 있었다.

레땅의 집 지하에서 나온 많은 양의 드롭은 견자단에게도 커다란 영향을 미쳤다.

힘은 차원이 달랐다.

그의 가슴에 빛나는 소용돌이 문양이 거세게 회전하기 시작했다. 제갈청청과는 반대로 안에서 중심으로 모여드는 회전이었다.

번쩍—

빙정(氷精)의 힘을 담은 강기가 백 미터 떨어진 와이번의 몸을 강타했다. 그리고도 강기는 일자로 그만큼을 더 뻗어 나가 와이번을 둥지 밑 절벽 면에 처박아 버렸다.

끼아오————!

와이번이 비명을 지르며 추락했다.

콰앙—

와이번의 거대한 몸체가 준 충격음이 델타요새의 턱밑을

크게 흔들었다.

요새 안에서 그 장면을 바라본 텐도 사령관의 고개가 흔들어졌다.

"굉장하군…… 와이번을…… 하물며 그것을 죽이는 것도 아니고 이렇게 살려 가면서……!"

텐도의 눈에 참새 회랑을 가득 메운 와이번들이 보였다. 평생을 이 참새 회랑에서 보냈지만, 저 정도로 많은 와이번을 구경하는 것은 텐도로서도 몇 번 되지 않았다.

그건 지옥이었다.

그 지옥에 세 사람은 들어가 있다. 텐도는 더 굳게 무기를 쥐었다.

부관이 소리쳤다.

"옵니다! 제국 X—115탱크입니다!"

쿠르르르르르르르—

참새 회랑 전체를 울리며 제국의 탱크부대가 그 모습을 드러내고 있었다.

"좋아! 제 일 파! 공격!"

텐도가 외치자 요새의 작은 틈으로 마법사들의 얼음화살이 내리꽂혔다.

파파파파파파파팍—

얼음 가루들이 날리며 참새 회랑의 칼바람과 섞여서 길바닥에 두꺼운 얼음을 형성했다. 그것을 탱크 뒤쪽의 마법사들은 불의 마법으로 녹이려 했다.

당연한 반응이었다.

한데 거기서 반전이 일어났다.

텐도의 뇌에 일어난 경악이 몸의 경련으로 이어졌다.

레땅이 분명히 엘르의 입을 통해 전한 것이다.

—마법이 목표에 무조건 다 들어가는 것 같지? 하지만 안 그
래. 안 보이는 상황 하에서라면, 게다가 공기가 마구 떨릴 만큼
큰 바람이 좁은 곳으로 휙휙 불어제치는 곳이라면, 파장도 분명
히 흐트러지지.—

처음엔 엘르가 전하는 그 '안 보이는 곳'이라는 말이 무
슨 뜻인지 이해가 가지 않았었다. 그런데…….

제국 측 마법사들이 탱크 뒤, 기사들과 폰들의 보호를 받
는 곳은 엄연한 전방 사각지대였다.

앞이 보이지 않는 곳이다.

그곳에서 불길이 솟구쳐서 탱크 앞의 얼음을 향해 타원을
그리며 마구 쏟아졌다. 불똥들이 하강 곡선을 그릴 때 와이
번들이 일으킨 바람은 좁은 참새 회랑을 가득 채웠고, 난기
류를 형성했다.

크고 작은 소용돌이가 참새 회랑을 가득 채운 형상이었다.

불덩이들이…….

"너울거린다!"

텐도의 눈이 크게 떠졌다. 정말 얼음으로 떨어지는 불덩
이가 너울거리고 있었다.

아지랑이처럼.

—봄에 아지랑이는, 덥혀진 공기가 너울거리며 올라가는 것 때문에 빛의 굴절이 일어나서 생기는 현상이야. 참새 회랑의 와이번들은 날개 힘이 무척이나 세. 그 수백 수천의 와이번들이 날개 짓을 일제히 회랑 안에서 파닥거리는 정도면, 아지랑이처럼 마나파장은 어쩔 수 없어도, '불이 가진 플라즈마를 왜곡시키고 흐트러뜨릴 수는 있지.—

텐도와, 그 수하 장수들, 그리고 기사들과 병졸들이 지켜보는 가운데 떨어진 화염들은 얼음에 맞고도 계속 굴러다녔다. 얼음 표면만 살짝 녹이는 것이다.

그것은 레땡의 호언장담대로 얼음 표면만 살짝 녹이는 데 그쳤다. 그래서 제국군 탱크들의 캐터필러 한쪽이 헛돌면서 미끄러졌다.

원래 길목 자체가 좁은 곳이어서 탱크 두어 대만 미끄러져도 홱 돌면서 충돌이 일어나는 효과가 꽤 크다.

후웅—

수십 톤 무게가 헛도는 광경도 일대 장관이었다.

콰직—

"어억!"

뒤쪽에서 꾸역꾸역 밀고 올라가던 후대가 같이 엉켰다.

미끄러진 탱크가 당황해 재빨리 궤도를 바꾸려 이리저리 움직여 보지만, 비탈은 아직 끝난 것이 아니었다. 한 번 잃어버린 접지압은 제국군의 뒷열 탱크에도 영향을 미쳤다.

"우와아앗!"

결국 거의 구십 도나 회전하면서 미끄러진 탱크 하나가 뒷열 탱크에 부딪혔다.

콰자작—

그리고 탱크 하나가 더 미끄러지며 참새 회랑 바깥벽에 부딪혔다.

기사와 폰들이 마법사들을 안고 뒤로 물러서면서 보호했기 때문에 전열이 흐트러졌다.

그 와중에 탱크의 보호막 밑에서 전진하던 병사들은 탱크의 휘도는 틈바구니에서 그대로 당했다.

병사들이 서로 엉키며 쓰러지고, 탱크의 캐터필러 밑에 말려 들어갔다.

"아아아악!"

여기저기서 비명이 일었다. 수십 톤짜리 탱크에 깔려, 육신이 터지고, 납작해져서는 다리를 부들부들 떨고 있었다. 병사들은 삽시간에 수십 명이나 죽고 다쳤다. 게다가 탱크 포탑에서 날개처럼 나온 방패가 꺾인 경우도 있고, 전열이 흐트러졌기 때문에 이백 명 넘는 병사들이 보호 방패 밑에서 드러났다.

텐도가 힘차게 명령했다.

"쏴라!"

요새 사격창에서 화살이 밑으로 쏟아졌다. 바람이 휘몰아쳐 화살을 흩었다. 대부분 탱크 윗면 방패에 부딪혔지만, 거의 천 발에 육박하는 화살은 눈 깜짝 할 사이에 친 왕국 병사들을 셀 수 없이 쓰러뜨렸다.

그리고 그 약간의 혼돈 시간을 벌어 준 덕택에 와이번의 첫 번째 둥지, 엘르 일행의 악전고투에서는 이변이 발생했다.

엘르가 왕가의 검을 뽑아 들었다.

그러나 와이번은 이블 고곤과는 차원이 또 다른 마수였다.

이블 고곤을 단숨에 찍어 허공으로 높이 올렸다가 내려쳐 그 충격으로 상처를 입혔다가, 재생하기 시작한 이블 고곤을 계속 괴롭혀 결국 죽여서 먹는 마수.

와이번들은 이블 고곤과는 달리 적극적으로 왕가의 검에 박힌 드롭을 빼앗고, 엘르를 죽이고자 하고 있었다.

수없이 몰려든 와이번들이 끼악대며 엘르를 위협했다.

댄과 광검 둘이서 모조리 그들을 쳐서 몰아내고 있었다.

엘르는 칼 같은 바람 속에서 입을 아주 살짝 벌렸다. 그러자마자 칼날 바람이 세차게 몰려들어 숨을 쉬기가 어려웠다. 그러나 와이번들의 살의가 계속 커지는 와중에 더 이상 가만히 당하고만 있을 수는 없었다.

그녀는 결국 무리를 했다.

"후으읍!"

그녀는 왕가의 검에 박힌 드롭에 마나를 흘려 넣었다.

위—이잉—

그녀의 숨은 오래 지속될 수 없었다.

댄이 일단 그녀의 등에 손을 얹으며 그 파장을 일차로 키웠다.

댄이 맡고 있던 쪽에 구멍이 생겼지만, 어쩔 수 없었다.

그래서 광검도 순간적으로 엘르에게 날아들었다.

와이번들의 날개 짓이 모두 셋을 향해 모이기 직전이었다.

광검의 손이 엘르의 배에 닿은 순간.

번쩍!

칼날 산맥의 유일한 통로 참새 회랑 안에서 강렬한 빛이 터져 나왔다.

그 빛은 참새 회랑 전체를 감쌌다. 날고 있던 모든 와이번들의 이마가 파스스— 타오르면서 드롭이 드러났다.

와이번들의 눈알이 희번뜩 돌아가 흰자위만 드러났다. 그랬다가 천천히 검은자위가 돌아오기 시작하더니, 와이번들은 모두 다 회랑 바깥으로 날아올랐다.

아주 잠깐 바람이 멈췄다.

요새 내의 한 왕국 수비군들도 회랑의 친 왕국 병사들도 모두 일순간 동작을 멈췄다.

빛은 그만큼 강렬한 것이었다. 와이번들의 울부짖는 소리가 갑자기 멎었기 때문에 모두 하늘을 올려다보았다.

소리를 내는 와이번들은 없었다. 그리고 사람들은 아주 신기한 광경을 목격하게 되었다.

참새 회랑의 강한 바람이 다시 불어오기 시작할 무렵, 와이번들은 그 강한 바람을 이용해 제자리에 떠 있는 것이다.

수백, 수천 마리가 한꺼번에 강풍 속에서 제자리 호버링을 하고 있는 모습은 두려운 광경이었다.

흡사 누군가의 지휘 아래 편대비행을 하는 것처럼 느껴졌다. 친 왕국 병사들이 동요하기 시작했다.

방금 그 파장은 빛의 형태로 전해졌기 때문에 그 누구도 알 수 없었다. 능력치가 대단히 높아서 파장에 대단히 민감한 사람만이 알 수 있을 정도였다. 지금 자밀라의 경우가 그랬다.

자밀라의 마나파장에 갑자기 와이번들의 살의가 증폭되었다. 그 살의가 향하는 방향은 정확히 이쪽이었다. 자밀라는 급하게 실드로 몸을 감싸고 호버링으로 떠올랐다.

샤이룽이 깜짝 놀랐다.

그녀가 떠오르는 광경을 보면서 샤이룽도 큰일이 벌어졌다는 것을 직감했다.

허공으로 올라간 빛의 구체로 모든 와이번들의 눈이 쏠렸다. 자밀라가 외쳤다.

"전군 퇴각! 참새 회랑에서 빠져나가라—!"

그리고 샤이룽에게 다시 외쳤다.

"마수들이 누군가에게 충성의 느낌을 전하고 있습니다! 샤이룽 총사령관! 어서 퇴각하세요!"

그러면서 자밀라는 그 파동의 중심점을 어렴풋이 찾았다. 와이번들의 복종심이 향하는 그 중심, 와이번 둥지에 서 있는 그녀, 엘르.

그리고 다음 순간, 거대한 마나파장이 확 퍼져 나왔다. 자밀라의 눈이 급격하게 커졌다.

'이것은 그, 그 사람이다!'

자밀라의 목숨을 끊지 않고 살려 주었던 그 남자였다.

나중에 황궁으로 돌아가서야 한 왕국에 벌어진 일을 보고

받았고, 그 남자 이름이 댄이라는 것을 알았다.

밍박과 아틸라가 공을 들여 왕궁에서 내쫓은 공주 엘르를 도운 남자라는 것도.

잊을 수가 없는 사내였다. 그의 마나파장은 더 그랬다.

그의 마나파장이 참새회랑 안을 쩌렁쩌렁 울릴 듯 터져 나온 것이다.

그런 댄의 마나파장을 타고 엘르의 외침이 참새 회랑을 울렸다.

"탐욕을 절제하지 않고 남의 것을 빼앗으려는 자들을 벌하라!"

다음 순간 샤이룽의 명을 따라 텔레파시로 철수 명령을 내린 마법사들이 먼저 허둥대기 시작했다.

와이번들의 날개가 일제히 꺾이고 있었다. 바람이 다시 불었다.

와이번은 이 칼날 산맥의 바람 속에서 태어나, 그 바람을 타고 살다가 바람 속에서 죽는다. 바람이 다시 분 순간 와이번들은 일제히 괴성을 질러 댔다.

끼야아아아아아악!

와이번들이 수직으로 꽂히기 시작했다.

슈우우우—

수많은 와이번들이 한꺼번에 병사들과 마법사들을 향해 내리찍혔다.

"우와아아아악!"

와이번의 날개 짓은 예술에 가까웠다. 떨어지면서도 반쯤

접은 날개로 가속을 붙인다.

빠른 속도로 내리꽂히다가 병사들이 엉겁결에 창칼을 쳐든 순간 날개를 활짝 펴며 제동을 걸고, 급커브 곡선을 그리며 다시 하늘로 올라갔다.

직각에 가까운 급상승만으로도 사람이 날려 쓰러지는 큰 충격파 같은 바람이 나왔다.

쿵—

참새 회랑이 흔들릴 것 같은 소리였다. 그런데 그것이 한두 마리가 아니었다.

쿠쿵— 쿵— 쿵쿵쿵쿵쿵—

일단 수십 마리가 그런 식으로 급상승 충격파를 뿌리고 나자 서 있는 병사들이 얼마 없었다.

나머지 병사들은 패닉 상태에 빠져 뒤돌아 도망치기 시작했다. 친 왕국 병사들의 비명 소리가 들리기 시작했다.

와이번의 이차 무리가 참새 회랑에 내려앉으며 병사들을 쪼았다. 워낙에 큰 부리였다. 쓰러진 병사들은 그 한 방에 몸이 두 동강나며 피를 뿌렸다.

*　　　*　　　*

게다가 후미의 먼저 도망치기 시작한 병사들 극히 일부만 빠져나갈 수 있었다. 나머지는 참새 회랑 안쪽에 갇혀 버린 것이다. 그것도 무시무시한 와이번들에 의해!

절망한 기관총 사수들이 발포했다.

타타타타타타타타—

그러나 와이번들은 마나 운용하지 않은 생 거죽만으로도 50밀리 포탄을 버틴다. 기관총 따위로 뭘 어떻게 해볼 수는 없었다.

와이번들이 더 화가 나서 병사들을 공격하기 시작했다.

끼아아아아악!

샤이룽도 같이 갇혀 있었다. 그가 외쳤다.

"탱크에 무전을 넣어! 와이번을 겨냥해 쏘라고 해 어서!"

그리고 샤이룽의 뜻이 전해지기도 전에 이미 탱크의 주포가 뒤로 회전하고 있었다.

기이이이잉—

콰앙—

와이번 한 마리가 등에 포탄을 맞았다. 피가 터지며 와이번의 큰 몸체가 앞으로 쏠렸다.

"우와아아아아악!"

병사가 비명을 질렀다. 하지만 와이번의 몸체에 깔리는 일은 일어나지 않았다.

와이번은 넘어질 듯하다가 날개를 확 펼치며 바람을 쳐냈고, 균형을 유지하다 날아올랐다.

병사들 서넛이 간신히 일어났다가 다시 나동그라졌다.

그때 엘르의 말이 다시 증폭되었다.

"모두 날아올라!"

와이번들이 일제히 날아올랐다.

급작스러운 바람과 돌풍으로 병사들은 서 있을 수가 없었다. 드디어 퇴로가 열렸다.

병사들이 서둘러 퇴각하기 시작했다. 그리고 수만의 병사들이 등을 보인 그 순간, 광검이 참새 회랑에 뛰어내렸다.

쿠우웅―

내려서자마자 바로 근처의 탱크 몸체에 손을 떼었다 붙였다.

순간적으로 탱크의 몸체 안에서 격렬한 떨림이 울려 나왔다.

두우우웅―

뒤늦게 탱크를 보호하는 마법사들과 기총 사수들이 광검을 노렸지만 광검의 실드는 까딱도 하지 않았다. 광검은 더 빠르게 탱크 사이를 누볐다.

잠깐 사이에 탱크는 열다섯 대나 충격적인 진동음을 내면서 멈춰 섰다.

그것도 가장 뒷열의 탱크였다. 앞줄의 탱크들은 이제 후진할 수도 없게 되었다.

그 틈을 노리고 허공의 와이번들이 다시 내리꽂히기 시작했다.

후퇴하던 친 왕국 병사들의 비명 소리가 참새회랑에 가득 찼다.

*   *   *

거대한 땅덩어리였다.

땅의 기둥을 통째로 들어 올린 형상, 그것이 하늘에 떠 있었다. 그 맨 위, 중앙에 제강청청이 떠 있었다.

어느 순간 제갈청청의 눈이 반짝 빛났다.

그녀의 눈이 먼 서쪽을 향했다.

입가가 사악하게 늘어나며 웃는다.

"거기서 힘을 쓰고 있었던 게냐?"

참새 회랑에서 번쩍인 빛이 수천 킬로미터 떨어진 이곳까지 전달되지는 않았지만, 그녀는 그 힘의 파장만큼은 분명히 느꼈다.

그녀의 혀가 입술을 비집고 나오며 슥 훑었다.

"광검…… 네가 홀로 떨어져 나오다니…… 죽고 싶다는 게냐? 호호호호호호호!"

그녀는 알았다. 광검이 혼자 떨어져 있고, 나머지 둘과 합류하려면 두어 시간은 걸린다는 것을. 물론 그들도 자신의 위치를 알고 있을 것이다.

"후후후후…… 내가 텔레포트를 할 수 없을 거라 생각했느냐?"

그녀는 웃었다.

"나는 제갈청청, 내가 곧 피이고, 내가 곧 죽음이다!"

그녀는 순간적으로 공간이동을 했다.

다음 순간, 일 킬로미터 상공에 떠 있던 흙과 바위의 거대한 기둥은 떠 있을 힘을 잃었다.

밑은 제국 황도에 버금가는 대도시였다. 사람들이 엄청나게 붐비는 곳이기도 했다. 제갈청청은 그것을 상관하지 않고 그 흙더미를 놓아 버린 것이다.

직경이 2킬로미터에 높이가 5킬로미터나 되는 흙더미가

대도시를 강타했다.

쿠구구구구구구구—

그것뿐만이 아니었다.

탈란제국 황도의 지하 깊은 곳에는 마탄이 있었다. 황실 무기 연구소, 그것이 통째로 같이 들려 온 것이다.

제갈청청의 마나가 마지막으로 그것을 작동시켜 충격을 받으면 폭발하게 맞춰 놓은 상태였다.

대도시가 순식간에 붕괴되는 충격이 일면서, 마탄 열두 개가 한꺼번에 폭발했다.

번—쩍!

폭발 소리는 아예 들리지도 않는 충격이 탈란제국 중앙의 군사 도시였던 메넥타를 휩쓸었다.

초속 300미터의 초강풍이 반경 이십 킬로미터를 휩쓸었고, 그 강풍은 섭씨 6000도가 넘는 고열을 동반한 상태였다. 그 초열의 강풍 때문에 십층 높이로 쌓은 단단한 건물들이 단숨에 터져 나가며 불지옥을 펼쳤다.

먼저 떨어졌던 거대한 흙더미가 순식간에 녹아 용암으로 변하면서 그 위력을 더 했다.

직접적인 일차 폭발 지역이 아니었던 곳, 반경 오십 킬로미터 근방도 이차로 몰려온 고열 폭풍 때문에 사람들이 질식해 죽고, 화재가 일어 곳곳이 시체뿐이었다.

폭발의 중앙은 이미 용암이 되어 지층을 녹이고 있었다.

먼지도 피어난 버섯구름을 타고 상공으로 치솟아 올라 행성의 제트기류를 탔다.

검은 먼지, 해를 삽시간에 가리는 이 재앙이 행성 대기권 전체로 점점 번져 나가고 있었다.

그런 짓을 다 예상하고도 제갈청청은 웃으며 떠났다.

그녀의 예상대로 거대한 폭발과 이백만 명 이상의 사망자, 칠백만 명 이상의 부상자가 발생했다.

더 나아간 폭발 여파 때문에 근처의 상황이 악화되면서, 그들도 곧 죽음을 맞을 터였다.

결국 제갈청청은 혼자서 천만 명을 죽인 것이다.

그리고 웃으며 광검의 힘을 흡수하러 떠났다. 사람들의 한 번에 죽지 못해 흘리는 마지막 단말마의 신음이 세상에 가득 차는 것 같았다.

그녀는 그렇게 웃으며 공간을 열었다.

참새 회랑이 눈앞에 보였다.

그리고 열심히 탱크를 멈춰 세운 광검이 거기 있었다.

탱크 사십대가 다 멈춰 있었다. 그녀의 눈썹이 올라가며 반갑다는 얼굴을 했다.

"내 아들아…… 힘을 꽤 길렀더구나. 그렇다면 이 에미에게 네 힘을 바쳐야 하지 않겠느냐?"

소리가 들려서 쳐다본 것이 아니다. 느껴지는 것은 온통 살기였다. 안 볼 수가 없었다. 그 거대하고 지독한 살기덩어리를, 광검은 무척이나 슬픈 얼굴로 바라보았다.

"결국…… 사람들을 그렇게 많이 죽이고, 다시 또 죽이고 싶어 하시는군요, 어머니."

제갈청청은 하늘에 대고 크게 웃었.

"깔깔깔깔깔! 힘은 누구나 다 추구하는 것이고, 더 많이 가질수록 사람을 죽일 권리도 가지게 되는 것이란다! 아직도 모르겠느냐?"

광검은 정말 슬픈 얼굴을 했다.

"예, 정말 모르겠습니다, 어머니."

"그래서 너는 나를 죽일 수 없는 것이다."

말을 마친 제갈청청은 허공에서 포탄처럼 폭발했다.

분명 몸이 폭발한 것 같은데, 그녀가 서 있던 자리가 폭발의 충격파를 낸 것뿐이었다.

제강청청의 몸은 이미 광검 앞에 나타나 있었다.

그녀의 손이 앞으로 뻗어졌다.

콰쾅—

제갈청청의 눈가에 희미한 놀람이 스쳤다.

"막다니!"

그녀가 기쁨에 찬 비명을 질렀다.

광검은 빠르게 쏘아져 참새 회랑의 단단한 설록암 절벽을 뚫고 박혔다.

콰쾅—

광검이 다시 쏘아지면서 제갈청청에게 기파를 뿜었다.

제갈청청은 미소를 더 짙게 올렸다.

광검은 생각보다 강했다. 그리고 그것이 제강청청의 마음에 들었다. 그녀는 광검의 힘을 빨아먹을 생각에 몸이 부들부들 떨릴 정도의 희열을 느꼈다.

벼락처럼 부딪혀 들어갔다.

꽈꽈쾅—

광검이 이번엔 쏘아지듯 날려지지 않고 그냥 바닥을 까 헤치며 끌리듯이 부딪혔다.

푸바바바바박—

단단한 바닥을 마구 파헤치면서 속도가 줄었음에도 광검의 몸은 탱크를 움찔 거리게 만들 정도로 세게 부딪혔다.

텅—

광검의 입에서 피가 울컥 뿜어져 나왔다. 제갈청청의 입에 사악한 미소가 다시 걸리고, 그녀가 흡선충을 내뿜으려던 순간이었다.

그녀의 미소가 사라졌다.

허공이 열리며 하늘을 나는 함선이 나타나고 있었기 때문이다. 제갈청청의 눈이 찢어지게 커졌다.

"함선을 통째로 텔레포트 시키다니!"

있을 수 없는 일이 벌어진 것이다. 길이가 백 미터 훨씬 넘는 거대한 덩치가 통째로 텔레포트 하다니!

* * *

방금 전, 날개의 함교.

날개는 정말 빠른 속도로 북상하고 있었다.

광수와 광검은 정말 초조했다.

날개가 알려왔다.

—대륙의 중앙에서 거대한 폭발이 일었습니다. 에너지파

장이 퍼진 동로를 볼 때 반경 수십 킬로미터를 휩쓰는 폭발
일 것으로 추정됩니다.—

순간 일행의 얼굴색이 모두 변했다. 광검이 고함을 질렀다.

"둘째어머니! 결국!"

광수는 날개가 보여 주는 영상을 말없이 노려보고 있었다.

폭발, 충격파, 열폭풍, 용암…….

지옥이었다.

광수는 주먹을 꽉 말아 쥐었다. 그의 손은 이제 마교의
무공을 잊었다. 그러나 정말 강한 힘이 들어 있다. 그는 영
상이 아닌 그 너머 허공을 노려보며 천천히 말했다.

"광검이 오웨느 황녀와 붙을 시간은 지금 곧인가?"

그러자 날개가 대답했다.

—큰 힘이 충돌하는 것은 파장이 빠르게 전해져 옵니다.
참새 회랑의 와이번들에게 박혀 있는 드롭으로 상황을 지켜
보는 중입니다. 오웨느 황녀와 광검님의 첫 번째 부딪힘이
일어나는 즉시, 본 함선은 공간이동 하겠습니다.—

광검이 꼬부라진 곡도의 손잡이를 으스러져라 쥐고 기도
했다.

"작은형, 두 번만 버텨!"

그때였다.

날개의 영상이 확 켜졌다.

와이번의 눈이 지켜본 영상이 드롭 공명으로 인해 날개에
전달된 것이다.

광검이 절벽에 처박히는 모습이었다.

다시 거기서 튕겨져 나오듯 오웨느를 향해 덮쳐드는 광검.

그것을 보며 카알이 재빠르게 명령했다.

"공간을 열어라! 날개!"

—지금 공간이동을 실시합니다.—

순간 빛이 일었다. 시속 500킬로미터로 북쪽을 향해 날아가던 날개는 빛과 함께 사라져 버렸다.

그 빛조차도 날아가던 꼬리를 그리며 사라지고 있었을 만큼 빠른 속도였다.

*   *   *

제갈청청은 눈을 찢어지게 떴다.

"어떻게, 어떻게 이럴 수가!"

그녀로서도 전혀 예상하지 못했던 사건이었다.

함선이 통째로 텔레포트 될 줄은 그녀도 몰랐다. 얼핏 초고대 지식에 조상들이 이 행성에 자리 잡을 때 그런 항법을 써서 당도했다는 글귀 정도는 읽은 것 같기도 했다.

"워프 항법?"

제갈청청이 경악성을 내지르며 광검의 심장을 향해 손을 뻗었다.

흡선충이 터져 나가던 순간, 날개에서 빛이 번쩍했다.

본능적으로 제갈청청은 움찔 했다.

그녀의 심강(心罡)이 아니었다면 빛의 속도인 광선포를 막아 내지 못했을 것이다.

지지직—

소리가 나고 전율할 만큼 저릿한 고통이 단전을 휩쓸자 제갈청청은 다시 오웨느의 지식을 훑었다. 전기나 플라즈마 같은 에너지를 이용해 발생시킨 초 고열의 광선.

"빔 무기로구나!"

그녀의 분노가 온몸을 불태웠다.

유황 냄새가 참새 회랑을 불태우기 시작했다.

알카루스가 기어 나오고 있었다.

"크억?"

제갈청청이 몸부림을 쳤다. 그러나 알카루스는 행성 전체를 총괄하는 생명 유지 장치들이 공급하는 에너지다. 그녀가 감당할 수 있는 수준이 아니었다.

제갈청청은 그제야 위대한 존재의 파편이 자신의 눈을 하나 삼키고 박힌 원인을 알았다. 알카루스의 힘을 자신의 것으로 만들었다고 착각한 것부터가 어긋나기 시작한 것이다.

그걸 건드리지 않고 그냥 인간 세상에서의 절대자로만 만족했어도 이런 일은 없었을 것이다.

생명 유지 장치를 유기적으로 연결할 수 있는 인공지능 날개가 파장을 내기 시작했다.

밑에서 퇴각하던 샤이룽과, 자밀라가 이 광경을 보았다. 샤이룽은 특히 더 경악했다.

"이, 알카루스라니! 우리, 우리 왕국이 악마 알카루스를 도와 침략 전쟁을 했었다니!"

샤이룽은 병사들에게 퇴각을 더 서두를 것을 명령했다.

있어 봐야 더 희생만 늘어날 뿐이었다. 그러나 자밀라는 달랐다. 그녀는 여기 있어야만 했다.

날개의 파장은 어디를 향했는지 그녀도 느껴졌다. 행성의 다른 위대한 존재들을 부르고 있는 것이다.

그녀는 오웨느 황녀가 알카루스로 변하는 모습을 보았고, 그런 알카루스가 가진 내면에 순결을 잃고 흔들리다 죽은 동생 자넷을 떠올려야 했다.

그녀는 그래서 친 왕국군을 따라 도망칠 수가 없었다.

자밀라는 숨을 죽이고 상황을 지켜보기 시작했다.

알카루스가 위대한 존재를 부르는 날개를 향해 불길을 내뿜었다.

그 불길을 향해 광검이 솟아올랐고, 날개의 함교에서 광수와 광검이 뛰쳐나와 합세했다. 그리고 댄도 같이 끼어서 막아 냈다.

콰콰콰쾅—

넷이 허공에서 잠깐 흩어졌다. 댄은 그 한 번에 바닥으로 추락했다. 견자단도 낭패한 모습이었다.

알카루스는 비웃음을 흘리며 다시 손을 휘젓고 있었다.

카알이 외쳤다.

"한 번만! 한 번만 더 막아요! 한 번만 더 막으면 돼!"

견자단이 입가에서 피를 흘리면서도 알카루스의 불길을 막아섰다. 그때.

퇴각하던 친 왕국군 사이에서 빛 한줄기가 일었다.

그 빛이 쏘아져 견자단과 같이 합쳤다. 그리고 알카루스의 지옥 불길을 막아 냈다.

콰콰콰콰쾅—

견자단에 비하면 크기가 작았지만, 그 힘이 있고 없고의 그 차이는 굉장히 큰 것이었다.

알카루스의 불길은 이번에도 날개의 함교를 건드리지 못했다.

모두들 이 뜻밖의 상황에 놀랐다. 그리고 친 왕국군에서 솟아올랐던 그 빛은 날개의 함교에 처박혔다.

쩌억—

피가 터져 나왔다.

주륵—

날개의 함교 창에 피가 흘렀다. 카알이 놀라서 외쳤다.

"음혈루 자밀라!"

그때 알카루스의 입이 열리고 분노를 토해 냈다.

"네년이 감히……!"

작은 불꽃 하나가 그녀의 몸을 관통했다. 자밀라의 입에서 다시 피가 토해졌다.

그러나 그녀는 웃었다.

"당신은 자넷, 그 아이를 건드리지 말았어야 했, 푸익— 사람도 너무 많이 죽였…… 쿠우웩!"

그녀는 이것을 마지막으로 날개의 갑판에 떨어졌다.

그래서 제간청청의 마지막 이성이 툭 끊어졌다.

"감히, 감히 착한 마음 따위…… 그 지저분한 비겁함을 내게 들이대다니! 크와아아아아악!"

알카루스가 다시 이를 악물고 힘을 쥐어짜 내는 견자단을 격살하려 손을 들었을 무렵이었다.

갑자기 날개 말고 다른 곳에서 파동이 울려 나오기 시작했다.

"크와아아아악!"

하늘 한군데가 일렁이는 것이 보였다. 일렁임은 점차 빛으로 변해 갔고, 그 빛이 밝아지며 커졌다.

이제 완전히 알카루스가 된 제갈청청이 발악을 했다.

그러나 그 공간의 일그러짐은 한두 개가 아니었다. 공간이 여기저기서 열리고 있었다.

마치 하늘이 갈라지는 것 같았다.

*   *   *

밑에서 지켜보던 한 왕국 요새군과 칼날 산맥 기슭으로 철수하던 친 왕국군이 입을 모아 중얼거렸다.

"위대한 존재들이다…… 그들이 한 자리에 모였어……!"

다른 말로는 행성 생명 유지 장치가 알카루스를 초기화시키기 위해 모인 것이다.

우우우우우우우웅─

알카루스가 몸부림을 쳤다.

"크워어어어어어어억─!"

에너지를 주는 방식은 간단했다. 애초에 이 행성을 뒤덮고 있던 악한 의지는 사람의 마음이 위대한 존재의 힘을 쓸

때 그 마음을 타고 기어 나온다.

알카루스가 제갈청청을 완전히 삼킨 순간 행성 생명 유지 장치들은 인간의 감응을 느끼지 못하게 되었다.

알카루스의 파장만이 남은 것을 느끼자 행성 생명 유지 장치들은 에너지를 퍼부었다. 더 큰 힘을 받아들여야 할 알카루스는 점점 자신의 존재가 깎여 나가는 것을 느끼며 마구 불덩이를 내뿜었다.

유황불이 생명 유지 장치를 향해 쏘아졌다. 그러나 그 불길은 닿지 못하고 중간에 사그라졌다.

그와 동시에 알카루스의 몸에 일어난 불길이 그 몸을 스스로 삼키며 터져 나가기 시작했다.

불길이 사그라지고 있다가, 사람만큼 작은 불꽃이 남았을 때 여자의 비명 소리가 들렸다.

"꺄—아—아아아아악——!"

제갈청청의 마지막 단말마였다.

견자단은 멍하니 허공에 떠 있었다.

믿겨지지 않았다.

귀도 멍했고, 목은 찢어질 만큼 아팠다. 온몸은 아직도 뜨거운 화상을 호소하고 있었다. 머리도 멍했다.

참새 회랑의 와이번들은 그제야 소리를 내며 날아다니기 시작했다. 빙빙 도는 것이 꼭 그들도 같이 허탈해하는 것 같았다.

참새 회랑에 다시 칼날 산맥의 바람이 불었다.

그 바람을 얼굴로 스치면서, 견자단은 별별 생각이 다 떠올랐다.

실험실, 백선고, 사부 윤홍광······.

광검이 먼저 눈물 한 방울을 뚝, 흘렸다.

"안녕히 가십시오, 어머니."

광수와 광검이 그 말에 정신을 차리고 가까이 모였다. 광검의 어깨와 팔을 붙잡았다.

하지만 말을 하지는 못했다. 그들은 같이 울었다.

광수도 사실 어머니가 죽던 날을 잊지 못한다. 내색은 못했지만, 그간의 감정이 소용돌이치면서 결국 굵은 눈물 한 줄기를 흘려야 했다.

광검이 쓰윽, 손등으로 눈물을 훔치며 마지막으로 불타 흩어지는 불꽃에 대고 말했다.

"다음 생엔 탐욕을 잘 다스리는 사람으로 태어나세요, 둘째어머니!"

날개가 참새 회랑 전체에 영상을 켰다. 왕도에서 그랬던 것처럼 친 왕국군 병사들과 한 왕국 병사들 개개인 모두에게 그 영상을 띄워 놓고 설명했다.

—알카루스는 소멸했습니다. 그것을 구체화시켰던 인간도 같이 소멸했습니다. 이제 악마라고 불리던 규모의 탐욕은 끝났습니다.—

뒤이어 카알이 그 영상에 등장했다.

한 왕국 요새군의 함성이 요란하게 울려 퍼졌다.

"와아아아아! 세자저하 만세! 공주마마 만세!"

카알이 손을 들고 조용히 할 것을 말했다.

퇴각하던 친 왕국군은 정말 긴장했다. 이제 카알이 마음 먹기에 따라 그들은 죽느냐 사느냐가 결정될 것이다.

와이번의 위력은 끔찍한 것이었다.

그리고 더 끔찍한 것은 아까 알카루스의 공격을 받고 떨어졌던 댄이 꿈틀거리며 다시 날아오르는 장면이었다.

모든 사람들이 그 이름을 알아 버렸다. 그가 움직이는 것을 본 순간 찢어지는 비명이 터져 나왔기 때문이다.

"대애애애애애애앤————!"

날개는 눈물을 흘리며 그에게 달려가는 엘르를 비추고 있었다.

뒤이어 카알이 친 왕국군, 특히 샤이룽에게 말했다.

"저렇게…… 여러분들도 집에서 애태우면 기다리시는 분들이 계시죠?"

순간 사람은 물론이고 와이번들까지 다 소리를 내지 않았다.

칼날 산맥의 바람만이 훙훙 소리를 낼 뿐이었다.

카알이 웃었다.

"아직 우리는 단 한 명의 병사도 희생을 기록하고 있지 않습니다. 친 왕국과 전쟁을 끝내는 협약을 정식으로 해야겠지만, 일단 여기서의 전투는 이것으로 끝이라고 믿어도 되겠지요? 장군."

그러자 샤이룽은 말에서 내려 영상 속의 카알에게 허리를 깊이 숙였다.

"샤이룽, 한 왕국의 세자저하께 큰 은혜를 입고 돌아갑니다. 이 정벌의, 아니, 침략의 결과, 그 실패의 결과, 그리고…… 탐욕에 눈이 어두웠던 결과는 종전 협상에서 다 말씀드리도록 하겠습니다. 다시 한 번 생명을 아껴 주신 은혜에 깊은 감사를 표합니다."

그리고 샤이룽은 말을 타지 않았다.

그는 병사들과 같이 걸었다.

그의 늙은 눈에서도 눈물이 한줄기 흘러내리고 있었다.

그는 그렇게 참새 회랑을 터벅터벅 걸어 내려갔다.

자신만만하게 올랐던지 딱 반나절 만이었다.

"이제 패전의 책임을 져야 하겠구나……."

샤이룽은 한 왕국이 처음 행성의 문을 연 창세기 때처럼 융성할 것임을 직감했다.

너무 오래되어 잊고 살았던 전설이었다.

위대한 존재를 인간의 삶을 위한 도구로 쓰는 그런 시대의 얘기를, 눈앞의 현실만 쳐다보다가 잊고 살았다.

게다가 인접한 이 나라를 괴롭히고 그 역사를 왜곡해 숨기려 한 일들도 책임져야 할 것이다.

늙은 장군의 눈물은 오래도록 이어졌다. 그의 발도 몇 톤이나 나가는 것처럼 무겁기만 했다.

그렇게 참새 회랑의 전투가 끝났다.

제갈청청, 오웨느가 남긴 흉터는 끔찍했다.

그 상처를 달래는 일만으로도 엄청난 일이 될 것이다.

*   *   *

"게이트가 거의 닫히기 직전입니다!"

롯데가 외쳤다.

텐도는 뒷수습을 지휘하고 있었고, 견자단과 카알 등은 날개에 타고 서둘러 텔레포트를 행했다.

바다 위, 구름 기둥까지 온 그들은 입을 다물지 못했다. 구름기둥은 이제 기둥이 아니었다.

간신히 형체만 보이는 연기 덩어리 같았다.

견자단은 곧 카알과 댄, 레땡 등등에게 인사를 했다.

롯데는 입술을 깨물었다.

이제 광검이 저 세계로 돌아간다. 그녀는 아무 일도 없었던 것처럼 처음부터 다시 시작해야 했다.

광검은 도망치는 모든 남자들이 그렇듯 그녀와 눈을 마주치지 않았다. 그리고 그녀에게 말 없는 작별인사를 했다. 롯데는 웃었다. 그리고 말했다.

"나라는 여자에게는 비겁했어도…… 이 세계를 구해 주었으니까 용서해 줄게요. 잘 가요."

"그래. 미안하다. 간다."

광검은 고개를 들지 못한 채 말하고는 돌아서며 말했다.

"좋은 남자 만나."

정말 욕 나올 만큼 상투적인 말이었지만, 롯데는 그래도 고개를 끄덕여 줬다. 어차피 보내는 마당이었으니까.

치익

소리가 들리고 함교 문이 열렸다.

그 문으로 견자단이 함교를 빠져나와 날아올랐다. 그들의 뒤로 종남일기와 녹진자가 손을 흔들고 있었다.

그들은 돌아가지 않는 것이다.

어차피 탈각이나 바라볼 남은 인생을 고리타분하게 보내기 싫다는 게 이유였다. 종남일기가 외쳤다.

"안부나 잘 전해 줘라, 이놈들아! 가서 우리 욕하지 말고!"

견자단은 손을 흔들었다.

그리고 흩어지기 일보직전, 막 끊어지려는 중원과의 통로로 뛰어들었다.

그리고……

마지막 한줄기의 연기마저도 흩어져 사라졌다.

완전히 끊어진 것이다. 녹진자가 중얼거렸다.

"그냥 갈 걸 그랬나, 선배?"

"야, 나잇값 좀 해라. 뭐 이랬다 저랬다야."

녹진자가 웃었다.

"허허, 그렇다는 말이오. 저놈들 무사히 돌아가기는 했으려나? 너무 늦게 들어간 것 같은데?"

종남일기가 고개를 끄덕였다.

"운이야 천생 타고난 놈들인데 뭐. 잘 돌아갔을 거야. 행복하게 잘살겠지 이제."

그럴 거라고 믿어 보는 두 사람이었다. 두 노인은 이제 노을이 지는 바다의 수평선을 바라보았다.

"그래도 석양이 쓸쓸하지는 않겠소, 선배."

"내가 뭐 네놈 마누라냐? 뭔 개소리야 그게."

"아, 나 참, 뭘 그리 삐딱선을 타요?"

종남일기와 녹진자는 그렇게 투덕거리며 마수의 숲으로 다시 들어가 버렸다.

그렇게 시간이 흘렀다. 세계는 다시 안정을 찾기 시작했다. 한 왕국과 친 왕국의 협력 아래 위대한 존재의 힘을 사용하는 것이 연구되기 시작했고, 물질이 더 풍요로워지면서 장밋빛 미래에 대해 사람들은 희망을 가졌다.

잘될지는 모르지만, 어쨌든 좋은 생각을 해야 좋은 결과를 얻을 수 있으니 말이다.

*　　　*　　　*

아침햇살이 유달리 느껴진다고 생각했다. 연미는 툇마루에 앉아 나뭇잎에 반짝이는 이슬을 보고 있었다.

그때 까치가 울었다.

깟깟깟—

연미는 한숨을 쉬었다.

"휴—"

배가 산만해졌다. 연미는 조심스럽게 일어났고, 살살 산책을 시작했다.

문이 열리며 조용한 목소리가 흘러나왔다.

"막내야, 산책 나가느냐?"

"네, 어머님."

모용석화였다. 그녀도 일찍 일어나 정갈한 모습으로 연미와 같이 나섰다. 홍춘도 부스스한 눈을 비비며 걸어 나왔다.

그리고 엄자령도 같이 있었다. 그녀의 배도 약간은 볼록했다. 모용석화가 웃었다.

"오늘은 그럼 다 같이 바람 쐬자꾸나. 조심조심."

그때였다.

허공에서 목소리가 들린 것은.

"저희도 같이 가시죠."

분명 광수의 목소리였다.

그러나 그녀들은 섣불리 고개를 위로 향하지 못했다.

그러다가 쳐다본 것은 아연이 외치는 소리 때문이었다.

"어! 아빠! 삼촌!"

그녀들이 놀라서 위를 쳐다보는 순간, 삼형제가 하늘에서 내려왔다.

가장 얌전했던 연미가 와락 뛰었다.

모용석화가 놀라서 외쳤다.

"막내야! 산달이 된 애가 조심해야지!"

그러나 그녀의 외침은 소용이 없었다. 견자단의 얼굴을 보는 순간에 세 며느리가 다 각자의 서방을 향해 달려들었기 때문이다.

모용석화는 다시 한숨을 쉬었다.

하지만 방금 전과는 완전히 다른, 정말 안심한 한숨 소리였다.

그녀의 마음이 푹 놓였다. 아들들이 돌아온 것이다.

햇살이 따뜻했다.

다짜고짜 울기 시작한 홍춘의 감정 표현에 광수가 어머니께 절부터 한다고 곤란해하자, 홍춘이 그제야 눈물을 슥 닦고서는 한마디 하는 것이다.

"또 이렇게 길게 속 썩여 봐! 그땐 어머니 계셔도 너 죽고 나 죽는 거야!"

광수의 비명이 안마당을 울렸다.

"알았다! 알았다고! 이젠 다른 데 안 간다고!"

모용석화의 눈에 결국 눈물이 맺혔다.

제갈청청에 대해 다른 설명이 필요 없지 않은가.

아들 삼형제, 견자단은 일이 마무리 지어져야 돌아오는 녀석들이었으니까.

그녀의 고통스럽고 기나긴 인생역정이 다 부질 없지만은 않았다. 그녀는 대견한 이 아들들과, 며느리들과, 곧 태어날 손주들과 함께 남은 생을 평화롭게 살 것이다.

그리고 옛 기억을 전해 줄 것이다.

탐욕과, 살의와, 그리고 다른 사람들에게 받은 고난을 이겨 낸 사람들의 이야기를 말이다.

햇살은 나뭇잎 사이에서 너울거리며 게으른 하루를 출발하고 있었다.

〈『운종룡변종견』完〉

윤
종
록
변
종
견

1판 1쇄 찍음 2014년 10월 16일
1판 1쇄 펴냄 2014년 10월 21일

지은이 | 담적산
펴낸이 | 정 필
펴낸곳 | 도서출판 **뿔미디어**

편집장 | 이재권
기획 · 편집 | 윤영상
편집디자인 | 김병희

출판등록 | 2002년 9월 11일 (제1081-1-132호)
주소 | 경기도 부천시 원미구 상동로 117번길 49(상동) 503호 (우)420-861
전화 | 032)651-6513 / 팩스 032)651-6094
E-mail | bbulmedia@hanmail.net
홈페이지 | http://bbulmedia.com

값 8,000원

ISBN 979-11-315-3657-5 04810
ISBN 979-11-315-1149-7 04810 (세트)

http://www.bbulmedia.com